AF350474

STANDARD
S

INDEPENDENT
LEGIONS

CALEB BATTIAGO
I FIGLI DEL RE NERO

ISBN: 979-12-80713-52-0
Novembre 2022
COPYRIGHT (EDIZIONE) ©2022 INDEPENDENT LEGIONS PUBLISHING
COPYRIGHT (OPERE) ©2014-2022 ALESSANDRO MANZETTI
COLLANA NECROS
EDIZIONE STANDARD

PROOFREADING: MIRIAM MASTROVITO
ILLUSTRAZIONE DI COPERTINA: BOTONG
ILLUSTRAZIONI INTERNE: STEFANO CARDOSELLI

WWW.INDEPENDENTLEGIONS.COM

I FIGLI DEL RE NERO

I FIGLI DEL RE NERO

Caleb Battiago

Il Re Nero

Io sono il Re Nero,
il fango che assume mille forme
che può diventare, a piacimento
con un'iniezione di adrenalina d'Apollinare,
e puzzle di abissi rosaneri da incollare,
un feticcio di uomo con tre occhi
un vitello volante con zoccoli d'oro,
un Wagner superdotato, un vichingo apocalittico
con la barba sporca di umori,
o le braccia di una sega elettrica bollente
ubriaca di benzina, di succo di midollo
con una minigonna d'acciaio.
[parlo, ringhio, lecco e trancio]

Io sono il Re Nero
che sussurra oscenità in tante orecchie
e requiem, blues, jazz (o una proibita Tosca)
di corpi caldi e freddi, sorpresi
da diluvi di psichedelico Montrachet,
e coltelli ficcati e ritorti
dentro tette finte, cuori in bianco e nero
dispersi in gallerie d'arte e fogne.
Io sono un Lacrimosa da ridere
col mio Mozart transgender, ma anche
il cane spelacchiato, a coda corta
che segue il tuo idiota funerale.
[canto, taglio, ammazzo e abbaio]

Io sono il Re Nero
un Ingres ubriaco che dipinge odalische
dai capezzoli verdi e clitoridi fosforescenti
(ho colori nuovi, e fichi di Saturno)
e morde chiappe assonnate
facendole sanguinare di kykeon,
sogni bagnati e paté di cellulite di dee.
Io sono il nano di un circo,
con mani da scimmia e cervello di platino,
o l'ultimo Ciclope in una Cappella Sistina
che spenna e spolpa angeli, con tra i denti
grani di rosario e piume di pollo.
[sputo ossa e cervelli sciapi, dipingo e imbratto]

Io sono il Re Nero
che ha scritto storie nella Bastiglia,
in cattedrali di carne e su panchine
di metropolitane verniciate di bestemmie.
Io sono l'ostrica, la verga, le dita di un pappone,
un diavolo custode con la lingua lunga
e lo stomaco da ubriacone di Bukowki,
Non temere, prendi tra questi denti
Il tuo biglietto per un grottesco D'Orsay
di vulve iridescenti di Francia e di Tahiti.
Io sono Olympia, un Pasto Nudo e un AK47
che spara su quello che nascondi.

Nariko

9 Agosto 1955

«Dick? Ehi, *Dick!*»

«*Uhm, ma cosa...* per la miseria, ma vuoi farmi prendere un colpo?»

«C'è qualcuno in giardino, *ascolta...*»

Silenzio, un aereo che taglia il cielo in diagonale, soffiando metallo, e poi ancora silenzio.

Un caccia, uno Skyraider, pensa Ashworth ancora assonnato.

«Ann, *che cavolo...* hai preso le pasticche? Torna a dormire, *è tardi.*»

Ma la donna, seduta sul bordo del letto con occhi grandi come piatti, non ci pensa proprio.

«Guarda che non ho niente che non va. Ecco... hai sentito adesso? *L'ha fatto ancora!*»

«Cristo santo, ma di che parli? *Chi ha fatto cosa?*».

Ashworth si alza, sbuffa e si avvicina alla finestra zampettando. Il pavimento è freddo, come la fica di quell'alcolizzata col viso stirato sulla sacra sindone di Marilyn Monroe. Un padre biologico pastore metodista, e un padrino dal bisturi che vale milioni. *Un giorno creperai d'invidia a vedermi a Broadway coi pezzi grossi!* Una Mercedes col motore di un frullatore, ma se hai bevuto troppe birre, puoi anche sposartela, non farci solo un giro.

Silenzio, i fili d'erba del prato appena tagliato già belli dritti e svegli, una lucertola che scoda veloce per nascondersi sotto una cassapanca scrostata, e poi ancora silenzio.

«Visto? *Non c'è nessuno...* rimettiti a letto e non fare storie. Non a quest'ora, almeno», la rassicura sbattendo il cuscino al suo posto. *Psicosi da brodo di cheerleader,* trattiene tra i denti.

«Ti ho detto che non ho niente che non va, *pensi che abbia bevuto*? Bè, ti sbagli bello mio. C'è qualcuno in giardino, ti dico», insiste lei accendendosi una sigaretta.

Ashworth serra le mascelle, quella voce stridula gli dà ormai al cervello, anche quando non sa di vodka. Ha il pungiglione quella femmina, e lo riserva solo a lui. Insomma, è una di quelle che sa bene come e dove ficcartelo. Il veleno degli anni che corrono, delle ovaie che non funzionano.

«Chiudi quella bocca e *prendi le pasticche*, così forse riusciremo a dormire», bofonchia Ashworth, infilandosi di nuovo nel letto e offrendole la schiena. Insomma, per dire che finiscono qui le cazzate.

«Vado fuori io a guardare, *Capitano palle mosce...*» replica lei infilando nervosamente le braccia nelle maniche di una vestaglia rosa, facendo traballare le tette ancora sode. *Prima però mi ci vuole un goccio*, pensa. *Mi ha fatto venire voglia di bere, questo coglione.*

Cazzo, farmi fregare così da due belle gambe, e neanche un bel menù al peperoncino... riflette Ashworth, fregandosene di quel frignare, chiudendo gli occhi e proiettando nella mente qualcosa di piacevole: un culo nuovo di zecca inizia a danzargli davanti, come una polpetta calda dopo un turno di ventiquattro ore. *Quello che ci vuole.* La ragazza immaginaria, che profuma di vaniglia, si volta, facendo vorticare i suoi infiniti capelli neri, e lo guarda: ha due crisantemi viola al posto degli occhi, e la pelle bianca come neve. Morta, e viva anche: tutte e due le cose. Apre la bocca, e tra le labbra sbuca fuori la testa verde di una lucertola, che fa subito guizzare la lingua, per saggiare cosa c'è là intorno di interessante, di nuovo, di buono.

«*Porca di una puttana...*», gracchia Ashworth sussultando nel letto.

Silenzio, lo sfilare di turbine, lassù, di un altro caccia, poi ancora silenzio. Troppo silenzio.

Un fottuto incubo, certo... ma come ha fatto a essere così veloce? Ha appena chiuso gli occhi, madre santissima. «*Ann? Dove sei, Ann?*», chiama, con la schiena dritta dai brividi.

E così sia, si dice, rialzandosi smaniando e tornando alla finestra. Incolla la fronte al vetro, guarda ma non vede niente. Fa scattare indietro le molle del collo e colpisce più volte quella stupida superficie trasparente. Guarda, ma non c'è niente. *Cosa cazzo c'è che non va stanotte?*

Amen, pensa, e si infila i pantaloni pronto a uscire. Meglio prendere la pistola, là dentro, nel cassetto insieme alla Bibbia, non si sa mai. *Capitano palle mosce, eh? Ora la vedremo, fosse anche un sogno, lo ammazzo e me ne torno a dormire.*

«Ann? Dove sei finita, *Ann?»* sussurra scendendo le scale. Si accorge solo adesso di essere scalzo, e che il pavimento del salotto è gelato, come camminare nella neve. Si guarda i piedi, rossi e gonfi, non somigliano nemmeno ai suoi, poi alza di nuovo lo sguardo, attirato dalla musica che ha appena scalciato via quell'assurdo silenzio. Troppo silenzio.

Silenzio, uno spazio infinito ricoperto di neve e crisantemi viola, la schiena gigante di qualcosa di remoto, di assolutamente desolato, eppure vivo. Morto e vivo, contemporaneamente. Ma Ashworth ha finto di non vederlo quel posto, che si accende a intermittenza, come un cortocircuito.

Ma la musica non può ignorarla, non la Madame Butterfly che si sente là fuori, nel maledetto giardino dove non c'è niente. Quella musica, quel posto di attesa stridente. Quel maledetto giorno.

La baia, la scintillante bocca di Nagasaki, romantica e rovente nello stesso tempo. Un amore che aspetta i vapori di una nave, quello di Puccini con la divisa bianca di un fantasma, e tanti altri esplosi d'estate e di plutonio, sotto l'ombra piccola di un bombardiere verde col sorriso di squalo.

«Ann? Sei tu, *Ann?»*, chiede Ashworth a quell'ombra che danza là fuori, dove prima non c'era niente di strano, solo fili d'erba, un cedro, un barbecue rosso fuoco e una cassapanca crostata piena di ricordi del Giappone; una briciola di California qualsiasi trasvolata ogni sedici minuti da caccia e cornacchie. Qualcosa chiamata casa.

Ashworth si avvicina, stringe la pistola, gli tremano le mani, inghiotte fuoco, ha lo stesso sapore del diavolo che ha innescato quel giorno. Fili gialli e blu, componenti, gli hangar di Los Alamos, il temporale, la nuova rotta, case grandi come noccioline, là sotto, formiche impazzite e vetrificate.

La musica si interrompe, l'ombra si veste di forme e colori, la donna in giardino, che profuma di vaniglia, si volta, proprio come nell'altro sogno, facendo vorticare i suoi infiniti capelli neri. Lo guarda: ha due crisantemi viola al posto degli occhi, e la pelle bianca come neve. Morta, e viva anche: tutte e due le cose. Apre la bocca, tra i denti stringe due occhi azzurri recisi, lo sguardo di Ann che non ha mai voluto vedere, sapere. La femmina del capitano ora scorge la baia frustata, e tutta Nagasaki in fiamme, perché dall'altra parte, dove è stata appena mandata, si vede tutto a volo d'uccello, passato e futuro, a strisce come campi di grano morti e vivi, gialli e neri.

«Psicopatica del cazzo!», ringhia Ashworth trovando il coraggio di aprire il fuoco su quell'eretica Butterfly, la macellaia che ha rotto il suo giocattolo con lacca, vagina e sangue di tequila. Tre, quattro, cinque colpi, ma quel demonio, che dove passa fa nevicare, si sposta verso la cassapanca, il nido delle lucertole, l'apre e afferra una catena di ferro, facendola volteggiare assieme alla sua piovra di capelli neri, che hanno dimenticato di smettere di crescere, sottoterra.

I ricordi neri sono catene, e Nariko, spirito inquieto e folgorato, figlia del plutonio, unico fiore freddo dell'Isola di Kyūshū, ne ha raccolta una così grande da poter incatenare a sé, per sempre, Ashworth e tutti i bastardi dell'equipaggio di quel bombardiere verde col sorriso da squalo.

Voleranno tutti con lei, fino alla baia, per assaggiare il fuoco di dieci anni prima, fino al midollo.

Silenzio, una curva di spazio nero, il trapano del gelo nelle ossa, l'estate radioattiva, improvvisa, senza pelle, e poi ancora silenzio, troppo silenzio, là alla fine della corsa.

By The Sea

I FIGLI DEL RE NERO

Tutta la notte nel mio furgone blu a caccia di Venere, con le gomme che sfiorano nidi di ostriche giganti, a destra e sinistra. *La Cura*. Perle bianche e nere, catene di montaggio di carne, arcangeli che si calano dalle corde per guardare le trincee di polpa terrestre, che soffiano in corni di ossa per chiamare gli altri. Serafini guardoni, con cinquanta euro nascosti nelle mutande di piume, che sudano umori trasparenti, santi, insieme al popolo della notte in coda dietro al mio furgone blu.

Gli occhi brillanti delle auto, le sagome di piloti con le ali sgualcite e rannicchiate, i microscopici falò delle Marlboro, un finestrino aperto che soffia fuori *The Ghost of Tom Joad* di Bruce Springsteen. Tutta la notte nel mio furgone ad aspettare Venere, tra le strette gallerie di questa nuova, morbida Golconda. Roma, il blues elettrico dell'EUR, le oasi di puttane nel grande deserto fascista, le costole di marmo bianco e i glutei gelati da febbraio.

Esploratori con le mani piene di diamanti e di mosche, passeggeri di se stessi, del fantasma senza occhi che li trasporta. I colonnati bianchi, un nano in piedi sul cofano aristocratico di una Mercedes che scruta l'orizzonte come un indiano, le orme rettangolari, ovunque, dell'Esposizione Universale del 1942. Il mio furgone blu col serbatoio pieno, e una sete infinita, si incastra come un mattone di plastico nelle razionali geometrie, sollevando le foglie delle estinte fermate degli autobus, investendo, schiacciando uno dopo l'altro i fantasmi dell'*Eclisse* di Antonioni rimasti imprigionati nel set, con le tasche ancora gonfie di tempeste, che attraversano barcollando Via Cristoforo Colombo.

Lo specchietto retrovisore riflette l'inchiostro dell'asfalto spento, una bottiglia di birra che rotola all'infinito, Vincent Price che scava la tomba del suo cane davanti alla Basilica dei Santi Pietro e Paolo. Tutto quello che mi sto lasciando dietro. Il passato e le bestemmie scorrono come i sottotitoli di *Guerre Stellari*, schiantandosi nello spazio nero, mentre davanti, dieci metri prima di domani, le onde affogano le teste di tutti i nuovi giorni.

Il mare è vicino, a Sud. Il mare ha la *Cura,* ha Sara in ostaggio e mi aspetta.

Una rete sommersa, vuota, piccole spigole che nuotano a pancia in su per l'estasi dei diserbanti. Il mio camposanto che si muove avanti e indietro, le sue maree e la spiaggia larga, un nome scritto mille volte nella sabbia, un castello senza torri e l'antenna di una siringa. Cacciatori di frodo che trascinano sirene per la coda, le orme delle ruspe, lo scheletro di un albergo a due stelle, i neon dei bar in lontananza. L'Ostia dei Vivi che dorme digerendo sogni nel suo canale psichedelico, la schiuma e la pinna grigia del motore di una lavatrice incagliato. Il teatro romano dell'Ostia dei Morti, gli attori emersi dagli scavi, dalle fessure, dai nidi di pietra. Nereidi dalle cosce decomposte che danzano con bottegai di altri secoli, con monete di Massenzio sotto la lingua.

È questo il posto in cui devo tornare, ogni notte. Sulla riva. Uno scambio, un contratto, una Venere per un'altra. Il mio furgone blu conosce la strada, i nodi e le curve, i suoi pistoni friggono quando è a caccia con lo stomaco vuoto. Fa ruggire le saldature, si sgrulla di dosso le croste di sangue vecchio, digrigna i denti della bocca sottile dello stereo estraibile e sputa fuori *Walking on the Wild Side* di Lou Reed. È il suo modo per ricordarmi di lei, di Sara.

Sara che lo prende in bocca da tutti; la tequila delle feste, la sua stanza, i ragazzi ubriachi.
Le anfetamine, lo Speed, correre scalzi inseguiti dal muso di un camion.
Sara che inizia a depilarsi le gambe, le sopracciglia, che mette del cotone nel reggiseno.

Sara che diventa una Lei, che inizia a battere accendendo gli occhi blu.
I pugni delle Amazzoni, il loro coro di bestemmie spagnole, lo smalto nero.
Sara che ripete a tutti: Dolcezza, vuoi farti un giro?
Ma lei non ha mai regalato niente a nessuno. Tutti devono pagare.
L'EUR, l'astronave alta 51 metri atterrata a Piazza Pakistan nel 1957.
La prima curva a sinistra, la meteora.
Il mio furgone blu, il corpo troppo magro di lei. Le sue dita lunghe.
Sara che mi ripete, due volte: Dolcezza, vuoi farti un giro?
I sassi delle Amazzoni, lei che sale in fretta, il sedile vivo, caldo, al mio fianco.
Due anni, lo smalto scuro che mi scava dentro.
La sonda della sua bocca, i pozzi petroliferi mai scoperti.
I diamanti di Golconda.

L'ultima volta che l'ho vista. Due mesi fa, venerdì. Quel giorno che esplode sempre, quel giorno dalla coda mozzata come una lucertola torturata dai ragazzini. Il sacchetto di mandorle tra le gambe, le braccia magre e i contrappesi gialli delle piante di cedro che traballano nella pancia del mio furgone. L'ultimo carico della giornata per il vivaio; è questo il mio lavoro.

Sara mi sta aspettando, cammina avanti e indietro nei suoi cinque metri spenti della periferia di quell'harem a cielo aperto. Fuori dai confini, vicino ai lampioni e al piazzale della prima fila, dove le Dive dell'Adesso sfilano sui loro carri a dodici ruote, scatta il coltello a serramanico e un altro tatuaggio sulla spalla. Un avvertimento rosso a forma di serpente.

Un'amazzone con lingotti d'oro appesi alle orecchie mi guarda storto, tirando il guinzaglio della sua piccola zolla di Guinea Equatoriale e abbassandosi la minigonna di vaniglia. I giardini, lo spiazzo con due panchine scrostate, dove una vecchia strega parla al suo fuoco tirando scintille a chi le passa vicino. La collina a sinistra, le ville blindate e le siepi squadrate. La discesa, la curva a esse, la sirena della polizia che grida improvvisamente, facendo disperdere il gruppo di gazzelle d'Africa senza nome. Cosce nere, lucide, sembrano le gambe della notte. Un pappone scuote come sonagli i suoi dieci bracciali, accende il motore della sua macchina d'importazione, sorridendo al magnete sul cruscotto con la faccia di Idi Amin. Io vado più avanti, cerco *La Cura.* Sono mesi che ho buttato via le scatole di Sertralina.

Eccola. Le sue ginocchia rosse, gli stivali neri, il crocifisso tra le tette appena nate e due brillanti al posto degli occhi di Gesù Cristo. Sara. Lei, a trenta metri. Con la sua borsetta gonfia di campanelle di lattice e un girasole essiccato, cosparso di lacca per i capelli, che spunta fuori dalla cerniera. Accelero, ma non basta. Una BMW nera, più veloce di me, frena e apre lo sportello. Sara si guarda intorno e decide di salire, mentre il muso del mio furgone, ancora troppo indietro, ringhia deformando le barre di acciaio della calandra, i fanoni del radiatore.

L'auto corre verso Sud, i semafori di Via Cristoforo Colombo lampeggiano fuori uso, accendendo a intermittenza i loro sbiaditi occhi arancioni. Riesco a stargli dietro a malapena, i frutti massicci dei cedri cadono e rimbalzano ovunque, quando cambio corsia. Una grandinata che posso sentire solo io, sul retro e tra le costole prese a spallate dal cuore, che vorrebbe scalare la gola e farsi sputare sul parabrezza, per vedere quello che vedo io. Non riesco a capire chi c'è alla guida della BMW nera, mentre si mostra, a tratti, il profilo di Sara, il suo viso bianco, bizantino, avvitato alle mascelle generose, che punta l'orizzonte. Il Sud. Il mare.

La rampa di lancio d'asfalto verso la riva è lunga chilometri, bordata dai pini e da cartelloni pubblicitari mai venduti, con parole strappate sul loro rettangolo bianco. Sulla destra si alzano i fianchi di ruggine della Stonehenge di tre palazzi in costruzione dal 1970; tralicci con le zampe storte; il Vietnam dei loro campi minati dove saltano in aria teste piene di solitudine e le diagonali della nebbia ci corrono attraverso; un motel senza finestre che strilla 'Sempre Aperto' con la sua scritta di neon azzurro; un campo nomadi in chiaroscuro con uno sciamano che sputa fuoco dalla bocca, circondato da bambini senza scarpe.

Poi si vede il mare, in fondo, appoggiato ai bordi neri della spiaggia di Ostia, accesi a tratti dall'alieno viola e bianco-latte dei cadaveri luminescenti delle meduse. La BMW nera si ferma al parcheggio della grande rotonda, spegne le luci e scompare. È questo il momento in cui quel giorno esplode, impedendomi di ricordare. So solo che Sara se l'è presa il mare, quella notte.

L'ultima volta che l'ho vista.

I nostri nomi sulla sabbia, sopravvissuti alle maree e alle ruspe.
Sara e Maddalena. Le due lesbiche. I due asteroidi.
Il Mare non vuole aprire la bocca e lasciarla andare.
Dolcezza, vuoi farti un giro? Ma lei non può rispondermi.
Nel mio furgone suona My, my, hey di Neil Young.
Inutile aspettare un miracolo, l'ABRACADABRA.
Porterò un'altra sposa in cambio, a questo mare cannibale.
Tranci vivi di Venere. Un baratto. Ci stai?
Non puoi più tornare indietro, quando di punto in bianco sei nel buio.
Quando un Tritone al volante di una BMW ti ha fottuto.
Out of the Blue.

Per questo tutte le notti vado a caccia. *Un baratto.* Per questo sono qui, sul sedile del mio '*mangia-spose*' blu. Ma è ora di cambiare musica, le spirali di policarbonato del *Black Album* dei Metallica iniziano a ruotare velocemente. Il riff di *Enter Sandman* si rovescia sulle assi ortogonali dell'EUR, facendo sobbalzare le fondamenta del Palazzo della Civiltà Italiana escoriato di troppi buchi neri, il *Colosseo Quadrato* che sembra essere sul punto di decollare, con la base incendiata dal fuoco viola dei motori di un immaginario Apollo 18. Equipaggio di fantasmi con i loro fez neri in testa che sbucano dagli oblò scolpiti in travertino. L'Impero a caccia della Luna. A caccia come me.

Un posto di blocco di manichini, con il cranio a forma di uovo, mi mostra la paletta metafisica davanti al cofano del furgone. *Razionalizza, devitalizza, Cristo!* sembrano dire. Poi spunta fuori il loro generale, Giorgio De Chirico, che mi spara una raffica di colori sulla fiancata e mi maledice. Lo vedo sdraiarsi davanti a una fontana, sull'ombelico di una piazza a forma di stella, che spruzza archi d'acqua seriali, perfetti, prima di rialzarsi per prendermi la targa. Mi vendica Neil Gaiman che gli molla un calcio in culo, prima di infilarsi sotto il lungo porticato, a braccetto con Oneiros, per andarsi a fare una birra.

Il ritmo della musica rallenta, forse solo per un attimo. La traccia di *The Unforgiven*, l'illusione della chitarra classica prima del prossimo temporale, inizia proprio davanti a una piccola colonia di prostitute, quelle con la fessura tra le gambe, che staziona intorno alla pagoda arrugginita di un'edicola morta. Il vecchio Impero ormai in declino, gli ultimi spezzoni delle mura di Bisanzio. *'Guarda quella puttana'*, sono sicura che è questo che pensa la loro grassa comandante con la parrucca da Marylin Monroe giallo canarino. Mi vede passare, sputa per terra e sfrega con le dita il portafortuna seppellito nel reggiseno sbordato. Una piccola fotografia di Padre Pio. So quello che stanno pensando di me: una donna che entra in quel bordello a cielo aperto porta sfortuna, proprio come le femmine che salgono a bordo delle navi, sotto gli sguardi accigliati dei superstiziosi marinai.

Il *Black Album* corre più veloce del solito, devo trovare presto la Venere di stanotte. Accelero, supero il laghetto artificiale e le coste della Passeggiata del Giappone ancora macchiate dalle orme dell'indefinibile viola dei fiori dei ciliegi Yoshino. Non è merito della Primavera, è lo spettro di Basquiat che lavora sui rami spogli con una bomboletta spray psichedelica. Colori che vede solo lui col cannocchiale dell'eroina, stringendo i denti, ricordando i vecchi morsi dei topi di Brooklyn.

La ballata *Nothing Else Matters* rimbalza sull'altra sponda, sterza insieme a me verso i labirinti di Via Libano e Via Indonesia, verso il mercato della carne fresca. Mi metto in fila con gli altri per sentire l'odore di un'amazzone con mani d'argento stilizzate che le pendono dalle orecchie e una grossa pepita nelle mutandine rosse. Sul marciapiede che scorre un millimetro dietro l'altro, dal lato del passeggero, c'è un'altra fila di dimenticati, parallela alla nostra. Oggetti, rifiuti, rimembranze che come gli anelli di una colonna vertebrale uniscono il retto del passato col collo di domani. Una granata; l'elmetto da guerra di Mussolini; una bambola con la testa cucita di un'altra, troppo grande; una conchiglia di plastica che ha registrato cento viaggi in gommone; un Corano illustrato da un bambino; i modellini di San Pietro e della Moschea di Samarcanda con le sue quattro tette giganti; un'armata di formiche che trascina un vestito da sposa; un sacchetto di sabbia della Dancalia; un vecchio manifesto elettorale della Democrazia Cristiana; una lancia della Battaglia di Adua; una polpetta di carne umana.

È arrivato il mio turno. L'amazzone si affaccia al finestrino, sorride. *Una donna, sì, sono una donna, cazzo.* Non ha gli occhi blu di Sara, ma è magra come lei, ha ossa lunghe e tette ancora acerbe. Non è ancora una sposa, ma lo sta diventando. Diciannove anni, le somiglia abbastanza. Guarda dentro il furgone, allunga il collo come per cercare qualcuno nascosto sotto il sedile. «Sono sola». Sente l'arpeggio di *My Friends of Misery,* si accende una sigaretta, stacca il filtro dalle labbra viola e sospira. «Bella musica. Andiamo?». Infila due dita dentro le mutandine rosse, socchiude gli enormi occhi, mi fa sbirciare qualcosa. Il *Black Album* sta per finire, è quella la benzina del mio coraggio.

«Andiamo. Ma non voglio farlo qui dentro».

L'amazzone dagli occhi sbagliati dice di chiamarsi Caroline.
Sara, Maddalena e Caroline. Tre asteroidi, adesso.
Ogni tanto cade qualcosa di strano dal cielo.
Le sue unghie finte, di un bel verde fosforescente, le mani grandi,
stringono ancora la sua testa fracassata. Immobile, così.
Sembra una statua viva di Pompei che si protegge dalla grandine bollente.
Ogni tanto cade qualcosa di acciaio dal cielo.
Il succo del cervello le cola sulla faccia, l'ho colpita forte, gocciola al
rallentatore dalla punta del naso.
Out of the Blue. Ma i pensieri sembrano tutti così giallastri.
Dolcezza, vuoi farti un giro? Ma lei non può più rispondermi;
ora è dietro, tra le piante di cedro.
Lo stereo torna a suonare Walking on the Wild Side di Lou Reed.
ABRACADABRA. Sara sembra essere qui, adesso, con le sue gambe magre
accavallate, annodate, e quell'odore diverso da tutto il resto.
Spingo il furgone blu verso Sud. Verso il mare.

Il mare mi aspetta, sulla solita riva. Ostia dorme con le dita dei piedi nell'acqua e la nebbia che scavalca i suoi balconi ossidati, versandosi dentro. Non si accorgerà di niente. Sento degli spari dalla zona del vecchio Idroscalo, ma non c'è da preoccuparsi. È il fantasma di Pier Paolo Pasolini che rincorre i morti di giornata mitragliando in aria col suo Kalashnikov a 24 carati, sventolando come una bandiera pirata il suo *Romanzo di Narciso.* Si diverte a spaventare le anime appena spolpate, in fila ordinata davanti alla grande scalinata del Purgatorio, con una razione K sigillata sotto il braccio e la stella di David sul braccio. Non sono ebrei, sono i colpevoli dell'amore 'nero' insieme ai loro accusatori, piegati in due da un rospo di pietra legato al collo.

Il mare alza la schiena e pianta gli artigli di schiuma sulla sabbia. Mi ha vista, *la bestia*. Spengo gli occhi rettangolari del furgone, scarico Caroline tirandola per le caviglie. Pesa maledettamente. Prima di portarla sulla spiaggia, e che il mare possa vederla, devo fare qualcosa per i suoi occhi sbagliati. Ne ha già risputate fuori troppe, la bestia. *Blu, come quelli di Sara.* È quello che vuole. Il baratto parla chiaro, e non ho voglia di tornare indietro a mani vuote, stavolta. Salgo di nuovo sul furgone, cerco qualcosa che possa aiutarmi. Questo è troppo grande, ecco… un cucchiaio, andrà bene. Caroline, stesa per terra, sembra ammirare il cielo nero. L'espressione della sua faccia è la stessa di una televisione guasta. Nessun segnale elettrico, la puttana suda ancora succo maturo di neuroni, che si addensano sull'erba come brina gialla.

Mi metto a cavalcioni su di lei, con una mano la tengo ferma per i capelli, mentre con l'altra spingo il cucchiaio sotto la sua orbita destra, facendo leva. Lo inclino lateralmente, affondo sempre più per sterrare i nervi ottici. Il bulbo oculare inizia a ruotare verso l'alto, mostrando una sezione della matrice dell'occhio, dei sottili vasi sanguigni del fondo. Ora Caroline può guardarsi direttamente il cervello. *Siamo dei mostri, dentro. Siamo orribili, sotto la pelle.* L'occhio della puttana schizza fuori con un *blop*, poi tocca all'altro. Quei due buchi vuoti che brillano nella sua faccia umana sembrano ferite di un fucile da caccia sulla pelle violacea, aliena, di un dinosauro.

Torno al furgone per prendere gli occhi giusti, blu, nel mio portapranzo farcito di ghiaccio. Freschi di ieri, di una ragazzina che guardava partire i treni alla Stazione Tiburtina, seduta sul suo zainetto. «Ti sei persa?». È così facile con tutte quelle vetrate, diciottomila metri quadri di illusioni, di specchi, di riflessi. Ma è difficile trovare lo stesso sguardo di Sara, quel suo ingenuo blu sangue di Nettuno, o di pianeti sottozero. Il mare è esigente, sputa fuori tutto, e io devo ricominciare la caccia, ogni volta, per riavere lei. L'unica che la bestia vuole tenersi nella gola.

Oggi accetterai lo scambio, vero? Guarda che blu… Sollevo il coperchio di gomma del mio portapranzo, mostro alla bestia il materiale, prima ancora di ricucirlo per bene. Le onde si alzano, si sporgono, ma non per guardare qui. Sulla pelle nera del mare appaiono piccole macchie gialle, che si accendono a intermittenza, colpite dalle luci. Cosa…?

Scendo sulla spiaggia, mi avvicino alla bestia per guardare meglio. Cosa sta sputando fuori oggi? Non è carne umana, non sono pezzi di spose. Sono… i miei cedri marci che galleggiano, e poi altri che emergono dal fondo per affiancarsi agli altri. Una danza gialla, così eretica. *Cristo.*

Ecco la coda di quel maledetto giorno esploso. Finalmente si vede.

Sara che lo prende in bocca da tutti; i clienti ubriachi.
Dolcezza, vuoi farti un giro? Ma poi lei non torna più.
Nella mia testa suona forte Do you Feel Loved degli U2.
È finita la magia, il per sempre, l'ABRACADABRA.
Sara e Maddalena. Le due lesbiche. I due asteroidi della stessa razza.
L'aspetto, per giorni, sotto il suo appartamento vuoto.
Torna con lui. Apre lo sportello. Le sue gambe magre, le scarpe rosse.
La BMW nera riparte sgommando. Dolcezza, questo non è solo un giro.
Scende con due valigie, dietro ha uno strascico arcobaleno, quello di chi ha arpionato una grossa balena, e può contare su olio, grasso e luce per tutta la vita.
Non puoi andartene, di punto in bianco. Il furgone blu ruggisce.
Lei grida, poi la mia vanga le chiude la bocca, e gli occhi blu.
Andiamo a Sud. Dal mare, che può pulire tutto.
Ma il suo corpo riemerge, galleggia.
Il nastro adesivo, i cedri come zavorre, legati sulle gambe intorno alla vita, dappertutto. Venti, ma poi ne servono trenta per farla scendere giù, dove non può riprendersela nessuno.
La tua nuova casa, dolcezza: tre metri sott'acqua.
Ti dona il Giallo…
Cos'altro puoi fare quando un figlio di puttana ti ha fottuto l'unica Venere trovata in quarant'anni di gelo. Out of the Blue.

Mi tuffo in acqua, mi immergo, so dove cercare. Un metro, due, i polmoni mi scoppiano. Non si vede nulla, il neon della luna non arriva fin giù. Seguo i cedri che continuano a emergere, mi fanno strada fino al fondo. Sfioro la sabbia con le dita. Quaranta secondi, non ce la faccio più. Tocco qualcosa, sono le ossa della gamba scheletrica di Sara. La sua carne sta diventando poltiglia, e sgancia come missili i cedri legati al suo corpo. Mi aggrappo ai suoi orridi resti, con le unghie sulle sue scapole esposte riesco ad avere una buona presa e avanzo in orizzontale verso la testa. Sessanta secondi, mi resta poco. L'ho ritrovata, con le ultime forze la bacio ardentemente. *Dolcezza, vuoi farti un giro?* La sua bocca è vuota, un foro senza carne dai merli d'avorio.

Poi qualcosa di morbido mi si attorciglia intorno alla lingua. *Sei viva? Mi desideri anche tu?*

La murena dagli occhi color acciaio si infila nella mia gola, scende velocemente giù, scodando all'impazzata, e mi morde il cuore.

MICLAN

I FIGLI DEL RE NERO

L'orda ha fame, ha macchie di leopardo.

Il lago salato spalanca la bocca, scuote la notte con un fruscio di attesa. Un flagello continuo di gola secca, di sete di sangue, di spremuta di uomo.

Mascelle divaricate, grotte coi denti. Il corpo invisibile del Texcoco si prepara.

File di torce, perimetri di fuoco, formano nuove costellazioni. Incendiano i ponti, le calzadas, gli stretti canali che filtrano tra giardini galleggianti. Le gambe e le braccia, le mille dita di Tenochtitlán aggrappate alla terraferma, con le unghie sui punti cardinali.

Ovest. Gli zoccoli dei cavalli ricoperti di stracci, il lento galoppo di terze falangi fantasma. Una schiera di fanti, cani in ritirata che trascinano sacchi gonfi d'oro. Centinaia di teste, di elmi che scintillano nel silenzio. Una striscia di doppio cielo, sul ponte mobile, mezzelune tutte uguali che ondeggiano. Respiri da armatura, le giunture dei cavalieri che sfregano come insetti dalle ali di metallo. La lunga coda del vaiolo, appena dietro la retroguardia.

Notte. 1° luglio. Chiazze di silenzio, a migliaia, strette in pochi centimetri. Un esercito con un solo corpo e tante teste. Proprio come nel sogno di Montezuma. Strani demoni che colano come veleno nelle strade della città. Lo squarcio della cometa, l'uccello con specchi negli occhi. Riflessi di morte, di sangue, di collane d'oro massiccio.

Tutto era già apparso. *Prima.*

La sponda, la fuga, le costole del ponte scricchiolano. Gli spagnoli pesano troppo, per quella schiena. Un tonfo, il legno cede sotto le zampe del cavallo di Alvaro. Fragore che fa voltare le penne azzurre delle sentinelle, le locuste sulle canoe, a est.

La colonna è spaccata in due, si accendono i rumori. Le grida, una frustata di spade sguainate, soldati che affondano nel Texcoco. Ancore d'oro, corpi di metallo trascinati tra le lumache del fondo. Bocche sdentate immerse. Foglie e pietre preziose nei polmoni.

Cortés, alla guida dei fantasmi, si lancia verso la riva, sparigliando le truppe. I muscoli del suo cavallo schiacciano vertebre in serie. La marmaglia spagnola, sulla parte buona del ponte, si rovescia nella corsa. Coltellate nella confusione, *anime per sacchi d'oro.*

Poi, la grande pioggia. Archi, fionde, bolas: le locuste colorate concentrano il lancio sulla retroguardia, rimasta in trappola. Dardi, minuscoli meteoriti di ossidiana. Alvaro, riemerso dal Texcoco, bacia il crocifisso e inizia a bestemmiare. «Forza, bastardi, venite e prenderci!».

La lama d'acciaio è il suo Cristo e la sua puttana. È tutto quello che gli resta, adesso.

La noche está triste.

Migrazione di canoe dalle punte di cuoio, sporgenze che frantumano il nulla, quel buio che proteggeva la fuga. Gli scudi alzati, le piume rosse, gialle e azzurre. Teste di animali con occhi umani, arpioni e mazze di legno. Hanno annusato il cibo, le maledette locuste.

La porta ovest della città vomita orde di guerrieri aquile e leopardo, veloci come il vento. Affamati. Il ponte mobile sbanda, ringhia. Alvaro sputa per terra, sa che gli saranno addosso in pochi minuti. Cortés e gli altri sono già stati inghiottiti dal buio. Non torneranno indietro.

«*I carri, portateli avanti, Por Dios!* Dobbiamo passare dall'altra parte!».

Le locuste si mescolano presto alle truppe spagnole, alchimia di armature senza luce e corpetti di cotone, ornati di pelli. I cappelli conici degli Otomi, i guerrieri più feroci, si abbassano sui corpi, sulle membra aperte dei soldati catturati. Divorano pezzi del nemico, trascinano quello che resta, con delle funi, verso la città.

I Tosati, illuminati dalle stelle, con la faccia metà blu e rossa, sfondano facilmente la cerniera dei fanti. Mordono, arpionano, sono affamati. Hanno giurato ai loro dei di non fare mai un passo indietro. La cerchia degli ufficiali spagnoli ormai è senza difese. Alvaro si guarda intorno, tutti i cavalieri sono spariti, le locuste mordono anche le bestie senza più padrone.

Anime disarcionate.

Odore di sangue, rumore di metallo sfondato, dardi che sibilano. Le grida dei compagni, cibo fresco. Le trombe di conchiglia delle locuste suonano già la vittoria.

Alvaro capisce che è finita, si lancia contro tre guerrieri leopardo che straziano il corpo di Camilo con le mascelle e il taino di macana, capace di scannare un cavallo. Lame che affettano suo fratello.

«Para España! Maledetti cani!».

Prima che riesca a gettarsi sul gruppo un Atlatl gli scarica una lancia nello stomaco, che lo trapassa da parte a parte. Il guerriero giaguaro spinge gli altri, *Alvaro è suo!* Vuole quella pelle bianca come bandiera, sulla schiena, per la prossima battaglia. Sorride, con l'uncino nella mano, mentre si avvicina. Canta qualcosa, la locusta con le macchie, suoni che filtrano tra i denti serrati. Alvaro, in ginocchio, aspetta il primo e l'ultimo morso. «*Rapidamente*», sussurra.

I pochi superstiti vengono trascinati via, coi tendini recisi. Non possono più scappare, saranno fatti a pezzi con calma. Verniceranno di se stessi il Templo Major.

Preghiere in spagnolo, rantoli portati via dal vento marcio della laguna.

Qualche locusta si intrattiene sui corpi, vuole mangiare ancora. La carne spagnola è saporita, diversa. Devono intervenire gli Elpochyahque, con le loro clave, per allontanare gli ingordi. Il ponte dondola al ritmo di quel continuo masticare.

Cortés è salvo, ha raggiunto la terraferma. Osserva i fuochi della città sotto le foglie di un albero di kapok mentre si fotte la sua puttana. Tutto quel sangue lo ha fatto eccitare. La Malinche ha un seno morbido, capezzoli scuri come chicchi di caffè. Non resiste più, affonda i denti in quelle ghiandole generose. Un sapore squisito.

Alla schiava non è permesso gridare, Cortés potrà continuare liberamente. Sfamarsi, esplodere. Stringesse pure i denti, *la troia locusta*.

L'aquila stringe tra gli artigli un trancio di intestino crasso, ha fatto festa anche lei tra la marmaglia spagnola. Osserva immobile sul suo cactus la lunga fila dei prigionieri trascinati verso le mandibole di

Tenochtitlán, pronte a scattare. Una biscia di carne fremente, senza più tendini, pestata dalle clave degli Elpochyahque. Il caos del mattatoio, le locuste più ingorde che non sanno aspettare. Vertebre che scricchiolano, macerie di costole.

Una marcia a zig-zag tra resti umani ribaltati, basse trincee di polpa castigliana. Gli Atlatl in testa al gruppo rimorchiano i superstiti con robuste funi, legate alla vita. Quadricipiti irrorati di sangue che conficcano sul ponte ogni singolo passo. I grossi spagnoli pesano, sono ancora ripieni di carne, spolmonati di preghiere che sembrano latrati. Il loro Dio senza denti, senza piume azzurre, li ha abbandonati sulle rive del Texcoco.

¿Dónde Está Dios? Niente saette, un brutto affare.

Il Tlacateccatl, il generale che stringe le palle dei reparti di scorta ai prigionieri, alza verso il cielo nero il suo scudo circolare, sfrangiato di tessuti d'oro. Lancia un grido acuto, poi lo spezza modulandolo in tonalità alte e basse, stringendosi la gola con le mani. Un cazzo di preghiera in nahuatl, parole aliene vibrate a tre consonanti. Silenzio.

Le locuste mollano le funi e si voltano verso l'isolotto: la sagoma del cactus e dei suoi tentacoli è incendiata, a tratti, dalle torce che rimbalzano sul tessuto mobile del Texcoco.

L'aquila è in cima, fa scattare il collo a destra e sinistra. Tutti crollano sulle ginocchia, il ponte traballa sotto una sorda grandinata di ossa. La faccia lucida del Tlacateccatl spunta dall'apertura dell'orrida maschera, dalla bocca impossibile di vecchie mascelle a brandelli, di ossa dipinte, i resti di un guerriero vinto. Ancora un grido, la lingua che tambureggia il palato.

Anche il generale delle locuste crolla sulle ginocchia, piegando la testa, le lunghe penne verdi, verso le acque del lago. In direzione dell'isolotto sacro.

Una seconda apparizione di Huitzilopochtli, il dio della Guerra e del Sole, ma stavolta l'aquila non stringe un serpente. La sezione di intestino, serrata tra gli artigli di ferro dell'animale, cola sangue denso. Il cactus fiorisce di notte, dalle areole spuntano stami rossi incastrati in grandi ricettacoli viola, impollinati da carne spagnola.

Huitzilopochtli è tornato, dopo la fondazione della città. Si è posato di nuovo sul luogo sacro, ha rivelato qualcosa, il *Colibrì Mancino.*

Un Tlemanac, un vecchio sacerdote dalla pelle arata con solchi verdi e gialli, si alza e lancia nel Texcoco un pugno di mais. Due locuste dalle gambe corte gli porgono, su un vassoio ovale, una torta di mosche e argilla. La bocca del sacerdote mastica e canta, nello stesso tempo. Si piega, bacia il ponte sporco di cervelli; il campo di battaglia. Poi si avvia verso la porta della città, seguito dalle lunghe piume di quetzal, dal suo strascico verde giada che accarezza resti, pezzi di uomini e di locuste, mescolati, difficili da distinguere. *La carne, dentro, è tutta uguale.*

Come il sacerdote varca l'ingresso di Tenochtitlán, sparendo dalla vista, l'aquila si stacca dal cactus scrollando le ali, che sparano il rapace in volo verticale. Le locuste alzano gli occhi verso il cielo nero: *dov'è sparito Huitzilopochtli?* L'aquila osserva dall'alto le duemila orbite bianche spalancate, costellazioni viventi, sopra e sotto. Stelle diverse separate dal suo volo radente. Il divino rapace si mescola allo sfondo nero, non riapparirà più per altri cento anni. Ma il trancio d'intestino spagnolo cade giù, in picchiata, nella bocca del Texcoco.

L'ha lasciata andare, quella carne fresca. La rivelazione è chiara, per tutti.

Le locuste si rialzano in piedi e riprendono a trascinare i prigionieri verso la città, gli uncini nei fianchi resistono alla trazione, la pelle si dilata, il sangue continua a spruzzare.

La meta è il Templo Mayor, la sommità del Coatepetl, il tempio piramidale dedicato alla montagna serpente. Ma prima i prigionieri saranno trascinati per i quattro quartieri della città, forse qualcuno assaggerà un polpaccio, i bambini che fanno da scia colorata al corteo-mattatoio si portano sempre via qualcosa. Un segno di prosperità.

Cornelio ormai non sente più la schiena, i ganci nelle cosce tirano forte, a strattoni ritmati, sta perdendo conoscenza. Concentra tutti i pensieri tra le strade strette della sua lontana Granada, evade con tutta la forza da quel delirio che lo circonda, che lo trascina. La sua puttana araba, Meslit, la immagina qui e adesso. Quella fica così rosa, del colore delle mura dell'Alhambra. Pensa a una grande scopata, ai rumori in strada di una seconda *Reconquista*, qua, nella maledetta Tenochtitlán. Il ferro che stride, le palle di cannone che sfondano i crani marci delle locuste.

Pepe, appena dietro a Cornelio, sta già delirando. Pensa di essere trasportato su una zattera di serpenti. I morsi, a centinaia, e il veleno che si spande nel suo corpo. La sua barba rossa incuriosisce le locuste, un gruppetto lo afferra per le gambe, lo circonda. Affilati mācuahuitl in ossidiana gli lacerano il viso; tutti vogliono un pezzo di quella strana pelle catalana, per ornare le maschere da guerra.

A Toli va peggio. Una locusta indemoniata, una femmina, si lancia su di lui, non riescono a fermarla. Kotphil affonda le unghie nei fianchi dello spagnolo, stringe i denti sui suoi testicoli, ne strappa uno e lo ingoia. Non vuole continuare a essere maledetta dagli dei, non riesce a partorire un figlio, è destinata a essere sacrificata per la festa del fuoco. Le incendieranno il torace, canteranno intorno alle fiamme, mentre sarà risucchiata nei canali maleodoranti del Mictlan, all'Inferno. Gli Atlatl allontanano la femmina colpendola alle gambe con le lance. I prigionieri devo essere sacrificati nel Coatepetl.

Ma ormai per Toli è andata, la striscia di sangue che si lascia dietro si allarga sempre più. Creperà così, ricordando il dolore, il mercato che gli passa accanto, la grande piazza di Tatelulco, i banchi con piume e stoffe, calzari e tessuti di filo ritorto, unguenti gialli e canne ripiene di tabacco, pelli di puma e di giaguaro, sottili calami d'oca trasparenti, grani d'oro appena estratti. Tutta la mercanzia è pronta per la mattina, quando tornerà il sole; per gli altri, non per lui.

Toli chiude gli occhi, definitivamente, dopo averli colmati di quella maledetta strada di supplizio larga otto cavalli. Appena ingoiato dai grandi portici, un'ombra gli si schianta sul petto, gelata. Muore, diventando più leggero. I due Atlatl che lo trascinano riescono ad accelerare il passo, a superare gli altri. L'anima spagnola, a quanto pare, pesava qualcosa.

Il lungo corteo, dopo aver affiancato l'acquedotto per cinquecento metri, si arresta improvvisamente. Sulla destra appare il Templo Major. Fragore di canne e di corazze ammaccate, pioggia di sale e di terracotta. Tutte le strade, d'acqua e di terra, i piedi e le canoe, le funi e i ganci ricurvi, arrivano al grande mattatoio finale. Il tempio rosso e quello blu, le due teste della piramide, cervelli divini.

Sotto si srotola la scalinata, il grande scivolo delle budella.

I prigionieri, giunti alle pendici del Templo Major, vengono divisi in gruppi di trenta.

Cornelio, che in delirio di erezione immagina di accoppiarsi con Meslit, la sua puttana araba, viene portato nei sotterranei del tempio, attraverso la porta nera del Mictlan. L'inferno.

Dentro troverà Xolotl dalla faccia di cane, la guida verso la morte, lenta e orrenda. Un viaggio blasfemo. Il gruppo dei trenta che passa sotto la porta nera, dietro Cornelio, è sicuramente il più sfortunato.

Pepe invece, con gli altri, sarà sacrificato a Huitzilopochtli, il dio della guerra e del sole delle locuste. Il colibrì sinistro, il protettore piumato di Tenochtitlán. Lo aspetta una fine cruenta ma breve, di selce e di ossidiana, prima del banchetto finale dei cacciatori. Ma i denti che affonderanno nelle sue carni, nelle braccia e nelle gambe, non potrà sentirli, *non faranno male*.

Forse riuscirà a sbirciare qualcosa, dalla sua testa mozzata impilata nel telaio di pali di legno, lo tzompantli, insieme a decine di teschi ormai senza orbite, scaduti da giorni. Mascelle dipinte di blu che forzano per strappargli i muscoli, le viscere gettate agli animali, la festa è anche la loro. I fiori, orchestre di tamburi, maschere estatiche che riproducono vegetali psicoattivi, dalla rivea corymbosa alla calea zacatechichi. Pepe non si perderà nulla, da quella postazione privilegiata.

La lunga fila degli spagnoli, con lui in testa, sale i gradini scortata dai guerrieri leopardo che ruggiscono contro quei fantasmi di uomini. Lingue arancio e rosse che vibrano come serpi. Un giaguaro di pietra, enorme, li accoglie con fauci spalancate e sproporzionati canini. È il vaso Cuauhxicalli, già imbevuto di sangue, pronto a essere riempito di cuori spagnoli.

Sotto il Templo Major il popolo in festa si muove come una legione romana, spostando a destra e sinistra, con perfetta coordinazione, tappeti di spine di agave imbevute del loro stesso sangue. Grandi rettangoli rossi, sorretti dalla famiglia del cacciatore di turno, che aspettano di raccogliere i resti dei prigionieri. Locuste colorate, locuste organizzate, locuste veloci.

I cinque sacerdoti si preparano, l'altare è ancora pulito, perfettamente levigato. Si feriscono con un rasoio di selce sul pene, sulla lingua, sui lobi delle orecchie: offrono per primi il loro sangue. Lo raccolgono in un piccolo recipiente, poi lo spalmano sulla pietra sacrificale. Da quel posto spunteranno presto atomi di terra, mais, luna, stelle, nuove persone. Saranno seminate dal vento sulla città, si trasformeranno, diventeranno vite. Embrioni veloci come proiettili, capaci di bucare la volta celeste per aggregarsi coi vecchi astri. Cani e cervi alzano il muso verso l'apice del tempio, farfalle e colibrì si posano sul primo appoggio disponibile. *Tutto è pronto.*

Pepe viene steso sulla pietra; quattro sacerdoti, adornati dalle preziose penne verde-blu della coda del quetzal, gli tengono ferme braccia e gambe. Il quinto sacerdote alza verso il cielo il mixteco, il coltello cerimoniale. Dopo aver sussurrato qualcosa a orecchie divine, smembra la vittima aprendogli il diaframma. Il cuore tra le dita, caldo, viene mostrato al popolo che inizia a danzare. La testa viene strappata via con fatica, le lame di ossidiana devono forzare, gli spagnoli hanno il collo più forte delle locuste. Il corpo di Pepe, ciò che ne resta, viene gettato giù in una corsa macabra e scomposta. La famiglia del cacciatore accorre per raccoglierne i resti in piccoli cesti. Braccia e gambe vengono subito separate dal busto, le budella finiscono in un sacco scuro; è il più giovane a doversene occupare. *Carne spagnola, stasera,* insieme a uova di quaglie, fagioli, semi di amaranto, peperoncino.

Brocche di argilla colme di pulque aiuteranno i bocconi di Pepe a scendere velocemente negli stomaci delle locuste. Fine corsa. Non amano la carne dura dei maiali spagnoli, preferiscono quella di tacchino, di iguana, le gustose fibre delle axolotl, le salamandre d'acqua che i nobili non si fanno mai mancare.

Cornelio e gli altri prigionieri vengono trascinati nella stretta galleria del Mictlan. Sulle pareti sono pitturate scene orribili. Il verde, il blu e il giallo delle foglie schiacciate, il carminio delle cocciniglie, la porpora, in abbondanza, ricavata da alcuni molluschi. Colori accesi, sgargianti e violenti, che ritraggono un destino infame, senza sfumature. Arcani simboli esoterici alternati a dita umane tranciate. Migliaia.

Più avanti, da una parte e dall'altra della galleria, le pitture sono più delineate, ritraggono una doppia fila di sacerdoti, con vesti diverse dagli altri. *La casta dei dieci.* Oltre le solite piume di quetzal e di guacamayo, e i perizomi di peli di coniglio, distintivi delle locuste nobili, i dieci indossano crani umani intarsiati di pietre azzurre. Alla fine della galleria le pareti sono ricoperte da un blu profondo, la vista del tredicesimo livello del cielo, il più alto, l'Omeyocan. Il luogo della dualità che ospita il dio progenitore Ometeotl. I dieci sono le uniche locuste a poter visitare quel posto mitico, tramite un rito a loro riservato.

Cornelio non smette di pensare alla sua Granada, Cayo è accecato dal dolore, i ganci continuano a lacerargli la carne. Prega e bestemmia, parla con qualcuno che solo lui può vedere. Il fantasma di se stesso.

Il vecchio Iker dalla barba a punta tiene duro, ne ha viste tante. Non vede l'ora di scannare qualche locusta, prima di morire. A Marcelo invece hanno già strappato la lingua, è sempre stato uno che parla troppo. Il sangue continua a sgorgargli dalla bocca, a colare sul petto. Sembra aver ingoiato un secchio di vernice rossa.

La galleria, che sembrava interminabile, finalmente si apre su un grande ambiente. Gli spagnoli sono spinti da una parte, le locuste si mostrano sempre più eccitate. Il perimetro della grande stanza è illuminato da torce, che lasciano brillare gli ornamenti dei dieci, seduti su troni di pietra. Gli occhi dei prigionieri si concentrano sulla grande pressa posizionata al centro della stanza, tra giochi di corde e contrappesi.

Esta es la casa del diablo, no se puede escapar de aquí, sussurra Zacarías.

Una volta faceva il prete, Zacarías, poi ha deciso di prendere la spada e seguire quel pazzo di Cortés, per guadagnarsi un pezzo di terra da lavorare e stuprare qualche giovane locusta, come passatempo.

Cornelio viene spinto avanti dal guerriero giaguaro più robusto. Una faccia senza espressione, un complesso di cellule consumate e colorate che muta continuamente, ombreggiato dalle torce. Contrasti, luce e buio, gialli e marroni. Penne di code volanti che si fondono con le pareti di pietra, scomparendo.

Lo prendono in consegna altre due locuste, lo inchiodano a terra facendo pressione sulle spalle. Cornelio deve inginocchiarsi davanti ai dieci. Lo spagnolo lancia i suoi pensieri, che sanno appiattirsi e passare dalle strette fessure del Mictlan. Uscire fuori, correre a zig-zag tra i sandali di pelle del popolo in festa, trovare l'uscita dall'incubo. Accelerare in verticale, raggiungere il punto più alto fino a poter osservare il pianeta sospeso nello spazio. Attendere le rotazioni, le terre e le acque illuminate dal sole, scegliere l'obiettivo prima di tornare giù e atterrare accartocciando le ali. Le montagne della Sierra Nevada: è quello il ricovero dei pensieri di Cornelio, vicino alla sua Granada. Ricordi di giovinezza che si lasciano affondare, e conservare per sempre, nei laghetti morenici del monte Muley Hacén.

Il corpo di Cornelio invece resta nella morsa del Mictlan, non è roba alata, non può scappare. Una lama di ossidiana inizia a lavorare sulla mano destra, poi sull'altra. Il sangue schizza rapido, in fiotti sottili. Le dita mozzate dello spagnolo vengono presentate ai dieci su vassoi di ceramica, pitturati con ritratti della dea Tlazolteotl. *La mangiatrice di ciò che è sporco, dei peccati, dei vizi, della merda.*

Il cappello conico e le labbra nere, il serpente mestruale tra le mani, l'ambiguità e dicotomia di oscenità e purificazione. Il ventre gravido e rugoso, connessioni di lussuria e rigenerazione. Il Mictlan fisico è territorio della dea. Passata la porta nera, è lei a dettare legge.

I sacerdoti assaggiano, un pezzo ciascuno, le dita di Cornelio, rosicchiando fino all'osso quella carne straniera, quei vizi lontani. Sapori nuovi, ogni volta, dieci volte.

Le locuste non perdono tempo, lo legano alla base della grande pressa, tirano le corde fino alla massima tolleranza e poi lasciano che la morsa serri stretti i denti. Lo spagnolo viene schiacciato tra le pietre con un rumore sordo, si trasforma in una grande macchia rossa di carne e budella spremute, dai margini schizzati. È il momento di far godere la dea. Il primo dei dieci si alza in piedi, si avvicina alla base della pressa, si inginocchia, lecca il liquame organico, fino a eiaculare.

Tamburi e grida evocano Tlazolteotl, dai sacchi vengono liberate decine di serpenti corallo, col loro manto porpora e le bande bianche e nere. Le locuste lasciano che i rettili si dirigano dove vogliono, è la dea a guidarli tra le caviglie degli spagnoli. In attesa del morso, *della scelta del prossimo.*

Il vecchio Iker grida, il veleno inizia a fluirgli nel sangue.

Appare Tlazolteotl, il soffitto della stanza dei Dieci si trasforma in una vagina pulsante, grondante liquido amniotico corrosivo.

La porta nera del Mictlan si chiude con un tonfo.

JOIE DE VIVRE

I FIGLI DEL RE NERO

Fuori c'è solo la neve, a Calcutta, e qualcosa ha morso una delle braccia di bronzo di Kali.

Fuori il ghiaccio specchia i diamanti di serpenti bianchi immobili: i cacciatori di vortici.

Li chiamano così, sono loro a comandare la Terra Fredda, l'Oriente ibernato, l'occhio di vetro del Pianeta. Sono apparsi dal nulla a meno cinquantacinque gradi, e nessuno ha visto un pifferaio magico o un'ape regina rettile. Niente musica, nessuna madre o pandemia di uova.

Ci sono come se ci fossero sempre stati, come l'aria, la morte e il fiume Hooghly, che ora se ne sta là, solido, con la pancia piena di siluri di cadaveri. Uomini, donne e animali, sindoni di tuffatori e di rapiti, giù fino al Golfo del Bengala. Sculture seppellite sotto il pelo dell'acqua. Quando così era.

Radar biologici sempre in ascolto, una rete di spire connesse dallo spirito di un Bodhisattva constrictor, dalla saliva di un ramarro magico o dalla colla di caos di Vṛtra, colata millenni fa.

I serpenti bianchi contano, ogni giorno. Notte e giorno. Contano i battiti dei cuori dei vivi.

Li sentono addosso a grande distanza, affievolirsi o farsi veloci, troppo veloci.

È quello il momento di strisciare, di iniziare a cacciare.

Topi umani che si lasciano sfuggire emozioni troppo acute, impulsi elettrici che si piantano come aghi nel derma di quella pelle senza colore, svegliando stomaci, facendo accendere stelle d'allarme.

Cento occhi a tenuta stagna che si rovesciano nelle orbite, mille cervelli blindati in crani triangolari che si accendono, un milione di lingue che spruzzano ammoniaca per umidificarsi.

Fuori c'è solo la neve, a Calcutta, e qualcosa ha strangolato il collo di gesso di Indra.

Fuori il ghiaccio specchia il viso di una ragazza, e sorpreso si spacca disegnando una crepa dalle punte lunghe e sottili. Gli occhi di Surya, che spuntano come fessure umide sotto il rigido equipaggiamento meno cinquantacinque, ora sembrano caleidoscopi azzurri e verdi, e sono dieci, venti forse.

Un cacciatore di vortici inizia a strisciare, sollevando la testa di lancia, confuso dalle vibrazioni che gli hanno appena sfiorato le spire, i suoi catatonici strumenti albini.

Un cuore umano che batte ancora, nonostante tutto.

Ma quel muscolo, che sembra piccolo, quasi nuovo, non ha paura, non prova niente. I petali delle valvole sono metronomi, e il sangue cammina a passo lento, anche nei curvoni delle arterie.

Una pelle difettosa, che sente fantasmi, ormai da cambiare?

No, non è ancora tempo di muta, il cacciatore di vortici non si sta sbagliando. Quella che si muove è una femmina, ed è viva; percepisce le sue ovaie ruotare nel brodo degli estrogeni.

Sangue caldo, maree.

Surya sa bene come funzionano le cose nella Terra Fredda, osserva il serpente scodare lento nella neve, muoversi nella sua direzione e salivare. Non si muove, sa che il suo cuore pulsa troppo lento, non avrà alcun sapore, finché controllerà i pensieri, e le reazioni della sua imperfetta biologia.

Una specie in estinzione, quella umana.

Ma non è così facile fare i conti col cuore, che sveglia all'improvviso immagini, ricordi surgelati. Cose che hanno fatto male, e che sanno ancora farlo, o stupide speranze che agitano il bollitore umano.

Non potrà resistere molto, ma a Calcutta ormai non c'è più nessuno, solo cacciatori di vortici, divinità rosicchiate, statue di carne e gelo, nervi morti, duri come fruste. Sola, a Calcutta.

Chiude gli occhi, la sua mente vola a cinque anni prima, all'ultima Olimpiade. Dehli verde, rossa e blu, l'ossidiana di quei momenti affilati. Il Mondo Caldo, che iniziava a freddarsi. Il suo cuore quasi smette di battere, sente gridare attorno a lei un pubblico inesistente. Un settimo cavalleggeri di spettri.

Il serpente si ferma a tre metri dalla preda, e si raggomitola di nuovo, in ascolto, risparmiando le energie in attesa di nuove prove e rumori di esistenza. Magari una progressione di paura, che è come un gong in una cattedrale vuota. Perché ora il cuore della femmina umana non suona quasi più.

Surya inspira l'aria gelida, che profuma di cristalli di crisantemi e briciole di ghirlande.

Trattiene nella mente i sapori speziati dei vicoli di Chitpur Road e Bara Bazar, la vernice di bambù di Jorasanko, i motori accelerati dei risciò a Sonagachi, che combattono nel traffico come galli, la frutta matura nel ventre del Kalighat, gli incensi dei chioschi del tè, il brusio e i dolci al cocco del quartiere coloniale e il sibilare delle rive a Diamond Harbour, quando il fiume era ancora liquido.

Il Mondo Caldo, Calcutta Calda. *Joie de vivre.* Che non esiste più.

È il momento di saltare. Si toglie di dosso l'equipaggiamento meno cinquantacinque e resta col costume da competizione viola e arancione, scalza come una musa di Tahiti.

Indossa i pattini, stringe i lacci, riesce a non tremare. C'è ancora tempo per morire.

Raddrizza la schiena e l'anima, prende velocità scattando, allarga le braccia formando un'elegante figura alata, una macchia viva sparata in quel persistente bianco. Un pugno di danza.

Veloce, bronzea, sensuale come un'esotica dea d'inverno mai vista prima, uno sparo di rivoluzione che scuote le rigide tende a strisce dei negozi, surgelate da quella Pompei di gelo.

Pezzi di ghiaccio che cadono, Calcutta che sente correre di nuovo la vita sulla vecchia schiena.

Surya guarda a destra e sinistra, sorride verso gli spalti dello stadio olimpico, infarciti di spettri colorati. Quando si sente pronta, carica i muscoli e spicca un salto mortale all'indietro, atterrando sul ghiaccio con grazia, per poi infilare una serpentina tra cadaveri di Stalingrado, bobine di serpenti e un'infinita fila di taxi vuoti che portano in paradiso o all'inferno.

Joie de vivre. Mentre le si ferma il cuore.

IL RE CHE DORME

La casa è senza lingua, una natura morta alternativa con al centro un materasso sporco, che sporge dalla cornice; la morbida Terra Santa del grassone che dorme.

La bottiglia, il piatto con tre pesche, l'arancione che fora le lenzuola bianche. Le scheletriche dita di Cézanne che grattano sulla tavolozza, il Re che borbotta e si volta dall'altra parte; il fico verde, un teschio, un mazzo di carte.

Noi tutti là intorno, in silenzio. Il quadro non cattura i nostri colori, le nostre forme magre. Mia madre, seduta nel suo angolo preferito, cuce l'orlo a un paio di pantaloni, mentre Sara, mia sorella, si sporge e si avvicina al naso del Re che dorme. Controlla che respiri ancora.

«Lascia in pace tuo padre, deve riposare», le sussurra.

Le gambe da fenicottero di Sara spuntano dalla gonnellina gialla, sotto le ginocchia sbucciate. Domenica. Finestre chiuse, vestiti colorati, quelli buoni. Gli specchi più grassi e il ronzio del frigorifero a bocca vuota. La carta da parati con i gigli d'avorio, quella strana luce del pomeriggio che ci rimbalza addosso, la nostra pelle che diventa grigia, più sottile di sempre. Il tessuto bianco e nero della televisione senza antenna, una tela di Pollock da ventiquattro pollici.

«Quando si sveglia?», insiste Sara

Mia madre alza lentamente gli occhi dalla visiera dei pensieri, solleva l'indice sul naso, la sua bocca diventa una fessura.

«Ti ho detto di parlare piano, e di lasciarlo stare».

Già, il Re dorme e non dev'essere disturbato. Stringe gli occhi, sembra lampeggiare come un'auto sportiva che vuole superare; suda, gli scappa una bestemmia sulla graticola di un grugnito e il suo pubblico non fa una piega. Cosa starà sognando?

«Sta litigando con l'Uomo Nero», suggerisce Sara. Forse ha ragione lei. È tanto che quello non si fa vedere, qui da noi. Ha paura anche lui del Re. Il pavimento di marmo non sa più succhiare le ombre, alzo un piede e sotto non appare nulla, il sangue bianco e giallo del lampadario e delle sue otto lampadine spremute mi passa attraverso solo per specchiarsi in quelle geometrie incastrate. Quei binari buoni per le biglie, per immaginare confini di riserve indiane e linee di accampamenti di fanteria. Solo a pensarci, mi sale al cervello l'odore della varecchina, e sento il tamburo degli zoccoli di mia madre.

«Vai a giocare da un'altra parte, non vedi che sto pulendo?». Sono passati tanti anni, tanti immaginari cimiteri si sono scambiati di posto, tra elmetti sparpagliati e granate di varecchina. Adesso c'è solo la tomba del vuoto: mio padre che russa, un pollo arrosto pugnalato sul tavolo in cucina, freddo come l'inverno, la grandine di naftalina negli armadi.

«Cosa stai cercando là dentro? Non mettere in disordine, lo sai», borbotta mia madre. Sara si sta annoiando, apre gli sportelli e infila la sua piccola testa ovunque. Una cacciatrice di polvere e di fantasmi di bambole di plastica sempre sorridenti. Cerco di distrarla, prima che faccia qualche guaio. Mia madre vuole che tutto resti in ordine, tutto immobile. Tutto com'era prima.

Allora lei prende a seguire il suo strano filo d'Arianna, viola e fibroso, srotolatosi dal ventre in tutta la sua lunghezza; sembra un giovane pitone che striscia a destra e sinistra per curiosare nelle varie stanze, con la coda ancora annidata nel corpo di mia sorella. D'altronde, dov'era prima il serpente, raggomitolato nella pancia, nel suo caldo buio, non poteva certo vedere casa, ispezionarla. La testa dei suoi intestini, senza occhi, è arrivata fino in bagno, i rettili cercano sempre l'acqua, e Sara la segue stringendo le spire con tutte e due le mani, lasciandosi trascinare.

La vedo scivolare via dalla stanza di mio padre, del Re che dorme, pattinare nello stretto corridoio, passare davanti alla serie di vecchie stampe ingiallite che ritraggono i tanti cespugli, i rovi, i prati immensi senza padrone, le unghie della palude, le legioni di rospi che prendono il sole in pieno centro; la natura che cerca di grattarsi via dalla pelle le sue pustole: i monumenti, le piscine vuote dei circhi, le statue e gli acquedotti di Roma. Tutto com'era prima. Arriva in bagno, dove la lingua biforcuta dei suoi intestini sta leccando con pazienza il collo del rubinetto; la bestia vuole dissetarsi. Sara riavvolge il suo filo d'Arianna sanguinolento, viscido, ma è difficile rimettersi tutta quella roba dentro la pancia. Un pezzo di troppo, che non trova posto, lo attorciglia intorno al collo come una sciarpa amaranto, lucida. Poi torna da noi ed esclama «Come mi sta?».

Mia madre si china sempre più verso il pavimento, per prendere più luce possibile dalla finestra, il crepaccio nel suo cranio sembra una ferita fresca sul cono del Vesuvio. Mi avvicino e le guardo dentro la testa: i suoi pensieri creano bolle vischiose, sembrano rigurgitare se stessi e colare sulla camicetta a fiori, ma funzionano ancora; muovono con precisione le sue dita, l'ago e il sentiero del filo che non cede dall'orlo.

«Va tutto bene mamma?», le chiedo.

L'occhio sinistro che le penzola fino alla guancia, collegato alla sua sede dall'ultimo elastico dei nervi ancora intatto, mi fissa. «Vai a prendermi un fazzoletto, tesoro».

Ma io mi attardo a guardare ancora nella sua testa aperta. Chissà dove sono le ostriche saldate delle cose che non ci ha mai detto. Facendo attenzione a non toccare il cervello, grigio, giallo e povero di succhi, forse potrei pescarle tra i tessuti con amo e lenza. Prendere un coltello, forzare le ganasce una a una, scoprire perle e giornate parallele. Aprire le sue scatole di ombre e metterle una sopra l'altra, come una torre di bicchieri in equilibrio che arriva fino al soffitto.

Poi guardo le mie mani, sono insanguinate ma non fanno male, deve essere un'illusione; invece non trovo più la mia testa. Tutto di me si ferma appena sopra al collo; sembra il ceppo di un albero di troppo, l'ultimo decapitato di un branco di sempreverdi che invadono le metrature di cemento di un grande centro commerciale, col suo piatto chiaro e levigato che contrasta con la ruvida corteccia. Mi guardo nello specchio, sono curioso di vedermi, ma è tutto inutile, non vuole più riflettermi.

Sono così orribile senza testa? «Macché, stai proprio bene», mi risponde Sara. Lei sa leggere i miei pensieri, e solo ora mi accorgo di poterlo fare anch'io. Basta contrarre l'addome e trattenere il respiro per qualche secondo. Mia madre sta pensando a quella giornata al mare, il presepe bianco di Sperlonga sullo sfondo, io e Sara sulla riva a rincorrerci. Il Re che dorme sulla sabbia con la bocca aperta, mostrando a tutti due denti d'oro e la lingua bruciata a crudo dall'alcol. Vedo con gli occhi di mia madre, a volo d'uccello quel là sotto così lontano e sbiadito. Mancano i colori, e le nostre facce sono confuse da un vortice che vibra, un'interferenza. Sembriamo una famiglia di mostri.

Sara invece è concentrata su una canzone, che però non riesco a distinguere. Suona al contrario, come un violino dalla pelle secca e spaccata; si trascina come uno zombie con le ginocchia marce che scricchiolano, asincrone col busto sfondato e la direzione che sta prendendo. Forse è una ninna nanna, quella storia macabra che il Re ci soffiava sulla faccia? Quella del mago che spunta a mezzanotte dalla sua finestra, col cilindro in testa e un rosario di budella al collo. *Avvicinati, ti mostrerò cosa c'è qui dentro.* Notti che puzzano di vino e di sudore. Notti con la canottiera bucata, con macchie dense sulle lenzuola al posto delle stelle, con bestemmie come preghiere, santi con denti d'oro che nascondono la coda in mutande troppo larghe e cilindri pieni di sorprese.

Riesco a sentire anche i pensieri delle persone che passano sotto la finestra, quelli dei vicini, perfino il respiro del fiume; il Tevere che morde le code dei ratti e si lamenta quando sbatte la schiena sulle tozze gambe da elefante dei troppi ponti di Roma. *Fanculo.* Io lo sento, adesso.

«Ale! Vieni!». Sara è in cucina e mi sta chiamando. La raggiungo immergendo le pantofole in quel lago di varecchina rossa che è il nostro pavimento. «L'ho trovata! Visto?».

Apre il frigorifero soddisfatta. Tenuta ferma da due bottiglie di latte sui lati, c'è la mia testa, voltata verso destra, che fissa un pezzo di pancetta affumicata. Sul ripiano di sotto c'è la mia lingua, dentro a un piatto. Sembra così piccola fuori dalla bocca, separata dalla radice. Il freddo ha contratto il suo corpo fibroso, ed è rimasta con la punta all'insù, pronta per leccare un gelato. Mi riprendo la testa, la sistemo sotto il braccio e torno nella camera del Re. Dovrà svegliarsi prima o poi, mio padre.

Qualcuno bussa alla porta, mia madre si alza dalla sedia e corre a vedere dallo spioncino.

«Non fate rumore!», sussurra, mentre continua a guardare.

«Chi è mamma?», chiede Sara.

Non le risponde e non si muove dalla porta, sembra stare là di guardia. Continuano a bussare, sempre più forte. Provo ad ascoltare i pensieri di mia madre, contraggo l'addome e trattengo il respiro, ma quelli di Sara, accanto a me, fanno più rumore. Sta immaginando che dietro la porta ci sia il mago della storia di papà, quello col cilindro e il rosario di budella al collo. Riesco a vedergli la faccia dipinta di bianco, la giacca stretta e un cuore pulsante che gli sporge dal taschino; spruzza sangue a ogni contrazione. Ma non è il suo, quello è al sicuro dietro le palizzate delle costole. Il pianerottolo è invaso dalle mosche, seguono il mago e la sua scorta di carne fresca. Umana.

Poi, la trasmissione si interrompe, e fa male, come un elastico tirato troppo che si spezza all'improvviso. Sara ha paura e sta piangendo, con una mano sulla bocca per non far rumore e l'altra sul ventre per non far scappare il serpente amaranto che cerca di sgusciare via. La paura, ad ascoltarla, sembra un ronzio meccanico, come il respiro di un congegno surriscaldato, e lo schermo è tutto nero. Non si vede e non si sente più niente. Guardo la mia testa, che tengo ancora sotto il braccio, la sollevo davanti a me. I miei occhi sono chiusi, ma delle lacrime scendono lungo i loro canali, più freddi del solito. Fa male quando i pensieri si spezzano, anche quando non sono i tuoi.

La mia testa sembra più leggera, dopo aver pianto.

Finalmente smettono di bussare, mia madre ci prende per mano e ci spinge in cucina, faccio in tempo a sbirciare nella camera dove sta dormendo il Re. Una delle mosche del mago dev'essere riuscita a entrare in casa, e continua a sorvolare la faccia di mio padre.

«Vi va di fare merenda?». Mia madre, con la testa sfondata, barcolla un po' ma riesce ad alzarsi sulle punte per aprire gli sportelli più in alto. Ormai ha uno strascico di colla umana, di gelatina densa; il cervello le si sta lentamente svuotando. Ma quanta roba contiene? Sembra una sposa eretica, col vestito rosso sangue, i capelli grigi e sulle spalle il manto giallastro del liquor cerebrale, che brilla in trasparenza. La immagino avviarsi tra le navate di una cattedrale apocalittica, con un caprone dal pelo scuro e le corna ritorte che l'aspetta all'altare, con in mano un imbuto e un secchio per raccogliere i suoi ricordi appiccicosi. Dall'altra parte, quella dev'essere roba preziosa, come il grasso delle balene. Quanti barili può contenerne mia madre?

Ci sediamo intorno al tavolo, lei sistema i piatti e sposta di lato la mia testa, che ho poggiato là sopra, per fare spazio a un grande vassoio d'acciaio. Dentro non c'è niente, è vuoto, faccio segno a Sara di far finta di niente, di fingere di mangiare. Il livello del liquor nel cervello di mia madre è troppo basso ormai, sta cedendo il volante alle mani delle ombre che iniziano a riapparire. Bacia mia sorella sulla fronte, sfiora il ceppo insanguinato che ho tra le spalle, carezza i miei nervi snodati e le creste dei muscoli tranciati. Dice che il moncone della mia colonna vertebrale, che spunta libero, con la sua sezione così bianca, somiglia al collo di un cigno. Poi si fa seria, la sua faccia sembra improvvisamente più vecchia e logora di sempre.

«Non abbiamo ancora molto tempo, cercate di mangiare qualcosa prima di uscire», sussurra con un orecchio teso ai mugugni del Re nell'altra stanza. Il suo occhio sinistro, quello ancora integro, somiglia al buco di un lavandino che ha finito il suo lungo lavoro, dopo aver ingoiato tutto per anni.

Non voglio leggere i suoi pensieri, adesso. Mi fanno paura.

Preferisco andare alla finestra e osservare Roma, la coda arancione del pomeriggio, il tendone sfibrato del cielo e i barattoli di gente che rimbalzano sull'asfalto. Pallottole con quattro sportelli sparate a destra e sinistra, che corrono contro il tempo. Un camion rimorchia la Luna, che ormai deve prepararsi, con dietro la scorta di poliziotti in motocicletta. L'ospedale vuoto, gli striscioni di protesta, bestemmie e grandi vagine dipinte su lettighe bianche appese alle finestre, e quel pazzo che continua a gridare col megafono, in testa a un esercito di licenziati armati con una spada di gomma. Il vecchio che vende oroscopi e santini all'angolo della strada, le orecchie appuntite del suo cane che cerca di grattare il marciapiede per sotterrare un cranio, il cappello pieno di monetine. Il lampione ancora spento, sull'estremità a forma di amo gigante c'è un angelo impiccato con un cartello al collo che dice: RIAPRITE I MANICOMI. Gli hanno fregato anche le scarpe.

Poi eccole, le sirene: le volanti della polizia, i carabinieri e dietro un'ambulanza che si affanna a tenere il passo, spingendo i suoi larghi fianchi nel traffico. Inchiodano davanti all'ingresso del nostro palazzo. Chiamo Sara e mia madre vicino a me, restiamo a guardare dalla finestra per qualche secondo.

«Ci siamo. Andate a salutare vostro padre», sussurra mamma. «Ma non svegliatelo, non ancora».

Il Re sta ancora dormendo nel suo brodo di alcol. La varecchina rossa ha invaso casa, la marea è sempre più alta, tra poco vomiterà dalle finestre. Fisso le mani del mio vecchio, quella che si contrae come per sfiorare la pelle di qualcosa, per riconoscerne i lineamenti, e l'altra che tiene ancora stretto il coltello. Gli poggio una mano sul cuore, premo sulla canottiera per qualche secondo. Lo sento. La sua eco forsennata mi rimbalza dentro. Sara e mia madre, in fila dietro di me, lo baciano sulla fronte.

Lascio la mia testa vicino a lui, sul bordo del letto. Poi ci mettiamo tutti in un angolo ad aspettare.

Sfondano la porta, sono in sei, con giubbotti antiproiettile e armi spianate. Nel corridoio scorrono voci e grida che spaccano le ossa di tutto quel silenzio. C'è chi controlla la cucina, chi il bagno e il soggiorno, mentre due di loro prendono a calci, con pesanti anfibi da guerra, il materasso su cui dorme il Re. Mio padre si sveglia di soprassalto, balza in piedi brandendo il coltello e spalancando gli occhi rossi; sembrano i fanali posteriori di un camion. Scivola su una bottiglia di Jameson e cade col muso sul pavimento, trascinando con sé le lenzuola zuppe di sangue e la mia testa che rotola fino alla porta. Gli ficcano in bocca una calibro 9, il tempo di ammanettarlo.

Uno di loro, con un ghigno infernale e due baffi a manubrio, quello che ha aperto il frigorifero e ha trovato la mia lingua e tutto il resto, si avvicina all'orecchio del Re e gli sussurra, sibilando come un rettile dalla saliva avvelenata: «Ti sei divertito a farli tutti a pezzi, vero gran figlio di puttana? Prima di metterti dentro e buttare la chiave ti faremo un bel servizietto, in caserma».

Prima di farlo trascinare via, gli molla un paio di calci nelle palle, facendogli sputare i denti d'oro e saltare via la corona dalla testa. Il Re non ha sognato quel macabro mattatoio, ci ha ficcato davvero le mani, in quella carne. Ha perfino spezzato la lama del coltello, per la furia. E ora sembra stupito di aver fatto tanto, delle sue stesse vertigini.

«Non guardate. E non fate rumore, mi raccomando. Non ancora», si raccomanda mia madre.

L'uomo con l'impermeabile nero, l'ultimo a lasciare la stanza, si volta verso di noi e si avvicina all'angolo dove ci siamo raccolti, dove le ombre adesso fioriscono dense. Forse ci ha sentiti. Annusa l'aria, sembra incerto sul da farsi, ma poi sputa per terra, dice: «Cazzo!», e se ne va.

Osservo i nostri corpi, e i miei vari pezzi, passare veloci nel corridoio dentro sacchi neri, pronti per l'obitorio. Sono passati due anni da quando mio padre ha perso il lavoro, da quando tutti noi siamo diventati delle schegge di vetro ficcate nel suo cervello.

Due anni che non riusciva più a dormire, prima di oggi.

«Ora dobbiamo andare», dice mia madre senza più sussurrare, tirandomi per il braccio.

La luce blu entra in casa, fa freddo. Le nostre due ore da fantasmi sono finite.

Interno 1

I FIGLI DEL RE NERO

La camera ingoia i diaframmi luminosi del video porno, la centrifuga di muscoli schiacciata nella morsa del 42 pollici. Il cliente arriverà tra mezz'ora.

Mona ha appena finito di rasarsi la fica, un servizio extra. La polpa del culo che scorre seguendo i tacchi, due crème caramel danzano sui lati chiari, molli. Piedi nudi, briciole di freddo.

Smalto rosso sugli spigoli della vasca, pennelli immersi nel sangue sintetico. Le finestre chiuse, il corridoio magro irradiato dall'unica stanza accesa, a destra. Una camera, gli specchi, un'impossibile quinta parete e il coperchio di carne. Fango rosso, giallo e blu attaccato alle pareti: i poster di Jackson Pollock.

Faretti annodati gocciolano drip di luce dispersa, girasoli di metallo curvati verso il grande letto. Le lenzuola, il sipario viola delle scopate. Macchie di zafferano. Margini di schianti, più scuri. L'armadio, di fronte, mastica vestiti di vinile appesi al palato. Il denso respiro di silicone dei *dildo* espande le ante, che si gonfiano ritmicamente. Polmoni di plastica. File di vibratori in cyberskin, la cartucciera della mistress da indossare in diagonale.

Gli atomi di Mona risucchiati in un mini-abito a rete con la zip, cerniere di paradiso socchiuse. Le cosce strette da autoreggenti in latex. Pulviscolo di comete, scintille su fondo nero. Le borchie metalliche scavano cerchi regolari sulla pelle. Buche sull'ombelico, ammaccature di piacere. Stampi e lividi.

I costrittori e i morsetti vibranti, le maschere e i collari. Sapori di cuoio, di chiodi elettrici. I cilindri della *shock terapy*, i bisturi dell'anima nella vaschetta di ferro. La mascherina nera, il rettangolo degli occhi, la cresta della luce a cinque cerchi, dietro. Niente anestesia. Chirurgia e sutura delle pulsioni.

Corrente, voltaggio di abissi.

Mona si avvicina alla finestra. Sposta la tenda, sorride. Un'auto sta parcheggiando a pochi metri dal portone. È lui, *il cliente.*

Il rogo dei pensieri, là dentro; il parabrezza sta per esplodere. Sequenze di supernove ed estintori, senza soluzione di continuità. L'irrespirabile ozono venusiano; un salice con le radici di asfalto. Lo sportello si apre, ossigeno, finalmente. Il pulsante del citofono. INTERNO 1. *La salvezza da premere.*

Mona apre il portone. Terzo piano, niente ascensore.

La porta è socchiusa, l'uomo entra. Occhi bruciati dalla luce di fuori che adesso non funzionano nel corridoio scuro. Resta immobile, pensa di scappare. Si accende il richiamo di Mona: la sua voce è secca, decisa. Sono biglie di acciaio che rotolano sulla schiena.

Come miele, per certe anime malate.

Terza porta a destra, lo sta aspettando. I passi dell'uomo, la marcia silenziosa dei suoi archetipi. Con ali ficcate tra le scapole non riuscirebbe a fare meglio. Le pareti nere stringono a imbuto. Non può tornare indietro: ha passato il segno, il confine. La sua figura tremolante si mostra, con sguardo sfocato. La camera da letto gli sbatte in faccia tutti i colori, l'esotismo del suo ossigeno di mango.

Mona gli volta le spalle, è alla finestra. Disegna un cerchio immaginario con un paio di manette, che lascia volteggiare tra veloci code d'argento. Sequenze di click nel cervello, sistemi che pulsano sotto l'epidermide. *Backdoors.* Il metallo vibra, ruotando su se stesso, comunica con la prostata dell'uomo tramite codici. Antenne di carne, orbite regolari che non falliscono. Pulsioni in fila come tanti tamburi, ritmo incessante.

Campi gravitazionali dotati di grandi labbra.

Gli esagoni del culo di Mona, i settori sgombri sotto i riflettori dell'immaginazione. La puttana si volta, i grandi seni vibrano di nuovi fotoni. Piccole particelle di un tempo di mezzo, ingranaggi di ferro miniaturizzati e attirati dai due morbidi magneti. *Il dentro e il fuori si scollano.* La camera si solleva su una piattaforma flottante, supera le regole. Le teste delle convenzioni sembrano formiche.

Attrazione quantica, la zip scende fino all'ombelico, la carne si dimena.

L'uomo, ormai, ha i fluidi rovesciati. Pende sul bordo, basta una piccola spinta.

Obbedisce. Si spoglia, stringe su collo e cranio le cinghie di una maschera. Respiro affannato di pelle nera. Il costrittore di testicoli fa male. Equilibrio precario. Mona gli ordina di tirare ancora la catena, *più stretta!*

Il sudore si dirama nei canali orizzontali della fronte increspata. Lo schiavo è pronto per la terapia. Tsunami di attese, che aspira gli intestini. Legato al letto. Manette, polsi d'argento e pelle falciata, caviglie in catene. Mona gli sistema un anello fallico: campo libero per attaccare le pinzette, i morsetti elettrici, alla carne dell'uomo. Un piccolo motore vibrante ansima, supera il rodaggio e accelera.

Mona comunica all'uomo che, arrivata a un certo punto, deve fermarsi. Interrompere le scariche. Ma lui ha già sporcato le lenzuola con la sua roba. Scuote la schiena, chiede ancora, *di più.* Supplica con lo sguardo soffocato, irrorato di sconosciuto.

Proprio quello che lei si aspetta.

La domina si piega, sfila qualcosa di grosso, pesante, da sotto il letto, collegato a un cilindro nero con una coppia di elettrodi sulla punta.

Cazzo, la batteria di un camion!

L'uomo sbarra gli occhi, scatti di immagini, ha capito come sta per finire. Mona spinge il cilindro tra le palle dell'uomo: un ronzio, la grande accensione. Il corpo sussulta per qualche secondo sotto la frustata della corrente, come un tornado che soffia nello sfintere. Convulsioni, la psiche che inchioda.

Dopo il Big-Bang elettrico, il corpo si affloscia. Silenzio, ultimi fiotti.

L'uomo eiacula, sputa sul cuscino il pacemaker incrostato. Ancora un sussulto involontario, e poi rigurgita anche l'anima, attaccata alla bocca da spessi cavi di saliva.

Finalmente l'ha mollata, il figlio di puttana.

Un organo molle, di appena cinque centimetri, somiglia a una piccola torpedine bruna. Creature che provengono dal fondo dell'oceano. Giù, in basso.

Mona si toglie le autoreggenti in latex e l'abito a rete. Apre l'armadio, allunga un braccio dietro un boa di piume viola. La sua veste nera appesa là dentro, rigida come un tessuto di ossa, cade sul pavimento. La Mietitrice la raccoglie, la rimette al suo posto, nascosta giù in fondo. Indossa vestiti freschi, da troia umana e calda. Torna alla finestra. Il vetro si curva, espandendosi all'interno.

Riflette la sua vera faccia, quella di vortici che tutti hanno ammirato, arrivati in fondo al tunnel, alla fine. *Così bella e orribile.*

Il Sacco

scritto con Paolo Di Orazio

I FIGLI DEL RE NERO

Il Reverendo Wallace, dalla magra torre della nunziatura, che ingoia una scalinata di pietra sbavata dal tempo, osserva la notte dipingere col suo unguento nero, lucido, la pelle secca di Roma, costringendola a farsi troia, a stringere le calze a rete ai basamenti dei ponti, accendere le sue centinaia di cupole, quella pandemia di seni giganti, con crocefissi di bronzo inchiodati ai capezzoli, che mappa il centro: serbatoi colmi di latte santo che pendono sul ventre della città, col suo cimitero di semafori dagli occhi arancioni spalancati, intermittenti, voraci di coprifuoco.

Cherubini spennati sono appena volati via dalle orecchie del prete, uscendogli dalla mente: è quello che aspettava, la mezzanotte oscena dai bulbi oculari di madreperla, oliati di vaselina e incollati sotto l'aureola di stagno che gli mostra là sotto, tra le vene varicose dei sanpietrini, i colonnati vertebrali percorsi da parassiti castrati, le mille vesciche levigate che pisciano giochi d'acqua in ogni piazza e le cantilene di fantasmi d'incenso: il corpo sdraiato della vecchia puttana, la città infetta a cosce aperte, con una lunga fila di anime, formiche dalle zampe falliche che si arrampicano sul pantheon forato di un pube immondo.

Un vento gelido attraversa le trifore della torre, fischiando canzoni oscene, rinfrescando i polmoni e il cervello del Reverendo, che ha un'ora di tempo prima che l'anno nuovo inizi a respirare, sputando dalla bocca larga gli ultimi sorsi di sciroppo di placenta avariata. Poi, sarà troppo tardi.

Il prete rientra nella sua stanza, lecca il muro per saggiare il sapore di quel momento speciale che cola salato sulle pareti, dividendosi in piccoli rivoli sulla cornice del ritratto di Papa Francesco che aspira anime sottili nei fanoni avvitati alle mascelle: una dentiera apocalittica.

Sente il cuore pulsare con la forza di un cavallo meccanico a vapore, gonfia il torace risucchiando un profondo respiro, lasciando lavorare nella carne della schiena i ganci di ferro del cilicio che lo stringe; gli stessi arnesi affilati che facevano godere Santa Chiara, spalancandole visioni di stupri dall'odore di ciclamino.

Anche lei doveva mordersi le labbra, fino a farle sanguinare, in quello scottadito di anima, pensa, mentre indossa la maschera di cuoio, stringendo al massimo i cinturini e le fibbie dietro la testa. La mente lo precede nella discesa verso i sotterranei, come un re osceno che poggia il culo nudo su un trono nuovo di zecca. Una porta, un lucchetto, una serratura, un sacco di tela appeso al soffitto con una lunga catena, qualcosa dentro che si divincola, gonfiando e torcendo i muscoli come spire in corto circuito, pronto a mordere e graffiare.

Il sacco animato è come un cuore asciutto, messo a essiccare alla luce ipodotata di una candela. Nessun battito, solo pulsazioni isteriche, spasmodiche, scomposte, arrapanti come la danza del generoso bacino di un'odalisca da centoventi chili. Non c'è sangue da pompare fuori dalla iuta, ma solo schizzi di rabbia e paura. Macchie che corrodono lentamente il grezzo tessuto.

Non è facile prevedere fin dove la claustrofobia può spingere qualcuno — la donna là dentro, con la sua carnosa orchidea che stilla rubini liquidi, come vuole la natura, una volta al mese — imprigionato nel ruvido, buio utero di un'estranea ossessione.

Ma un prete sa scandagliare la mente di ogni capo nel suo gregge, meglio di qualsiasi psicanalista dalle labbra annerite da sigari da meditazione, e scegliere la giusta eletta durante l'anno sabbatico di preparazione e astinenza, caccia e cattura, annusando segnali, cronometrando ovulazioni, aprendo teste con l'apriscatole della confessione.

Il Reverendo, incendiato dagli spasmi del sacco, trattiene a stento una schiumata di sperma che gli scala l'asta turgida, come la colonnina di mercurio di un termometro infilato nel culo di un uomo appena arso vivo. Quella poltiglia bianca è da troppo tempo imbottigliata nelle palle —364 Ave Maria — e il cilicio costringe il piacere a fondersi nel dolore. Lo sperma, la quintessenza di uomo, il serpente bianco senza occhi, è sempre pronto a uscire dalla sua calda tana per spruzzarsi sulla pelle profumata della preda.

Ma il Reverendo tira forte le briglie, costringendolo ad aspettare, accumularsi, potenziarsi, macerare nel parossismo. Lo tiene in gabbia, lo ascolta ringhiare, viscido e sovraccarico, mentre si lancia sui picchi più alti, quelli con le corna fra le nuvole, per poi sprofondare, subito dopo, nella gola del precipizio, annodandosi intorno alle lingue a mulinello là sotto, in fondo, che spuntano come murene dalle croste dell'inferno di ogni giorno.

Basta tirare e allentare la cima libera del cilicio, e andare avanti —364 Padre Nostro.

Il prete, in piedi davanti al sacco, si spoglia mostrando la sua carne sfatta, grigiastra, fremente, segnata ovunque da arabeschi di unghie. Sulla schiena ha tatuati gli scarabocchi dei ganci, mezzelune viola, cicatrici — le sue ali di angelo, disegnate da un Caravaggio avvelenato dal piombo — e tutta la costellazione scorsoia della stretta del cilicio, coi morsetti a molla decorati da denti umani, strappati dalle bocche urlanti delle farciture vive di altri sacchi, di altri anni morti, che ora fanno parte di lui, conficcati nel costato, nei lombi, insieme a tutte le altre spine del suo medioevale congegno di estasi.

Tira forte la cima del cilicio e strangola l'eiaculazione, quasi risucchiata fuori dal semplice, cieco pulsare del sacco che gli carezza la pelle nuda con un impercettibile spostamento d'aria.

Inizia a girare la carrucola, che tiene tesa la catena alle travi del soffitto, facendo scendere il sacco fino a pochi centimetri dal pavimento, preparandosi, con le dita unte di adrenalina, a sciogliere il nodo e liberare la sua inquieta Maddalena, che scalcia sempre più forte in quell'utero di iuta; la crisi claustrofobica della donna sta accelerando, è come vetro negli occhi.

Il sacco cade a terra aperto, ai piedi del Reverendo, che finalmente vede guizzarvi fuori mani, braccia, capelli, occhi come bocche di fuoco e tutto il resto, livido, di quel corpo scelto per il rito di fine anno. Ciò che gli si mostra è una maschera di rabbia, attaccata sul collo della donna nuda, avvolta da spirali di filo spinato. Sembra una rosa, quella bocca così rossa, montata su un gambo dotato di spine di metallo.

L'aria viziata di quell'antro malefico le invade gola e polmoni; serrando gli occhi, che bruciano furia, riesce a inquadrare la sagoma sfocata di quell'uomo, là davanti, che apre lentamente le braccia per accogliere qualsiasi cosa. Graffi, pugni, morsi, squarci, bestemmie. Tutto il miele che lei può offrirgli, in quel momento.

Capace di staccare la testa di un toro a morsi, per ciò che è stata costretta a subire per giorni, per quella flebo di claustrofobia attaccata alle braccia legate a croce come quelle di Gesù Cristo, la donna punta subito quell'uomo che l'ha appena liberata, e che adesso sorride con la bocca piena di denti falsi che spuntano da sotto quella strana maschera: è il suo aguzzino — chi altri potrebbe essere, quel grasso porco — dovrà pagarla cara, con più di un litro di sangue.

Si morde le labbra, pianta le unghie nei palmi delle mani: è pronta a saltargli addosso. Proprio quello che il Reverendo desidera; quello sguardo inferocito, da tigre ferita ma per niente doma, che schizza fuori dalle orbite come inchiostro bianco, rosso e nero, è meglio di un porporato, di una poltrona sul sacro Getsemani, tra le foglie che puntano Gerusalemme come cartelli viventi, o delle chiappe lisce di una novizia da decorare a crudo con una Via Crucis di tagli; è meglio di qualsiasi altra cosa.

Le membra della nuova Maddalena, con la mente schermata dalle lenti d'ingrandimento dell'istinto, scattano per assecondare un solo lucido pensiero, luminoso come un lingotto di neon: devastare quella figura umana dinnanzi a lei, farla a pezzi. L'aria fetida di quella stanza senza tempo, senza senso, le entra nella gola e poi, finalmente, esce sotto forma di grido.

Cerca di alzarsi, scattando su, ma si rende conto che dal pavimento ascende una folgore di dolore. I denti vibrano, i nervi bruciano; là sotto devono esserci invisibili fiamme che la stuzzicano perverse. Le ginocchia si piegano, cade all'indietro. Solleva le gambe, ne sfiora le estremità con le dita: dalla pelle dei polpacci i polpastrelli passano direttamente alla polpa di tessuti tranciati che bordano le sue gambe come frange. Grida di nuovo: il bastardo le ha mozzato i piedi, e restare in equilibrio su mozziconi di carne viva, su tralicci di tibie, va oltre le capacità di qualsiasi rabbia.

Ma scopre presto che non serve muoversi, camminare, per vendicarsi. L'uomo si avvicina, poi si piega per stendersi accanto a lei. Sussurra qualcosa verso il soffitto marcio, forse sta pregando, mentre affonda le dita nelle sue stesse carni già straziate dal cilicio, cercando di dare nuova vita a ferite quasi morte e cicatrici da risvegliare.

Il Reverendo, adesso carponi sulla donna a terra, si lascia ghermire, graffiare, mordere. Le dita di Maddalena si aggrappano al cilicio e tirano, mentre coi denti affonda sui flosci, insipidi pettorali: nidi di naftalina, nient'altro, spolverati da zucchero di borotalco — sapore di medicina, di ospedale. Il prete soffia tutto il suo dolore e piacere all'interno della maschera di cuoio, il paradiso lo pervade, come melassa bollente, in ogni cellula urlante, mentre sente la verga farsi maglio, pronto per inchiodare la donna ormai esausta, e terminare il lavoro.

Il serpente bianco adesso è libero di uscire, la porta di Gerusalemme è aperta, e i suoi tesori damascati luccicano giù in fondo, dietro i sipari di velluto delle grandi labbra. Le unghie della donna affondano sulla maschera che protegge il volto del bastardo: vede quegli occhi folleggiare dietro le grate di protezione, e poi sollevarsi, ruotare del tutto e mostrare un bianco, integrale delirio.

Poi, finalmente, il prete lancia nella donna il suo serpente scodante, insieme ai frammenti cristallizzati della livrea a diamanti, e forma un grido preumano che rimbomba nella stanza, e che racconta tutto: la divisione dei pani e dei pesci, la cacciata degli Ebrei, la convocazione dei Quattro Cavalieri, l'Apocalisse con la gonna stracciata, i tacchi alti e le guance pallide che suonano il corno d'ossa, mentre la linea dell'orizzonte, spezzata dalla verticalità della Torre, si fa improvvisamente di traverso, facendo colare il mondo nell'imbuto gigante dello spazio nero.

Un solo secondo, così corto e immenso, volatile e perpetuo, un chiodo che entra, di colpo, in una delle braccia di legno di una croce, quella croce, attraversando tessuti caldi, ancora vivi.

Dolore, piacere, resurrezione.

Sono tutto mio Padre, pensa il prete.

L'Inferno
di Capelli Lunghi

I FIGLI DEL RE NERO

Gli uomini della colonna guidata dal Generale Alfred Howe Terry camminano tra i corpi massacrati del 7° Reggimento di Cavalleria degli Stati Uniti. Un caldo di merda, niente per scavare, se non a mani nude, per seppellire i disgraziati, i pezzi rimasti. Centinaia di stivali deformati che schiacciano vesciche strappate, ormai secche. Dita mozzate e polpa umana decorano le foglie basali dei campi di rape selvatiche.

Un soldato, col fazzoletto sulla bocca, scambia un pezzo di colonna vertebrale rosicchiata per un serpente a sonagli. Il suo cervello, sconquassato dalla scena che lo circonda, accende segnali eletici fasulli: è certo di vedere la lingua nera del rettile uscire fuori per puntarlo, saggiarlo, decidere quanto veleno dovrà sparargli nelle vene, prima di mordere. L'uomo spaventato apre il fuoco più volte con la sua Colt SAA 1873 a sei colpi nuova di zecca, tra le risate dei veterani e i calci in culo del sergente Jordan.

«Rispetto, ragazzo, rispetto!».

Il tenente James Bradley del 7° Fanteria, tra i rifiuti umani seminati di uova di mosche e frattaglie di soldati arrostite dal sole, ha trovato quello che resta del Tenente Colonnello George Armstrong Custer. Proprio lui, il figlio di puttana, il demiurgo con la sciabola, quello che gli indiani chiamavano *Capelli Lunghi.*

Il grande condottiero è completamente nudo, seduto, incastrato tra due corpi massacrati. Quelli, tra i suoi uomini, che avrebbero dovuto proteggerlo fino in fondo, all'interno del quadrato degli ufficiali.

Due fori di pallottola, uno sul petto, all'altezza del cuore, l'altro alla tempia sinistra. Il tenente James Bradley ci ficca il dito dentro, il ripieno di Custer è freddo. Controlla la ferita, nessuna traccia di un colpo sparato a bruciapelo, di polvere incombusta: *no, Lunghi Capelli non si è sparato.*

Ora il tenente sa che Custer non è un vigliacco, e che ha combattuto fino in fondo. Un grande cerchio di carne morta si stringe intorno al corpo del demiurgo con la sciabola, almeno quaranta uomini e una decina di cavalli. Ripari viventi, palizzate che gridano, nitriscono, sanguinano. Però, a parte i testicoli divorati da qualche lucertola golosa, è ancora tutto intero il generale, a differenza di molti suoi uomini, mutilati in modo orrendo, scotennati come si deve.

Decine di crani scuoiati luccicano, dove fino a due giorni fa c'era la corona, il palmo di pelle da cui si irradiano tutti i capelli, ora si rivela un mosaico di tessuti marci striati da nervature rosse, arancioni e bianche. Il sangue ormai è secco, qualche liquido bolle ancora, frigge lentamente. La grande crosta, la nuova cupola formata sulla testa dei morti, li fa somigliare a una nuova razza umana.

Questo non è un bene, pensa il tenente. Niente scalpo per Custer, niente trofeo indiano, nessun valore dimostrato in battaglia. Almeno secondo gli usi di quei bastardi dal muso rosso.

Due soldati si avvicinano, puzzano di alcol, hanno la lingua quasi blu, bruciata. Avranno riempito le borracce in dotazione alla US Army con qualcosa di poco convenzionale. *Acqua di fuoco*, carburante per poter continuare a correre e morire, schizzare sperma di adrenalina. A questo serve la paga, in fondo: 13 dollari al mese per ingoiare coraggio. Certo, niente a che vedere con la merda venduta nelle riserve indiane, il trader's brew, alcol mischiato con acqua, polvere da sparo, tabacco, pepe di cayenna, corteccia di quercia, acido nitrico e sangue di animali, che rende più denso quell'intruglio. Fa più vittime l'acqua di fuoco di cento reggimenti bene armati. Se i pellerossa non ci restavano subito secchi, a ingoiare quella roba, la cecità era assicurata.

I due soldati piegano le ginocchia per scrutare la scena.

«Ma è proprio lui? Il Generale Custer?».

È la prima volta che lo vedono, ma la sua leggenda vale più di un ritratto, e qualcosa non gli torna.

«Con quei capelli corti? Tenente, state prendendo una cantonata». Risate, colpi di tosse.

James Bradley lancia un'occhiataccia ai due ubriaconi armati di vecchie carabine Spencer, stretti nelle logore camicie blu. Uniformi da quattro soldi da sistemare e rammendare a proprie spese, niente a che vedere con la giacca di pelle di cervo di Lunghi Capelli, che si diceva fosse di pelle di troie indiane.

Custer, il demiurgo con la sciabola.

Con quegli occhi annacquati, quei due devono aver fatto parte di quei poveri diavoli dei reparti della Guerra Civile. Vera merda, quella.

«*Il tenente colonnello* Custer si era tagliato i capelli prima di lasciare Fort Lincoln, l'ho visto coi miei occhi. Ora levatevi dai piedi e datevi da fare, andate a scavare con gli altri. Vi siete guardati intorno? Ci sono almeno trecento anime da seppellire».

Tutti lo chiamavano *Generale,* ma Custer, dopo la smobilitazione dell'esercito dell'Unione, era stato retrocesso al grado di tenente colonnello. Però se ne fotteva, come di tutto il resto, e continuava a portare le spalline dorate e a sfondare puttane di ogni colore ed età.

Bradley continua a fissare il corpo di Custer, quella grossa lumaca bruna senza guscio. Quel cranio intatto fa sospettare di disonore il 'Generale', l'uomo al quale si è sempre ispirato. Sotterra lui stesso quel corpo lungo sotto le pietre. Sotto la pelle giallastra di Little Bighorn lascerà anche qualcos'altro: pezzi, brandelli, lo scalpo stesso di ciò in cui ha sempre creduto. Fanculo a tutto.

Gli uomini del Generale Terry lavorano fino al 30 giusto per seppellire, sommariamente, tutti i corpi del 7°. La terra si trasforma in un orrido alveare di uomini, su ogni fossa venne piantato un paletto con un bossolo di pallottola, con inciso il nome di chi è stato riconosciuto.

Troppe pietre sono state spostate, gli scorpioni si radunano divaricando e serrando le tenaglie; una grossa femmina coi piccoli sul dorso ha lanciato il primo segnale. Dovranno ricostruire i propri nascondigli, prima che il sole ne faccia strage.

Centinaia di stelle di ottone illuminano il campo di battaglia di Little Bighorn, fino a sera. Sono pallottole già sparate, bossoli vuoti, testimoni di quello che è stato.

Dietro il crinale, a Nord, sagome pennute osservano quello strano cimitero d'oro.

27 GIUGNO 1877, LITTLE BIGHORN, MONTANA.

Custer si sveglia tossendo, sputa terra e sangue. Si toglie di dosso i vermi bastardi, sazi, addormentati tra le costole, scava disperatamente con le dita quel metro di merda che lo copre. Deve fare in fretta per uscire fuori, e tornare sul campo di battaglia.

Non ricordava un sole così forte, così preciso e figlio di puttana, ma gli occhi si abituano presto.

Cristo, il suo battaglione è in ritirata verso Nord, finirà ancora una volta con un massacro, con la collina brulicante di budella viola. Vedrà di nuovo i denti marci di Cavallo Pazzo, quella risata dal sapore di polvere da sparo e di essenze puzzolenti che gli sbava sul mento, il cuore sfondato e poi la terra: ancora un anno di terra. Gli uomini non si accorgono del corpo putrefatto del loro comandante, scappano di nuovo a Nord, verso la solita trappola.

«Colonnello, ordini!». Il sergente Dawson scuote la giacca di Custer, nei suoi occhi saltano piccole rane gialle con bocca umana, che con la lingua tra gli incisivi fischiano un coro metallico. Forse solo lui può vederle quelle creature dell'altro mondo, testimoni dell'altrove che si godono la scena, attraverso quei piccoli occhi verdi velenosi. Sono i trucchi da quattro soldi della cazzo di maledizione di Custer. Tornare, di nuovo, e morire, di nuovo, con tutti i capelli in testa. Il disonore più grande.

«Colonnello!». Il sergente insiste con le mascelle traballanti, le truppe si stanno disperdendo, bisogna fare qualcosa prima che sia troppo tardi. Il comandante putrefatto raccoglie una sciabola, la alza verso quel cielo finto, troppo basso; forse potrebbe persino forarlo. Ordina alle compagnie rimaste di concentrarsi a est, di raggiungere la piattaforma della radura e formare un quadrato di resistenza.

Stavolta, pensa Custer, *finirà diversamente, meriterò uno scalpo e queste vecchie spalline da generale.*

I superstiti della ritirata, con tutti i capelli in testa e le viscere ancora ben raggomitolate nella pancia, raggiungono la zona scelta dal loro comandante, spinti a calci in culo da Dawson e dal tenente Morris.

«Prendete posizione!». Custer non vuole lasciare nulla al caso, anche se non può vincere la battaglia, con quel pugno di uomini che si stanno pisciando nei pantaloni. Ma vuole vendere cara la pelle prima di tornare sottoterra. Stavolta non ci dovranno essere dubbi sul suo coraggio. Cavallo Pazzo dovrà portarsi via il suo scalpo, così sarà ricordato da tutti come un grande eroe. Sogna una statua equestre dalle palle di bronzo che affonda le zampe nella vecchia New Rumley, in mezzo al nulla dell'Ohio, e un fiero busto nella sala d'onore dell'accademia di West Point, da dove potrà fulminare col suo sguardo di bronzo i nuovi cadetti. Ragazzi che riempiono la divisa troppo grande con carne che puzza ancora di latte. Sarà lui la loro corazza, le vertebre e i grossi testicoli, sicuro.

I giaguari Cheyenne, Sioux e Lakota accerchiano facilmente le truppe americane, ringhiando famelici. Stringono sempre più la loro morsa a ferro di cavallo, il loro respiro soprannaturale penetra tutti i pori dei brandelli del 7°. L'orlo della radura viene punteggiato dai colori di battaglia, macchie di rosso, di blu, di giallo si muovono, apparendo e scomparendo, tra lo scintillare delle lame.

Gli occhi del colonnello putrefatto sanno guardare più lontano dei suoi uomini, inquadrano le facce sudate dei capi dalle molte penne, a cavallo a qualche centinaio di metri, che si stanno già dividendo il bottino di carne. Cavallo Pazzo, il bastardo, Capo Coltello, Toro Seduto, Strada Grande, Re Corvo, Pioggia in Faccia, Toro Bianco, Aquila che Uccide e tutti gli altri capi dalla pelle vecchia. Un cerchio che scalcia con gli zoccoli, dove si parla di morte, di scalpi da collezionare, di ornamenti umani. Ma nessuno di loro vuole un pezzo di Capelli Lunghi, del demiurgo con la sciabola, che ha affettato parecchi dei loro villaggi, tritando donne e bambini, cucinando spezzatini di indiani.

Custer vede lontano, ovunque: zoom sulla lingua di Cavallo Pazzo che lecca la lama del suo coltello, spaccando in due la lingua nera; primo piano di Stella Rossa, una delle sue guide Arikara, dalla faccia deformata, allungata, quasi senza più ossa. Vede i giaguari Sioux strappargli le gambe. Il traditore non guiderà mai più l'uomo bianco tra i sentieri sacri.

Gli ultimi spari, poi solo grida isolate. La linea di difesa degli uomini blu di Custer ha ceduto in appena quindici minuti, i giaguari sono troppi e il sangue americano spruzza quella intatta radura. Dawson viene trascinato via e appeso per le gambe a un albero, è ancora vivo, dondola lentamente osservando la terra verde, la bocca che dovrà masticarlo, molto presto. Un guerriero Cheyenne ha acceso un fuoco accanto a lui, gli ha tagliato il naso e un orecchio, poi continuerà col resto, curioso di assaggiare la carne degli uomini blu, condita dalla paura. La vescica del disgraziato diventerà una borraccia, appesa vicino allo scalpo. A Morris non sta andando meglio, il giovane ufficiale è un trofeo importante, se lo stanno litigando. Le sue braccia vanno a sud, il busto a ovest, mentre la testa corre via sotto il braccio di Giovane Nuvola, un orgoglioso Unkpapa.

Custer è l'ultimo a restare in piedi, dietro la diga dei corpi dei suoi soldati che non hanno mollato fino alla fine. Il colonnello putrefatto non può sentire dolore, le sue ferite hanno già dato tutto tempo fa, non possono più sanguinare. I giaguari gli sono addosso, Cavallo Pazzo torna a respirargli sulla faccia, come un anno prima, esplorando il suo viso bianco con un sorriso di denti marci. Ma, proprio come allora, uno sparo chiude la storia. Una pallottola che guizza nel cervello e spegne la luce.

Cristo, niente coltello, niente scalpo. Ma perché? Custer, sicuro di aver onorato la battaglia, non comprende l'indifferenza dei pellerossa, si ritrova di nuovo sottoterra, col muso schiantato in quel cimitero d'oro di bossoli. Con tutti i capelli ancora in testa.

27 GIUGNO 1878, LITTLE BIGHORN, MONTANA.

Custer si sveglia tossendo, sputa terra e sangue. Si tocca la testa, sembra ancora tutto come prima, i capelli stanno tornando quelli di una volta, quelli dei ritratti più celebri. Un altro anno sottoterra, i lenti motori della natura hanno avuto tutto il tempo per nutrire i suoi pezzi ancora vivi: i capelli, le unghie.

Ora può grattare più velocemente per scavare e uscire dalla sua fossa, sostenersi sulle gambe tenute assieme dalla polpa rimasta attaccata, e osservare, là fuori, il bossolo di rame con inciso il suo nome e le altre file scavate a semicerchio, collane d'oro che fanno bella la terra nuda.

George Armstrong Custer - 27 giugno 1876.

Quel giorno, il giorno. Quella cazzo di collina scintillante, quella dannata tomba provvisoria. Custer non può dormire per sempre come tutti gli altri uomini blu fatti a pezzi; qualcuno, qualcosa, continua a svegliarlo, e non sono certo i denti dei vermi affamati. *La maledizione, porca puttana!*

Il demiurgo con la sciabola si sgrulla di dosso polvere, gusci di scarafaggi e brandelli di divisa: una spallina d'oro è scomparsa. Si guarda intorno, qualcosa è cambiato.

La collina è sprofondata, le Black Hills, alle sue spalle, mostrano rilievi diversi, altre teste appuntite prima invisibili. Nuove rocce, nuovi angoli crescono tutto intorno, coperti di lucida melma nera.

Dalla terra spuntano tende indiane, si gonfiano una dopo l'altra con i loro bufali rossi in fuga dipinti su tutti i lati, mentre il gelo della notte salda le ossa farinose del colonnello.

Inverno, notte. La stessa scena davanti e dietro, sopra e sotto. Il collo di Custer ruota, la schiena si flette e si inarca, ma le immagini restano sempre le stesse. Il cielo è uno specchio e le assi dell'orizzonte non sono altro che croste arancioni intorno a una vecchia ferita sempre aperta. Un mondo circolare, infinito e seriale, proprio come la buca del colonnello putrefatto.

Piccoli fuochi si accendono ovunque, cento lingue che forgiano atomi e cellule, formando embrioni umani dal cuore trasparente. Le ossa si allungano, i tessuti accelerano e fremono, la carne trionfa e le tette spuntano. Ogni fiamma ora accende una donna, una giovane ragazza indiana, sempre la stessa. Cento volte. Cento come lei che bruciano, che crepitano, crescono e invecchiano, per poi scomparire, tornare scintille, volteggiare e atterrare sul groppone della terra.

Forse le fiamme dell'inferno sono autorizzate a bruciare l'ossigeno del mondo di fuori, e fare capolino nella terra dei vivi? Magari l'Altrove ha diversi strati, e questo è solo uno dei tanti.

Custer ha già visto quella ragazza indiana, ha già gustato le sue morbide carni, e mentre ricorda si lecca le labbra di cuoio. Sono solo i trucchi della sua maledizione, e ormai non si stupisce più.

Ma dov'è adesso il campo di battaglia?

Si avvicina a quell'onirico accampamento indiano, entra in una tenda spostando le pelli e lo scheletro di corteccia di betulla. Su una stuoia rossa giace la ragazza indiana, quella inventata dai fuochi, nuda, a cosce aperte. Custer aggira l'intreccio dei pali al centro della tenda, piegando le gambe scricchiolanti evita i carboni ardenti sospesi in aria come satelliti, e si stende vicino alla ragazza.

Non è la sua cheyenne Monahseetah, la troia che ha comprato dal marito indiano per undici cavalli, la figlia di Piccola Roccia, ma una puttana più giovane, ancora adolescente. Quei bastardi selvaggi vanno in guerra a quindici anni, già addestrati a scotennare, e le loro vipere, già a dodici anni, sanno chiavare meglio delle baldracche bianche di Al Swearengen, a Deadwood. Custer lo sa bene, se ne è fottute parecchie di prede di guerra con figa indiana.

La ragazza, animata dai trucchi della maledizione, si avvicina a tentoni alla bocca del colonnello putrefatto: non può vederlo, alla sua bellezza acerba ed esotica mancano gli occhi. Non le sono stati strappati via, come facevano gli uomini blu dopo essersi vuotati le palle, per evitare di lasciare testimoni. Quelli della ragazza sembrano non essere mai esistiti, mai formati. I fuochi devono aver forgiato male quella creatura, forse anche tutte le altre novantanove di quella notte.

Custer respira il profumo di Paw soffiato dalle labbra della ragazza, il frutto dolce e intenso delle montagne dei giaguari. Non riesce a trattenersi e monta la ragazza con foga, tenendole la mano sulla bocca e un coltello sotto la gola, questione di vecchie abitudini. Il suo corpo sembra funzionare di nuovo, a pieno regime. La troia indiana però non grida e non graffia, e così il colonnello putrefatto non riesce ad arrivare fino in fondo; il suo osceno Nirvana si sgretola davanti a quella immobilità.

Strilla forte, puttana, scalcia come sai fare, fammi godere!

Custer si aggiusta i pantaloni, sputa su quella vergine appena bucata, vuole uscire da quella follia, da quella tenda inesistente, per trovare il campo di battaglia, offrire il suo scalpo e riprendersi l'onore, prima di passare un altro anno a masticare terra. Ma il sergente Dawson entra nella tenda in tutta fretta, sudato di sangue indiano, gli passa attraverso come in un'immagine fantasma, alza la carabina e ficca la baionetta negli occhi della ragazza. Prima in uno, poi nell'altro. Occhi che non vedevano, che non c'erano già prima, che però ora sanguinano e spruzzano generosi, come sorgenti liberate.

«Il vecchio porco sta esagerando, mi sono rotto le palle di coprirlo!», sputa fuori Dawson.

Un'altra figura affianca il sergente, un soldato dalla faccia ovale che si tiene il viso tra le mani. Non ha ancora sparato una pallottola, anche se fuori c'è l'inferno, l'accampamento è in fiamme e i giaguari, grandi e piccoli, friggono nelle padelle gli uomini blu.

«Cos'hai da guardare? Tieni la bocca chiusa e vai a sistemare qualche bastardo, renditi utile!».

Dawson passa di nuovo attraverso il colonnello putrefatto, senza più colla tra le cellule, ed esce per finire il lavoro. Si sentono altre raffiche, la cantilena di un vecchio stregone viene spezzata insieme alla sua collana di piume e ossa dipinte di azzurro. La sciabola degli uomini blu corre sulla sua faccia antica, disegnandogli un secondo, immenso sorriso morto.

La terra sotto la tenda si muove, scuotendosi, mostra ganasce brune e file di denti che afferrano Custer per i polpacci e lo trascinano di nuovo al suo posto. *Sottoterra*. Ora, stranamente, il demiurgo con la sciabola sente dolore. Non lo ricordava nemmeno più.

La notte cede, il sole torna a illuminare la collina riemersa, la gobba della morte mimetizzata dalle rape selvatiche. I bossoli di rame del cimitero del 7° riprendono a scintillare.

Il colonnello putrefatto uscirà ancora dalla sua fossa, ogni volta, lo stesso giorno. Ma nessuno vorrà prendersi lo scalpo fetido, disonorato, di un guerriero che ha fatto accecare una vergine per non farle raccontare la vera, schifosa storia, e così tante altre come lei.

Storie di eroi? La maledizione dello stregone dalla collana di piume azzurre, cantata giusto in tempo prima del bacio di una sciabola, non darà tregua a Custer, nemmeno là sotto, tra vermi e lumache.

Gole tagliate che gridano ancora, occhi chiusi che continuano a vedere con le mille orbite dell'altrove. Fantasmi in divisa, con false spalline d'oro, e tutti i capelli ancora in testa.

27 GIUGNO 1879, LITTLE BIGHORN, MONTANA.
Custer si sveglia tossendo, sputa terra e sangue…

STEFANO
CARDOSELLI
2018

Antinferno

«Numero? Ehi, ci senti? Numero!».

La donna, appena separata dalla figlia, guarda nel vuoto. Fuliggine, e il fiume in mezzo.

«Guardati il collo, puttana...», la strattona Putiferio, soffiando disprezzo dalle narici equine.

Fuliggine, il fiume in mezzo, e poi due file di gente trasparente sulle rive, uomini e donne.

«Numero! Devi leggere il tuo cazzo di numero!», insiste Pandemonio, con le mani sui fianchi.

Dove... dove sono i bambini? pensa la donna a occhi chiusi, mentre dietro gli altri morti, l'ingorgo dei figli della peste del Sabato, spingono, gracchiano cabale, vogliono entrare. Il cancello è stretto.

Putiferio si avvicina al grasso Pandemonio, piantato là a gambe larghe, a sventolare la coda dal nervoso. Aspetta il numero, è uno che ama le regole. I due diavoli di terza categoria si guardano negli occhi, poi annuiscono. Pandemonio sputa per terra roba che brucia, vuol dire che farà un'eccezione per stavolta. La donna cade in ginocchio, la calca la travolge senza pensarci due volte.

Ma poi si fermano tutti, con palle e vulve congelate, quando schiocca la frusta.

«Chi altro la vuole assaggiare? Ordinati in fila, per numero!», ringhia Pandemonio, psicopompo col cappello egizio alla Aleister Crowley messo di traverso, panzone domatore di anime.

Fuliggine, il fiume in mezzo, due file di gente trasparente sulle rive, la puzza di stoccafisso di anime marcite ancora vive, colla di pesce e sudore nero. Ma, più di tutto, fuliggine.

Putiferio afferra la donna per i capelli, la solleva. «Come ti chiamavi?», chiede alla disgraziata, osservandola come fosse un prosciutto. Sì, il povero demone è affamato e a fine turno, ma in fondo ha il cuore buono, lo sanno tutti nell'Antinferno. Quella non risponde, niente da fare, allora decide di leggere lui il numero, scolpito su una piccola pietra legata al collo della donna con uno spago.

«Undicimilanovecentonovantanove!», tuona, spingendola avanti, oltre la postazione da ostrica di Pandemonio, l'oscuro casellante con uno stecchino in bocca: scheggia di metatarso.

«*Va bene adesso?* Adesso falla passare, altrimenti si blocca il flusso.»

«Gesù Cristo, ma non può essere!», replica il lardoso collega sollevando un braccio. «Ancora un altro e riempiamo i serbatoi, già a quest'ora... Con questa cavolo di peste non si riesce più a lavorare».

Pandemonio si gratta la testa, si siede di nuovo a fare i conti, non gli tornano proprio, porca troia.

Fuliggine, il fiume in mezzo, due file di gente trasparente sulle rive, quella maledetta puzza di stoccafisso, e l'ultima donna del serbatoio del Sabato. Una puttana poi, che ha sbocciato la figlia di un arciprete dai denti marci, la prostata in fiamme, già sulla Terra, e il crocefisso tempestato di rubini.

«Vai là fuori da quel demente di Finimondo», brontola Pandemonio «e digli di piantarla di numerare pietre, ma si è bevuto il cervello?» sollevando il mento storto in direzione di Putiferio, che tiene ancora la donna per i capelli, sollevata un metro da terra.

«Dodicimila!», esclama di colpo tutto contento un vecchio dai baffi bruciacchiati, pieno di graffi sul volto invisibile; i segni da tigre di una figlia ormai abbastanza grande per difendersi, a letto. Il vecchio porco è pronto a scattare dalla sua prima fila, tocca a lui adesso, è più di un'ora che scalpita.

Putiferio lascia cadere il suo prosciutto morto con le tette e prende per il collo quell'idiota che canta la sua liquefazione; è chiaro che non sa cosa c'è oltre la postazione d'ostrica, e quel cunicolo. *Che coglione.* Ma non si vede niente, solo fuliggine, un braccio di fiume, una sola riva adesso, un'unica fila... e forse, sì, proprio un'isola, là in fondo. «I bambini!», gracchia il vecchio, con la mano di Putiferio che gli serra la gola larga, che ha ingoiato blocchi di giovinezza tutti interi.

«Baffuto del cazzo, chi ti ha dato il permesso di aprire la boccaccia!», romba il demone, lanciando il corpo invisibile del porco in fondo alla fila. Cento metri.

«Ma che cavolo, idiota... così scombini tutto, quello era il numero giusto, *l'ultimo.* Vallo a riprendere, così chiudiamo il turno. Cristo Santo...», si agita Pandemonio alzandosi di scatto dalla sedia d'ossa, riprendendo al volo il cappello di Crowley volatogli via dalla testa.

«I bambini!», si sente dire di nuovo. *Ma che cav...*

Putiferio, rosso dalla rabbia più del solito, volta la testa confuso, a sinistra e a destra, poi piega la testa avanti come un rinoceronte e strizza gli occhi, rossi pure quelli, per mettere a fuoco là in fondo alla fila.

«I bambini!», ancora quella voce, quelle parole.

Non può essere il baffuto cronico, la voce è diversa, Putiferio allora s'illumina d'immenso, abbassa lo sguardo sui propri zoccoli e comprende che la filastrocca parte da là sotto. La donna, *ancora lei.*

Pandemonio se la ride di gusto, facendo ballonzolare le sue tre file di trippe. «Sei proprio andato, amico mio, hai il cervello bollito, Cristo Santo! Sembravi andare a farfalle.»

«Vai a farti fottere... col tuo bel culo dorato.... senti, ma che ne facciamo di questa?», replica il diavolesco compare, sempre più smarrito. La donna gli sta stringendo forte una zampa, piagnucolosa sanguisuga, e continua a ripetere: «I bambini!».

Fuliggine, una curva di fiume senza rive, niente più file di fantasmi con organi a vista, e poi l'isola scorta dal vecchio porco che galleggia scheggiata da un'alba boreale di zolfo. Ora si vede bene.

«Falli andare tutti indietro, muoviti», tuona Pandemonio, che ha già finito le risate. «Altrimenti vedono i bamb...» s'interrompe mordendosi la lingua biforcuta.

«I bambini!», riprende a frignare la donna morta trasparente, è un disco rotto.

«L'Isola!», gracchia agitato il vecchio, che ha recuperato la sua posizione, quella scritta sulla pietra legata al collo, e che mostra a Putiferio, ormai in crisi. Suda come un cavallo, e sbotta.

«Avete sentito, feccia? Indietro, dovete andare indietro! Non c'è niente da vedere, dovreste tremare di paura, andare avanti significa... va beh, lo scoprirete da soli, brutti spiriti puzzolenti, e sciapi».

Ma la donna, approfittando dell'occasione, corre via, scalza, più veloce dei suoi capelli rossi, supera la postazione dello psicopompo, incastrato là dentro come una perla nera, e raggiunge la riva. L'acqua del fiume è calda, la saggia coi piedi, si volta e vede accorrere Putiferio con aria di tempesta. Prima di tuffarsi, si porta le mani alla bocca, animando una conchiglia di dita, e grida a quel diavolo affannato: «Eva, mi chiamo Eva! Fottiti!».

Fuliggine, l'acqua calda del fiume addosso, la riva che si allontana, che scompare come lo sguardo viola di Putiferio, il silenzio, poi il fragoroso splash, pochi metri più avanti, di una palla di cannone. Eva nuota agile, senza più il peso del sangue nel corpo, supera la testa mozzata del vecchio e i suoi baffi ormai allisciati, sparatagli contro da quei due disperati che l'hanno lasciata scappare.

Un'altra curva, il dorso sempre più scuro del fiume, adesso bollente, tanto da cuocere la pelle di un vivo, poi finalmente l'isola si mostra di nuovo, come un incantesimo che si accende e si spegne negli occhi di un semaforo. *Si muove,* pensa Eva, *sì che si muove, ma dove sta andando?*

Poi è costretta a fermarsi, portarsi le mani alle orecchie e tenersi a galla scuotendo le gambe invisibili. Un suono riverbera ovunque, un allarme, qualcosa di meccanico e insieme ancestrale, *sì, sono le rocce, gridano,* dice a se stessa, guardandosi intorno, scoprendo le navate di quella immensa caverna, a destra e sinistra e, là in alto... il soffitto impossibile di cielo nero, le stelle, e un pianeta basso che si gode la sua discesa estiva.

Sono dentro, o fuori, o entrambe le cose? si domanda, mentre i timpani le scoppiano. Una dannata sirena, un urlo soprannaturale, il fiato di un corno da battaglia lungo mille metri, i lamenti di parto di una creatura immensa, cieca del suo caos, un leviatano che canta mostruosamente, superbo, a quella parodia di geometrie cosmiche scombinate e alterate. *Sono le sue scaglie, quelle rocce, e la sua mente, quello spazio vagante?* Poi il terribile suono, sibilo di intestini giganti, si interrompe all'improvviso, e l'isola appare a pochi metri, ora si vede di nuovo.

Si scorgono anche le rive, qualcuno ha fatto entrare un pezzo di luce forte laggiù, o lassù, e anche le file dei fantasmi trasparenti che arrancano, con le loro pietre al collo, ora si mostrano bene.

Dove stanno andando? Le donne a sinistra, con granchi sui seni, capeggiate da una grassa regina, una maîtresse avvolta in un manto di stelle, come quello della Vergine Maria, e gli uomini a destra, che seguono una magra figura allampanata un sovrano d'ombra che a ogni passo sembra lasciare inchiostro dietro di sé. In fondo ai due percorsi, due enormi cisterne sembrano aspettare, assetate, tutte quelle anime. I serbatoi da seimila litri, il carico massimo del Sabato di spiriti umani da liquefare.

Eva volta di nuovo il capo avanti, due bracciate e finalmente raggiunge quell'isola semovente, si aggrappa al bordo viscido con le unghie, si solleva e sale sopra quella strana zattera, che non sembra un'illusione adesso. Sotto i piedi si sente la materia, con le sue increspature e nervature, e poi i ciuffi d'erba e le cortecce ruvide di alberi intermittenti, un giardino. Uno sgangherato Eden.

Cos'è questo posto? dice Eva ad alta voce… no, lo pensa soltanto, ma la voce che specchia i suoi pensieri è di qualcun altro, che l'ha sempre seguita nell'acqua, sussurrandole porcherie, ripetendo i suoi pensieri come un pappagallo. Ha l'alito antico dell'arciprete, il mangiatore di ostie, il morditore di vulve. *Ma quello non è mica morto,* riflette la donna. La strega era lei, e andava cotta a puntino.

Un coro in lontananza, quelle voci… *i bambini!* Eva prende a correre, superando i suoi lunghi capelli rossi, e i pensieri stessi. Il giardino galleggiante si allunga e si distende, diventando immenso come una fetta di Babilonia, scompaiono le rocce, le gole di quella sotterranea, eretica cattedrale, e anche lo spazio, la parodia di cosmo e galassie ribaltate là sopra, che con un click si chiude su se stesso a scatto, rivelando una cupola ricoperta di antiche iscrizioni. Ma non c'è tempo di guardare, il coro di bambini è sempre più vicino, dietro quei cespugli, bisogna solo correre, correre e correre.

Il sudore sulla fronte, sul collo, sulla pietra numero undicimilanovecentonovantanove, tra i seni trasparenti succhiati da una piccola diavolessa, tra le cosce. Il cuore morto che sembra esserci ancora e battere forte, ma è solo il ritmo soffuso dei suoi passi scalzi, a cui fanno eco i tamburi della Signora di Costantinopoli e della Mongolia.

Lei, la Peste, dalla faccia di cera e il becco lungo, circondata da centinaia di bambini, che cantano tra papaveri e cardi fosforescenti, ognuno con la propria lingua nera tra le mani.

Malanima

Gli occhi gialli delle caditoie, sui fianchi dei marciapiedi. Pozzi rettangolari che esplorano scarpe, gambe, coscienze. Anime pronte all'emigrazione. Il lupo lecca i bordi, lo scolo della pioggia. Aspetta l'ordine della padrona per scattare, cacciare. Affondare i denti, ringhiare in molli ripieni.

I predestinati, la lista del giorno. *I clienti della Mietitrice.*

La gran puttana è nascosta nelle fogne, affonda le dita nelle acque nere, assaggia le esperienze sputate dai reni umani. Il lupo scende di nuovo nel canale centrale.

Sono dieci giorni che la Mietitrice lavora a Milano, la puttana se la sta prendendo comoda, stavolta. Bisogna cambiare gregge, canali e fogne più rapidamente, la lista è lunga. Così, si rischia di fare qualche errore. Qualcuno camperà troppo a lungo: cortocircuito di schemi, predestinazioni.

Corridoi dell'Inferno congestionati, fruste che dirigono un traffico impossibile. Roba morbida schiacciata per terra, prima del tempo. Meduse che tremano, anime che trascinano lunghe budella affettate, ricordandosi ancora tutto. Torture non previste, pavimenti di neuroni cotti a fuoco lento.

Non deve accadere troppo spesso.

Il lupo si avvicina alla padrona, strofina il muso sulla sua veste nera, vuole essere rassicurato. Una mano bianca gli schiaccia le orecchie, si sofferma a lungo sul pelo ispido del groppone. La falce inizia a strigliarlo dolcemente, carezze di lame.

È arrivato il momento di lavorare, la bestia fissa la padrona: basta un segno, i muscoli delle zampe sono carichi. Il lupo è pronto. La Mietitrice indugia ancora, assaggia l'acqua nera che scorre maleodorante, sbuffando gas irrespirabili. Ectoplasmi di merda, sogni verdi usciti dal culo di milioni di persone.

La puttana sembra decidersi, finalmente. Afferra il lupo per il collo, respira nei suoi sensi. Quella che gli consegna è una mappa di odori, un bersaglio senza forme. L'animale vola subito nella galleria, con le unghie affilate che scavano spari orizzontali sui mattoni, sulle pareti marce.

Un ultimo controllo dalle strette caditoie. Le finestre delle fogne.

Un fiato senza branco sbuffa di impazienza. E poi la vede.

Una donna che corre per ripararsi dalla pioggia; caviglie bianche, magre.

Il lupo ringhia, mastica pensieri di cellule, affianca il temporale che spazza la città senza sosta da due giorni. Il momento della caccia, del sangue, il premio della padrona. *Eccitazione.*

Esce all'aperto, annusa direzioni, corre verso il predestinato. Un'ombra sottile, un ristagno di pozzanghere, manciate veloci, improvvise, di vento. Tutto ciò che gli occhi umani riescono a vedere, dei lupi della Mietitrice. Nient'altro

Le due sponde del viale si congiungono, la velocità spezza le geometrie, forma grandi piramidi rovesciate. Un volo a quattro zampe, a mezz'aria, verso la preda. La donna sta rientrando in casa, è una puttana anche lei. *Ma il suo prezzo è diverso da quello della padrona.* Le cosce nude attaccate al giubbotto nero, l'illusione di colonne di carne che non sanno cosa sostenere.

Il lupo accelera, ma lei gli chiude il portone proprio sul muso, all'ultimo istante. L'odore di fica passa dalle fessure; giallo, denso. L'animale lecca il marmo, aspetta che qualcuno esca, per farsi sotto di nuovo.

Pochi minuti, il portone scricchiola e si apre, il lupo passa sotto le gambe dell'uomo con l'ombrello. Salta sulle scale, l'odore della puttana, memorizzato nel suo radar, è sempre più forte. L'ascensore, una vecchia fortezza di ferro, si muove scorrendo su vecchi binari. Scatole di anime, di metallo e carne. Barattoli. Il lupo frena, raddrizza la coda: la signora con le scarpe nuove, dentro la gabbia di ferro, odora di morte. Ma non è lei il suo obiettivo.

Terzo piano, ottanta scalini, lucidi. Strati di pelle vecchia. L'animale gratta furioso la porta dell'appartamento che ha fiutato.

La puttana, là dentro, si sta cambiando, è fradicia di pioggia e di sperma. Non può sentire la bestia, e lo sferrare dei suoi artigli.

Il lupo si acquatta, aspetta. Presto avrà il suo premio, quando porterà alla padrona quello che vuole.

La puttana guarda l'orologio. Ha fatto poco stasera, appena centocinquanta euro.

Maledetta pioggia del cazzo! Dovrà tornare in strada, turno extra stanotte. Si trucca velocemente, mimetizza la pelle bianca, scavata. Lavora con cura sulle ferite della fronte, sul collo. I clienti non devono accorgersi di niente. Basta sistemare la faccia: alle pustole, sotto, non fa mai caso nessuno. Un uomo infoiato procede come un treno, passa sopra tutto, con occhi tra lo scroto e freni squagliati.

Un mestiere di merda, affittare vulve e baci freddi, e alla fine tocca a tutte prendersi la morte troppo presto. I farmaci costano parecchio; e la cocaina, per tenersi insieme i pensieri, ancora di più.

È costretta a lavorare molto più di una volta.

Le strade sono allagate, dalla finestra non si vede passare un cane. Sarà dura alzare qualche euro. Dovrà succhiarlo per poco, aggrapparsi ai finestrini e incantare con quegli occhi spenti. Ventose di disperazione, per vendere anche il fantasma di se stessa. Ma anche l'anima, se quelle come lei la indossano ancora.

La puttana è pronta a scendere di nuovo in strada, un'ultima tirata e via. Apre la porta, ma le arriva subito addosso uno strano odore di uova marce.

Uno schifo, in un palazzo dove paghi litri di sangue per l'affitto.

Deve essere la pazza che porta da mangiare ai gatti, che ogni giorno si compra scarpe nuove. Non si ricorda di averne centinaia, tutte uguali. La settantenne fuori di testa, che vive meglio di lei. Almeno non si rende conto della vita, delle tenaglie.

Poi, qualcosa sembra ringhiare, nell'ombra.

Ma che Cristo è? Un cliente che sbava, che l'ha seguita fino a casa?

Non sarebbe la prima volta. Seghe sulle scale, al piano di sotto. Accampamenti di guardoni, che sperano di veder schizzare fuori dall'appartamento frammenti di tette, odori di chiavate, facce colpevoli. Ma ormai lei non lavora più in casa da tempo, vogliono tutti scopare di corsa, hanno fretta e razzi dietro il culo.

La puttana entra nell'ascensore, preme il pulsante del piano terra, e si osserva le mani, per un momento: smalto rosso, scrostato sulle punte. Spinge ancora, ma niente,

Non parte, cazzo! La rincoglionita deve averlo lasciato aperto, al suo piano. *Quanto camperà ancora la vecchia?* Forse più di lei, teme, anzi, ne è certa. Tra poco la malattia le impedirà di lavorare. Finirà così, tra sputi di amore e festoni di bollette scadute. La madre non le risponde più da anni: un telefono staccato, un infinito occupato.

Scende a piedi, si tiene sul corrimano per non scivolare. Ha tacchi alti dalle vene d'acciaio. Il tanfo di uova marce non le si schioda di dosso. Si ferma, annusa la pelliccia.

Mica sarà questa a puzzare così? Magari qualche stronzo le ha tirato qualcosa addosso, per divertirsi. Ma certo, quel gruppo di ragazzini che l'hanno presa di mira.

Il lupo, acquattato là vicino, prende la mira e osserva il collo della donna: la giugulare annodata che pulsa: vuole quella. Decide di scattare e azzannarla affondando duro.

Radici già smosse, viene tutto via facilmente. Alta marea di vuoto.

La puttana non si accorge di nulla, una rasoiata nella testa, il respiro diventa pesante, vertigini. Poi sparisce tutto, un malessere qualsiasi. Pensa di aver mangiato troppo poco, che è normale sentirsi così debole. Ma è un modo per far finta di nulla, per prendersi per il culo e non smorzare le speranze: la malattia fa spesso scherzi del genere, scherzi del cazzo, scherzi di morte.

Continua a scendere le scale, ma sembrano infinite. Non esiste più il piano terra, l'orrore dell'infinito apre le fauci sopra e sotto.

Il lupo stringe tra i denti l'anima della donna, gli cola plasma azzurro dal muso, deve stare attento a non farlo colare sul pavimento. Annusa la puttana morta, e poi corre dalla padrona.

Lo starà aspettando con ansia, nelle sue fogne.

La puttana, chiusa in vestibolo speciale, separato dal mondo reale, si toglie le scarpe, corre all'impazzata giù per le scale, vuole arrivare al portone, all'uscita, a tutti i costi.

Cristo, non può essere! Non può essere!

Scende ancora, sempre più in basso, tanti secondi piani tutti uguali, la porta dell'ascensore sempre bloccata. Si attacca ai campanelli, non le apre nessuno. Sbatte la testa su quella maledetta triade di porte del pianerottolo, ma non ha più sangue, dolore. La follia, la disperazione di non poter più fare rumore. Sono questi i bombardamenti dei labirinti della Mietitrice. *Esplosioni sorde.*

Il lupo schiva i fari delle macchine e le lamiere dei clienti che ronzano intorno al palazzo. Un percorso di guerra tra palle piene e putrefatte, tra barattoli pieni di conserva di solitudine.

Scende nelle fogne da un pozzetto di ispezione. La Mietitrice aspetta sul bordo del canale, fa sollevare un arco di acqua nera, crea un ponte per l'animale. Attraversando, arriverà prima da lei.

Il lupo molla il suo pacchetto sotto i piedi della gran puttana. È stato in gamba, non ne ha mangiato nemmeno un pezzo. Scodinzola, la lingua penzola colando gioia e sangue al ritmo del suo ansimare.

La Mietitrice raccoglie l'anima della donna, i fluidi azzurri accendono spezzoni di galleria, neon di morte. Lanterne intermittenti che bruciano le ultime riserve.

Annusa con cura quell'anima appena sradicata, e poi inizia a masticarla. Dura, sapori acidi di ricordi pestati, pugni, sudore, ospedali e varecchina. Il viso della Mietitrice sanguina, la sua figa sente passare tutta Milano, sfondata da accampamenti di saliva, di magliette sporche, di santi perduti.

Ingoia l'ultimo brandello, si piega sulle gambe. Ha vissuto tutta la vita di quella puttana in pochi secondi. È gravida di solitudine, dei percorsi spezzati della donna, che già iniziano a scalciare nella placenta, assieme a tutto il resto. Magie di dolore, di vita e di morte, contrazioni.

Il lupo osserva la padrona, preoccupato. In quei momenti sembra morire, la Morte.

La Mietitrice riprende le forze, accarezza il muso dell'animale, che chiude gli occhi. Afferra la falce, sorride per un microscopico istante, poi apre in due il ventre della bestia, che non si lamenta. Muco e polvere. Cartilagini nere. La vita rappresa dentro maglie di tessuti infernali. Strappa qualche pelo dal dorso del suo fidato assassino d'avanguardia, e poi lascia scivolare il suo corpo nel canale.

Finalmente libero. Muscoli e viscere, alla deriva, si sciolgono, scomparendo.

Il lupo ha avuto il suo premio. La seconda morte, quella vera. Quella per sempre.

Da preda a cacciatore, fino a schizzare fuori dal pianeta, seguendo le strette curve di un tunnel, come una palla d'acciaio, per frenare davanti al Cancello Nero. *L'altra parte.*

La Mietitrice si slaccia la veste, si stende a gambe larghe, ringhia al nulla. Spinge sempre più forte, grida. Le si rompono le acque, una cascata scura, densa, vivente.

Sulla pelle della galleria trema un coagulo di nervi, una struttura incompleta. Iniziano a formarsi le orecchie, la coda, i denti. Il pelo lucido, nero.

La Mietitrice ha partorito un nuovo lupo. Presto sarà pronto e forte, andrà a cercare il suo obiettivo. Il prossimo predestinato. Una bestia col cuore di una puttana malata, un'altra preda trasformata in cacciatrice. Un'altra morte da vivere, per andarsene davvero. L'ultima deriva.

Nei suoi occhi gialli splende il mondo di mezzo.

Miss Saigon

«Forza capitano, stasera ci vuole… dopo tutta la merda che ci hanno tirato addosso».

Il capitano Baker è stordito da quello che si è scolato al bar di Cuc la Grassona; barcolla e si fa guidare dai due giovani marine in un vicolo che ondeggia. Essenze da quattro soldi, fette di banane mature immerse nel gin, gli penetrano le narici, arrivandogli fin giù nello scroto.

Puttane, pensa col cervello stroboscopico, e gli viene da vomitare.

«Là dietro… quella casetta di mattoni arancioni del cazzo è il Kim Kuk, roba da figli di puttana raffinati… ci siamo quasi», spiega il caporale Diaz indicando il tugurio col dito, per poi metterselo in bocca e succhiarlo. *Ostriche, stasera*, commenta, continuando a spingere avanti l'ufficiale in panne, sussurrandogli oscenità nell'orecchio destro, da vera serpe messicana qual è.

Il soldato Bigelow li segue guardandosi alle spalle ogni trenta secondi, se la ride di gusto. Lo chiamano Joker, e ci sono cazzuti motivi per quel soprannome, che vanno ben oltre la cicatrice che il biondo del Tennessee indossa sul lato sinistro della bocca, che anima sulla scarna faccia un eterno sorriso troppo largo, storto, deviato.

I tre arrivano a fatica davanti alle tendina di plastica verde antizanzare della porta di quel bordello alla buona, non un posto frequentato da militari americani; somiglia più a un vecchio magazzino di patate dolci o manioca, separato in piccoli ambienti da teli di lino e arrangiato con brande spartane.

Di guardia davanti all'ingresso del Kim Kuk trovano una donna con sigaro in bocca e pelle cadente, vecchia come l'eucalipto che la fissa, là davanti, piantato al punto giusto per nascondere porcherie con le sue foglie da guardone vegetale.

Il caporale Diaz si avvicina alla comandante di quel battaglione di troie dalla figa thai, che non lo degna di uno sguardo finché non tira fuori dalla tasca dei pantaloni mimetici un rotolo di pezzi da dieci tenuto assieme da un elastico.

«*Due da dieci* per ognuno», sussurra la vecchia tra i pochi denti che le sono rimasti in bocca, parlando e fischiando nello stesso tempo, «un'ora di scopare, Boa La Lot, un piatto per tre, e poi andarsene via senza rumore. Dentro no parolacce e picchiare, altrimenti Gurdu...».

Fa cenno a Diaz e ai suoi amici di entrare, poi raccoglie a terra un ventaglio giallastro per refrigerarsi la pelle di cuoio del viso. Il caldo umido di Saigon a volte è quasi peggio dello scolo o di qualsiasi altra merda venerea. Non c'è medicina per quello schifo, che ti si attacca addosso come una seconda pelle.

«Cosa... cosa ha detto la signora?», chiede il capitano, che sembra essersi ripreso dall'acuto della sbornia; insomma, almeno ora riesce ad articolare pensieri.

«Tutto a posto, signore. Abbiamo un biglietto per un'oretta di galoppo, incluso un piatto del posto, carne e altra roba loro dentro», gli risponde il caporale Diaz, spingendo la testa sudata e spennacchiata dell'ufficiale attraverso le tendine di plastica.

«*Roba loro dentro...* è carne macinata di manzo, avvolta in foglie di betel», specifica sbuffando il soldato Bilelow, preciso come sempre, seguendo i due nel piccolo bordello.

«*Ooooh,* abbiamo un cazzo di antropologo culinario qui...», gli risponde il messicano stizzito «non è che te la stai facendo troppo con queste scimmie? *Foglie di betel...*fanculo, pensa a fartelo venire duro, che ora potrebbe servirti».

Ma il capitano, appena entrato in quell'ambiente che ha sigillato l'acre aroma di femmine che non si lavano da giorni e riso andato a male, tentenna ancora.

«Un momento, soldato; fammi capire, che voleva dire la signora con *altrimenti Gurdu?* Così ha detto, prima di...». Baker è sospettoso, quei due compagni di bevuta li conosce appena, non fanno parte della sua squadra, e poi hanno una gran brutta faccia. Specie quel Joker.

«Spiegami...», insiste.

«*Gurdu?* Un tonnellata di ubriacone che se riesce a tenersi in piedi chiede il conto a chi ha fatto troppo lo stronzo con le troie... l'ho visto là fuori ronfare alla grande, tremo dalla paura, cazzo...», lo fulmina Diaz, impaziente di sfogare in qualche vulva locale la rabbia che si porta dietro dalla mattina, da quando un viet kong di dodici anni, armato come un veterano figlio di troia che caca molotov e proiettili perforanti, ha mitragliato la postazione 28, ficcando quattro colpi nel cranio di Jimenez, un'altra anima messicana impacchettata in una bandiera, pronta a essere spedita in Paradiso nella stiva di un bombardiere.

Finite le chiacchiere, dopo essersi spinti all'interno del Kim Kuk, i militari vengono presi subito in custodia da puttane dalla faccia di ragazzine, che avrebbero fatto sbavare di brutto Gauguin. Sorridono tutte, con denti così nuovi e bianchi da fare luce nella semioscurità di quel tugurio, quel labirinto di teli di lino dal quale emergono versi di maiali umani, bestemmie calibrate e risatine isteriche. Si chiava alla grande, là dentro.

Al capitano è toccata Tien, tette piccole e piedi sporchi, ma viso grazioso e mani dalle dita lunghe e affusolate che lasciano immaginare peccati da nascondere; *e questo è proprio il posto giusto*, pensa l'ufficiale stendendosi su quella parodia di letto, facendosi aiutare da quel giovane angelo a togliersi la divisa. La sbornia sta svanendo, ma Baker si muove ancora come un elefante dalle zampe legate con una corta catena, e togliersi anfibi e pantaloni da solo sarebbe un'impresa degna di una medaglia.

Diaz sta già smaneggiando i capezzoli di caffè di Hong, almeno così ha detto di chiamarsi la splendida proprietaria di quella carnosa orchidea tra le cosce. Il messicano ha gli occhi spenti, palpa tette, succhia, ma non è altro che il fantasma di quel marine rimasto dietro i sacchi della postazione 28, a raccogliere pezzi di cranio dell'amico Jimenez.

Bigelow invece se ne frega alla grande di quello che è stato, della giungla, dei morti ammazzati, dei barbecue al napalm, del rombo degli elicotteri, zanzaroni verdi con una stella bianca sulla pancia che abbattono a casaccio amici e nemici, o dei coccodrilli del cazzo che stanno perdendo l'istinto di caccia, e tengono pigramente spalancate le mascelle in attesa di pezzi di uomo che piovono dall'alto. Il Joker è uno che punta tutto sull'istante, e sta godendosi i servizi caldi della bocca di Kui, che ha carne soda di albicocca dappertutto. La ragazza è spaventata dal viso sfregiato dell'uomo, dal suo eretico sorriso sbilenco, ed esegue tutto ciò che le viene ordinato. *Non provarci nemmeno a sfiorarmelo coi denti, che ti stacco la testa,* sussurra luciferino il soldato.

Mentre gli uomini si danno da fare, la danza delle veloci chiavate del Kim Kuk ha anche la sua colonna sonora: musica tradizionale vietnamita, di modalità Bac, quella allegra, che mescola melodie di matrice cinese, muovendo le invisibili code di aromi speziati unti di grasso di carne che dal retro si infilano nel tugurio: qualcuno sta cucinando. Giusto, per dieci pezzi era incluso anche un piatto abbondante di Boa La Lot, per chiudere il servizio.

Il capitano vorrebbe darci dentro con Tien, ma anche se il cervello si è ormai ripreso dalla sbornia, non si può dire altrettanto di altre parti più periferiche del corpo. Non riesce a farselo venire abbastanza duro da ficcarlo dentro a quella giovane orchidea asciutta che lo sta fissando negli occhi. La ragazzina ride dell'ufficiale, là in ginocchio davanti a lei a cercarselo tra le gambe. Mentre le piccole tette le sussultano ancora, allunga l'esile braccio verso il pavimento per afferrare il campanello e suonare il cambio. Tanto con quella lumaca non c'è nient'altro da fare.

Diaz invece ha smesso di palpare Hong, si è infilato dentro di lei, a occhi chiusi, e affonda come un forsennato. *Fa male, cazzo,* pensa, ma poi la postazione 28 si materializza di nuovo nella sua mente, e il dolore diventa normale, quando ti sparano addosso da tutte le parti. La ragazza lo stringe ancora più forte a sé, piantandogli le unghie sui glutei per farlo spingere di più, stringendolo tra le cosce in una presa da predatrice. Una scorpionessa.

Il messicano blatera parole senza senso, *Jimenez, porca puttana, parlami!* mentre il suo sangue scuro, sgorgando dall'inguine, si spande sul materasso. *Jimenez, apri gli occhi o ti ammazzo, Jimenez!* Le lamette nella vagina di Hong stanno funzionando a meraviglia, Diaz è caduto nella trappola viet kong più bastarda: ficcare l'uccello in un caldo nido di lame. Si dissanguerà lentamente. *Jimenez, non è niente fratello...* continua a delirare il marine, sempre a occhi chiusi, mentre coi polpastrelli titilla i capezzoli di caffè della puttana, pensando di raccogliere frammenti di cervello del suo amico là nella buca, ai margini della giungla.

Bigelow, dopo aver sfruttato tutte le capacità della bocca e delle labbra spaventate di Kui, l'ha presa per i capelli, voltata come una fodera e l'ha montata da dietro furiosamente, con la lingua tra i denti e il sorriso folle e sfigurato che gli si contorce ancora di più sulla faccia.

Ma il Joker non è un fesso, e quando sente le lamette nella figa iniziare a squarciagli l'uccello, lo sfila via da quel trabocchetto di carne, scalcia Hong fuori dal letto e resta là, seduto sulla branda, a guardarsi il pube completamente ricoperto di sangue. Sembra che un Pollock ubriaco ci abbia versato sopra un secchio del suo miglior rosso rubino.

Ma che cazz... alita il soldato, stupito di quanto sangue gli stia schizzando fuori, per colpa di una sola vulva armata. Si sente svenire, si mette a quattro zampe sul pavimento per prendere il coltello, rimasto attaccato alla cintura del pantaloni. *Fatti tagliare la gola, troia...* rantola, per poi cadere di lato, senza più forze. Suona il campanello di fine turno, e dopo pochi secondi delle enormi mani afferrano la gola del Joker, che riapre gli occhi giusto in tempo per vedere la morte mostrargli la sottana. Gurdu, il bestione ubriaco, stringe fino a sfondargli la carotide; facile come rubare le caramelle a un bambino.

Altro campanello, altro giro. Diaz se n'è già andato, dissanguato, ha spinto troppo dentro Hong. Sta giocando a dadi con Jimenez, dall'altra parte, ha appena fatto rotolare due cinque e vinto un pacchetto di sigarette. All'inferno valgono parecchio, cose del genere, quanto in galera.

Gurdu, grosso quanto un ippopotamo, si china, poggia il corpo vuoto del marine su una spalla e lo trasporta fuori dal tugurio, mentre con l'altro braccio trascina per i capelli il Joker che non sorride più per niente, neanche con quel ghigno inciso nelle carni.

Altre viet kong suonano il loro campanello di morte, e Gurdu il becchino non sa più dove mettere le mani. *Pai klai loey!* bofonchia andando avanti e indietro, dentro e fuori dal Kim Kut, sotto gli occhi della vecchia col sigaro in bocca, che conta i morti ammazzati.

La chiamano Miss Saigon, e ogni settimana sposta il suo tugurio-bordello-mattatoio in una zona diversa della città. Uno dei migliori comandanti di Ho Chi Minh, e l'incontrastata regina del Boa La Lot; nessuno sa cucinarlo buono come lei, il macinato di carne americana.

Il capitano Baker, che a letto ha sparato a salve, condotto fuori dal bordello da un Gurdu gentile come un maggiordomo occidentale, ne sta gustando un piatto sul retro, mentre davanti all'ingresso di plastica verde continua il via vai di puttanieri dissanguati.

Cristo santo se è buona questa roba… in fondo, non mi è andata così male oggi, pensa.

REGNUM CONGO

Liberamente ispirato al racconto
The Picture in the house' di H.P. Lovecraft.

La pioggia, sempre più stretta, penetra nel ventre del piccolo cimitero di Wilsondale.

Lampi, tronchi che galleggiano in un mare di terra nera. Un posto senza più scheletro, senza una solida logica. Foglie affogate, ossa d'acqua, tutto sembra squagliarsi.

La mia vecchia Ford è bloccata, azzannata dai denti morbidi del fango. I vermi, aggrappati allo sportello con un lunga cordata, sono arrivati alla maniglia.

Sono riusciti a entrare, e hanno acceso la radio. Until the end of the world.

Ho fatto una cazzata a uscire dalla Yankee Division con questo tempo. Tutto per trovare mio padre, la sua poltiglia sottoterra, quello che sarà rimasto del vecchio. Forse i suoi due denti d'oro, stelle nel frullato di melma.

Il Massachussets è troppo grande per scoprire una vecchia tomba, senza sapere dove cercare. Vent'anni di fango e di deserto, di fotografie sconosciute, di grassi custodi, di un invisibile gracchiare di ombre. Un eterno bianco e nero, su file regolari, tra pozze viola e gialle: fiori marci, disintegrati. Il vomito del tempo.

Il cimitero ormai è chiuso, il cancello stretto dalla catena. Le punte arrugginite, il campanello ossidato, le impronte digitali della tristezza. Creste, micron di fantasmi.

Ho perso troppo tempo per seguire la mia mappa di illusioni, le tracce del vecchio su questo mondo. Fanculo, non lo trovo da nessuna parte, deve aver camminato tutta la vita senza scarpe, senza piedi. Esisterà davvero la sua tomba?

Oggi ho letto cinquecentoventi nomi, cinquecentoventi lapidi. Ormai sono arrivato a centinaia di migliaia, in tanti anni. Conosco tutti gli indirizzi dell'Inferno, tranne uno.

Cristo, qui non c'è più nessuno.

Il parcheggio di terra è sfregiato dalle sgommate, dalle curve morte di chi è già andato via. Posto di lumache del cazzo. Mi allontano a piedi, spero di incontrare qualcosa di vivo, di acceso. Un passaggio per tornare sulla Yankee, tra l'amato asfalto e le tette giganti dei cartelloni pubblicitari. Monotonia di alberi, le scarpe bagnate, la lingua secca. Una macchia rossa, in fondo. La lascio alle mie spalle: sono le lamiere della mia Ford. Il muro di cinta del cimitero è affondato troppo presto, non si vede un cazzo con questa pioggia. Devo andare avanti.

Penso al mio vecchio, come al solito, ai frammenti che mi sono rimasti dentro. Ricordi che puzzano di sigaro, del sudore di fantasmi in canottiera davanti allo specchio. Il pettine nero, la riga da una parte. Un sorriso storto: quella volta non aveva bevuto.

L'insolito silenzio di quella mattina, niente grida.

Mia madre sul divano con la fronte squarciata, un asciugamano zuppo di sangue. Una bottiglia rotta in testa, lacrime, bestemmie. Il vecchio ne aveva combinata un'altra delle sue, niente di nuovo. Invece se n'era andato davvero quella volta. Ricordi che accendono una vecchia radio: le pantofole trascinate, la frusta della cintura, a volte, e quel tossire e sputare alle cinque di mattina. Le sue raffiche mi facevano sentire al sicuro. Il vecchio era ancora con me, dentro quella casa sgangherata, coi polmoni neri e la faccia rossa. Le orme verdastre della sua schiuma da barba nel lavandino scheggiato, le campane di tutti i round dell'incontro di boxe in TV. Cosce e cartelli, numeri. Frammenti.

Devo aver camminato parecchio, le gambe sono sempre più rigide, gelate. Quando penso al vecchio non mi accorgo più di nulla. Viaggio veloce come un razzo, accelero sempre più fino a schizzare fuori dall'atmosfera, per poi cadere giù. Per svegliarmi, alle cinque di mattina, senza più rumori. Silenzio, nel bagno e nell'anima.

Due olmi con la testa fradicia stringono in una morsa una sagoma rettangolare. Qualcosa che ha le finestre accese. Cazzo, quella dev'essere una casa, se non sono già impazzito.

Qui in mezzo al bosco?

Il mio vecchio mi avrebbe preso a calci nel culo per stronzate del genere. Lui leggeva nei miei pensieri. In questo posto di lumache non potrebbe viverci nessuno.

Eppure, quella sembra proprio una casa.

Mi avvicino, alzo le braccia. Grido: Ehi! Silenzio. Sfioro con le dita il legno marcio della porta, la crosta della resina. Accosto l'orecchio, non si sente niente. Zero rumori, zero anime in moto. La colla gialla del silenzio, appiccicosa, mi resta sul collo, sulla guancia.

Busso con decisione, più volte, anche un sordo mi sentirebbe. Cristo, apri questa cazzo di porta! Un telefono, un asciugamano e sarei a posto. Spingo la porta, si apre scricchiolando. No, non sono i miei denti, anche se ormai tremo come un frullatore.

Un piccolo ingresso, due stanze sui lati, una scala che porta al piano superiore. Ehi! C'è qualcuno? La mia voce rimbalza sul logoro divano del salotto, a sinistra. Vecchie molle la lanciano in alto, verso il caminetto. Cenere, budella di legno, silenzio. Mi risponde solo il ticchettio dell'orologio. Lui, lassù, se ne fotte della pioggia, dei lampi, dello strano rumore delle mie scarpe bagnate. A ogni passo penso di aver schiacciato un grosso rospo. Squash

La stanza è spoglia, arredata con pochi mobili, rozzi ed essenziali. Da un tavolo massiccio spuntano incerte torri di libri antichi con la copertina in pelle, carte, illustrazioni e altra roba. Tutto in piedi sull'orlo dell'equilibrio. Spigoli e polvere sostengono le architetture di carta, digrignando i denti ai cavi della gravità che cercano di tirare verso il pavimento.

Mi avvicino, stupito. Esploro quell'inatteso Eldorado, volando in cerchio come una mosca.

Una Bibbia del XVIII secolo dalla pancia gonfia, una copia del Pilgrim's Progress, illustrata con grottesche incisioni, sbavate dall'umidità, le pagine rosicchiate del Magnalia Christi di Cotton Mather. Qui in mezzo al bosco? Questa roba?

Da non crederci. Forse non sono mai uscito davvero da quel cancello, dal cimitero di fango di Wilsondale. Quel figlio di puttana del custode, il maledetto sordo, deve avermi sfondato il cranio col suo badile. Mi guardava storto fin dall'inizio. Gente che non vuole forestieri tra le palle, che ha pronte delle fosse speciali per i curiosi. Lunghe e corte, qualsiasi dimensione e misura. I turisti dei cimiteri, così li chiamano. Vai a spiegare la storia del mio vecchio, che non ricordo più neanche io.

Cazzo, questa è grossa! Il Regnum Congo di Pigafetta! Corazza di pelle e fermagli di metallo, le stravaganti illustrazioni dei fratelli De Bry. Affondo le mani, stavolta: sfoglio il libro eccitato.

Le pagine frusciano: Francoforte, data di pubblicazione 1598. Davvero strano questo Inferno, con una biblioteca così ricca e affascinante. Forse ognuno di noi materializza le stanze dell'altrove assecondando le proprie passioni, le abitudini. Se è davvero così, l'Inferno dove è rinchiuso il mio vecchio deve essere attrezzato con un bel tavolo da biliardo, un bar ben assortito e un paio di puttane sedute, in attesa di lavorare. Calze rotte, gioielli falsi, pesanti e scintillanti. Profumi di mango e di albicocche decomposte.

Il mio, di Inferno, non poteva che essere questo, come lo vedo adesso. I libri, i miei amici silenziosi che non bevono, che non sputano pezzi di polmoni. Che non ti abbandonano mai. Riprendo a immergermi nel Regnum Congo, senza accorgermi che finalmente ha smesso di piovere.

Amano la carne umana, come noi gustiamo quella degli animali, mangiano i nemici che hanno ucciso in battaglia, li vendono come schiavi, se possono ottenere un buon prezzo, altrimenti li consegnano al macellaio che li taglia a pezzi e poi li vende arrostiti o bolliti. Un fatto notevole nella storia di questo popolo è rappresentato dal fatto che quando vogliono dimostrare il proprio coraggio, e il disprezzo della propria vita, ritengono sia un grande onore offrirsi ai propri principi, come fedeli vassalli, per essere macellati. Offrono se stessi oppure i propri schiavi, quando sono ingrassati, per farli uccidere e mangiare. Molti popoli mangiano carne umana, come nelle Indie Orientali, in Brasile e altrove, ma divorare la carne dei propri nemici, *amici e parenti, è una cosa che non ha eguali, se non tra le tribù degli Anzique.**

Più che le abitudini gastronomiche degli Anzique, descritte da Pigafetta, sono le illustrazioni dei fratelli De Bry a gelarmi le palle. La tavola XII, la macelleria. Tranci di uomo appesi alle corde: braccia, cosce, crotali di budella attorcigliati. Grossi vasi colmi di teste e busti sfondati, immersi in un liquido giallo, denso. Uno dei due macellai apre un coperchio, mostra la merce bollita. Un Anzique, col culo di fuori e penne nere tra i capelli, si sporge per guardare il contenuto. Immerge un dito, assaggia il brodo di uomo.

L'altro addetto del mattatoio indigeno, con una stella a sei punte che ciondola sul petto, si occupa della carne arrostita. Affonda il coltello, prepara altri spiedini. Sulla sua destra spuntano decine di canne con un boccone sulla punta. Sembra carne bianca quella che lavora, corpi occidentali. Il gruppo di indigeni si stringe verso il bancone di legno, allungano le mani, sono affamati. Barattano i propri oggetti per mangiare. Una donna grassa, con le tette sgonfie che coprono l'ombelico e la faccia pitturata da tigre, trascina via un sacco.

Lo sfondo è una collina squadrata, con la cima tagliata di netto. La terra è decorata di ossa: salite di teschi e di tibie, macabri orti di resti umani dalla forma circolare. L'allevamento, la roba ancora viva, è in una gabbia, a fianco del mattatoio. Si vendono uomini interi, per chi vuole, ancora urlanti e parlanti. Non sarà difficile tirare il collo a quei disgraziati, tritarli per un allegro banchetto.

L'indigeno di guardia spinge una lancia verso la folla, non lascia avvicinare le sue vacche umane. Deve essere uno dei capi, le sue penne sono lunghe e colorate. Dal viso color argilla spuntano occhi troppo grandi. Lo sguardo a trecento gradi di una tarantola, di un evoluto predatore, di un demone. Nella confusione si calpestano fegati, bistecche di polmoni e pezzi di altri organi ormai irriconoscibili. Motori spenti, carburante rosso sparso ovunque. Un gran casino.

Torno continuamente alla magnetica tavola XII, alla macelleria. Gli Anzique si sono accorti della mia presenza, mi guardano minacciosi dalla loro rettangolare finestra d'Africa. Sono vicini, sono veri. Potrebbero afferrarmi per un braccio, trascinarmi dentro.

Assaggiarmi e fare il prezzo, prima di mettermi nella gabbia. Finirò bollito oppure arrostito?

Un rumore di passi dalla stanza di sopra. Cazzo: non sono solo. Eppure gli indigeni dalle formidabili mascelle sono ancora chiusi nel libro.

Altri passi, più chiari e pesanti, sulle scale. Non mi resta che aspettare il padrone di casa, chiunque esso sia. Il Regnum Congo resta aperto sulla tavola XII.

Si mostra una strana donna, grassa e possente, con uno sguardo d'aquila. Fianchi da rinoceronte, collo e caviglie impressionanti, forti, solide. Le labbra enormi, i capelli neri legati, è scalza. La gigantessa si avvicina, si sistema il logoro vestito rosso schiacciandoci dentro le grosse tette sbordate. Mi sorride, mi fa cenno di accomodarmi sul divano. Si muove pesante verso la finestra.

«Finalmente ha smesso di piovere».

La sua voce è profonda e orridamente sensuale. Avrà cinquant'anni, non è certo bella, è solo una grande pandemia di carne, un'esasperazione di tessuti.

«Non viene più nessuno da queste parti, una volta era diverso».

Si siede accanto a me. Mi osserva: sono completamente fradicio. I suoi occhi da vitello si soffermano sulle mie scarpe infangate, poi salgono verso i pantaloni. Orbite che peseranno cinque chili l'una, le sento addosso. Mi stringo nel cappotto, sento di nuovo freddo.

«Davvero un brutto temporale, vero? Capita spesso, qui. La pioggia».

L'odore della sua pelle è forte, penetrante, famigliare. Mi ricorda il fiato acido del sudore di mio padre. Esalazioni di ricordi, di pozzi di metano alieni, di frammenti senza tomba. Sono a disagio, vorrei andarmene, ma ho bisogno di usare il telefono della gigantessa. Sto per chiedere, ma la donna mi anticipa, seccandomi le parole in bocca.

«Ti serve qualcosa di caldo. Aspettami, torno subito».

Guardo quell'enorme culo allontanarsi, il tessuto che tira, che fatica a contenere le masse di quei glutei tellurici. Cammina curva, come le persone troppo alte. Due metri almeno, cazzo, forse di più.

Da dove è uscita fuori una donna del genere?

Mi alzo, vado alla finestra, spero di veder spuntare fuori qualcuno da quella boiata di fango e di nulla. Ma la strada è lontana, questo è il regno delle lumache e delle gigantesse, a quanto pare. Un lampo, subito seguito dal suo tamburo sfondato. Riprende a piovere.

I tanti chili della donna tornano in salotto, insieme a un vassoio troppo piccolo.

Non mi è mai piaciuto il tè. Fanculo, meglio accontentare la gigantessa. Sorrido come se mi avessero arpionato sul groppone. Mi siedo, sorseggio quella merda bollente. Non mi toglie gli occhi di dosso.

I suoi denti mordono ritmicamente le labbra, somigliano alla fica di una vacca. Pandemia di porpora. Le tette balzano sempre più fuori, la grassa troia lo ha fatto apposta, ha calato le spalline del vestito per farmi ammirare il décolleté da balena. Un Gesù Cristo d'argento soffoca, là in mezzo. Meglio deviare l'attenzione verso qualcos'altro, prima che la padrona di casa mi salti addosso. Saranno anni che non chiava, troppo caro il prezzo per un tè di merda.

Riesco ad aprire bocca, finalmente. «Dove hai trovato quella roba? Sono libri molto rari».

La gigantessa tira un respiro pesante, un vortice, schiaccia la schiena sulla spalliera del divano e mi risponde annoiata. Non è quello l'argomento che le interessa.

«Ebenezer, un amico. Ha lavorato anni su un mercantile, ha girato il mondo. Un collezionista di stranezze, ogni volta che veniva a trovarmi mi portava un regalo».

Si alza, afferra il Regnum Congo e torna a sedersi, sempre più vicina. Le sue corde vocali vibrano sulle radici, sputando fuori qualcosa di simile a un sussurro. La bocca si muove modulando suoni marci. Il suo sudore si mescola al profumo di viola che si è sparata addosso. L'odore di un cimitero d'estate, di atomi di un macabro agosto, fusi sulle lapidi bollenti.

La tavola XII dei fratelli De Bry, il libro si apre sempre in quel punto. La macelleria Anzique si anima ancora una volta. Le dita tozze della gigantessa accarezzano i disegni, le sfumature di sangue, le sezioni. Quella scena orribile sembra eccitarla. Insiste, frega con le unghie affilate quei pezzi di corpi umani che penzolano dalle corde, con leggere inclinazioni che fanno immaginare il vento. Il lento respiro dell'Africa. Oppure è lei a far oscillare la carne, manovrandola con i polpastrelli. Sono confuso, la maledetta illustrazione si trasforma in un imbuto, la mia mente cola lentamente dentro quella follia.

Una goccia di sangue, di quello vero, si schianta al centro della pagina. Proprio sulla faccia del macellaio che prepara gli spiedini d'uomo. Cazzo, la pioggia non è rossa.

Sollevo gli occhi verso il soffitto, una grande macchia cremisi, irregolare, si allarga sempre più. Gronda sangue fresco, altre gocce sono pronte al salto, trattenute da sottili filamenti viola. Le immagini diventano sfocate, cosa cazzo mi ha fatto bere la grassa troia?

Buio, la sensazione di qualcosa di pesante che mi schiaccia il petto, perdo i sensi. Dunque è tutto vero, sono all'Inferno da ore, ormai. La gigantessa che mi offre il tè in una casa inesistente, prima di spedirmi dentro, tra le fiamme. Una strana guardiana dell'aldilà, la grassona. Ora incontrerò il mio vecchio, qui non potrà certo scappare. Ho finito di consumare la mia vecchia Ford tra le strade di polvere del Massachussets.

Tornano improvvisamente gli odori, i rumori. Occhi bovini che mi fissano, una bocca insanguinata che mi bacia. Non sono nel mio appartamento all'Inferno, ma nel letto della gigantessa. I pensieri si sono riaccesi, ma non riesco a muovermi. Sono nudo, come la padrona di casa. Una grossa tetta mi sbatte in faccia, la mia amante si è voltata: ora ho sulla faccia il suo enorme culo che balla come un budino di vaniglia. Non riesco a respirare altro che la sua carne trionfante, i suoi umori che mi colano sul collo, sul petto. Cosa cazzo fa? Me lo sta succhiando?

Non sento nulla: piacere, dolore, disgusto, nulla.

Capisco quello che mi sta facendo solo quando si mostra il suo profilo massiccio: si è rialzata dal mio ventre, dove era affondata con la faccia. Tra i denti ha pezzi di me, roba morbida, non riesco a capire cosa mastica. Dal mento le cola sangue.

Si succhia le dita e scende di nuovo a lavorare sul mio ventre.
Il suo culo che danza è la mia porta dell'Inferno.

* Nota: estratto, liberamente interpretato e tradotto, da "*Relatione del Reame Di Congo Et Delle Circonvicine Contrade di Odoardo Lopez il portoghese*" di Filippo Pigafetta.

Mister Sangue

I FIGLI DEL RE NERO

22°35′15″N 88°21′35″E Sono qui come sempre, alle stesse coordinate, sola in questa base Elion5 che artiglia la pelle di detriti di Hellas Platitia, un cratere d'impatto verniciato di vecchie colate laviche e sterco ossidato di fantasmi robotizzati schiantati; retrorazzi rammolliti. Fuori soffia una tempesta di sabbia, e il Walker cingolato là fuori è ormai ricoperto del tutto dall'incazzatura arancione di Marte. Sono appena iniziati i miei giorni speciali e lui, la creatura che chiamo Mister Sangue, avrà già annusato la mia ipomenorrea, il generoso flusso mestruale che l'ha attirato da me la prima volta, tanto tempo fa.

Sarà presto qui, col suo muso cartilagineo a forma di tubo, assetato, romanticamente macabro. Fuori soffia una tempesta di sabbia, già, e il Planeta Terra appare e scompare sul GeoVisor, la mia unica finestra sul sistema solare. Puntino del cazzo. Lontano, intermittente, inesistente. Mi preparo, mi inietto nella spalla una dose cubica di Tranquillitas, allargo le gambe, le sollevo e infilo le caviglie nei supporti che ho costruito, smontando un inutile sensore geodetico. Fuori soffia una tempesta di sabbia e qui sotto, in fondo al maledetto bacino, si contano 1155 Pa, il numero magico che l'ha fatto venire duro agli scienziati della Missione. Acqua allo stato liquido! Così, grazie a quei rabdomanti che smanettano fionde tele-magnetiche e supposte Meridian in orbita, eccomi qua, col culo sopra una matrice di sonde e trivelle articolate che martellano il terreno, sempre più in profondità. Ormai mi tremano le tette anche quando gli scavi si interrompono, quando soffia una tempesta di sabbia, come adesso, o per la santa auto-manutenzione semestrale. Sento scorrere lo sportello del guscio esterno, e i passi pesanti del mio vampiro inchiodarsi sulla piattaforma dell'Area Zero, il mio cazzo di ingresso pressurizzato. Stavolta voglio renderla più facile al vecchio zanzarone dalle vene fosforescenti, e me la sono rasata di nuovo. Ti piacciono le ostriche, vero? Roba terrestre, preziosa e gustosa… nascosta dentro a un guscio, proprio come me.

Fuori soffia la tempesta di sabbia, ma il mio maschio dalle zampe di locusta non si lascia certo spaventare per così poco. Dalle cime dei rilievi, qui sopra, dove c'è la sua tana, è saltato giù per me, per 7,152 chilometri, senza schiantarsi e sgangherarsi all'impatto… come l'ultimo regalo della Terra: Missione di Soccorso Kali-77, equipaggio frullato nella scatoletta di tonno al titanio, ficcata di traverso là fuori come una lapide surrealista, a ore 7. Retrorazzi rammolliti.

Ancora qui, da sola. Ma c'è Mister Sangue per me, lo sento gorgogliare nell'Area Uno, la mia cucina-laboratorio, dove distillo la Tranquillitas, la mia eroina, e spedisco terabyte di fanculo criptati al Controllo Missione. Sapete solo farvi seghe sulle vostre equazioni differenziali. Schizzi tra centinaia di parentesi graffe, anomalie, variabili superdotate, macchie sui pantaloni e lavagne a quattro ante. Ormai Mister Sangue è dentro, manca solo un altro portello e sentirò il suo odore di ammoniaca.

Schiaccio il pulsante del sistema ludico, chiudo gli occhi e ascolto 'Romeo and Juliet' dei Dire Straits, mentre aspetto che il grande succhiatore entri in azione. You promised me anything, certo… a ogni ciclo mestruale posso contarci, e parlando di un maschio non è cosa da poco. Certezze. Continuerà a saltare giù per me in questo sprofondo, per sempre. Romeo… fammi essere la tua anemica ninfa, sciama e aspira. Hai altri tubi e pompe? Nidificami, se puoi. Questo penso, sempre a occhi chiusi, mordendomi le labbra, mentre lo sento davanti a me, alle mie gambe spalancate, e la tempesta là fuori turbinare. Il suo tubo da formichiere alieno fruscia nell'aria, si ficca al posto giusto, mi penetra a fondo e inizia a succhiare lentamente la mia roba rossa. FRRRRRRRRRRRRR.

Stringo i denti… è freddo e grande quell'arnese, e gli anelli ossei che lo percorrono sporgono, mi dilatano, ma poi va meglio. Lubrificazione a presa rapida, vortici e densi tsunami in miniatura, orbite nella mente così veloci e affilate da poter scavare dieci nuovi equatori. Flussi rubini, e poi raffiche di fiordilatte che mi scappano fuori… contrazioni buone, salate. Divento elettrica e pallida, con due cuori nel petto, ma non ancora giallastra come lui.

Non mi lascerà mai morire: ogni mezz'ora il morbido becco da dittero gigante inverte l'aspirazione iniettandomi dentro un liquido viscoso, facendomi scuotere le caviglie sui supporti in tetrapleno. È la sua amorevole saliva, anticoagulante e ricca di proteine, zuccheri, cristalli liquidi di queste parti, tutto quello che mi serve per compensare e restare sempre utilizzabile, così amata e importante come sono. Giulietta munta e prosciugata. Ma è lui a lanciare la treccia, la sua lunga meraviglia. Insomma, adesso andrà così per tutti i miei cinque giorni benedetti, sarò la sua flebo vivente… penso non esista niente di meglio, sulla Terra.

Dodici anni e ventitre giorni sono pochi per saperlo, per chi come me il vecchio pianeta lo ricorda appena e un vero uccello di carne umana non l'ha mai visto, ma nella voragine di *Hellas Platitia* si cresce in fretta, ci si adatta. Così diceva mio padre, prima che Mister Sangue lo sventrasse, assieme a tutto il suo staff di ricerca, per dedicarsi al mio primo menarca… e poi così per sempre. *You promised me anything.*

MIDNIGHT BABY
HORROR LOLITA

I FIGLI DEL RE NERO

7 AGOSTO 1998. L'UOMO NERO.

Sento il suo odore di caramelle al limone e di bourbon. È mezzanotte, mia madre sarà già ipnotizzata dalla granatina bianca, nera e grigia della TV; il canale via cavo ha interrotto le trasmissioni. Sento i suoi passi da tirannosauro, l'andatura sbilenca dell'uomo nero ubriaco, la zip dei pantaloni che si apre liberando i suoi denti di ferro. Roma sta spegnendo le luci, il dio dell'elettricità vuole andare a dormire, le lampadine dei suoi occhi si accendono a intermittenza, mentre si sta nascondendo sotto lenzuola di carta stagnola. Sento il suo respiro, lo scroscio del pescecane incastrato nella gola che tira fuori il muso dalle acque, dalla saliva vischiosa. Bocca spalancata, palpebre cieche che ruotano, connesse ai fili dell'istinto.

Un ruggito scardina la porta della stanza, le mie mutandine azzurre si bagnano, il materasso diventa di ghiaccio. È mezzanotte, il machete di mia madre è inerte, sul pavimento, aspetta inutilmente che una mano lo animi. Ma è troppo tardi. Un cane alza le orecchie e abbaia, anche lui ha paura dell'uomo nero e si mimetizza tra i rifiuti moltiplicando le macchie nere del suo pelo.

A mezzanotte bisogna sapersi trasformare in camaleonti giganti, mutare pelle e pensieri. Stendere la lingua e colpire in testa l'attimo, afferrarlo, trascinarlo e ingoiarlo. Quell'insetto trasparente dalle ali sproporzionate, attaccate al corpo magro come un grissino, è insipido ma ricco di proteine. La sua carne croccante contiene tutto quello che serve per farsi forza, per sopravvivere alla guerra di mezzanotte.

Benzina biologica e coraggio, è quello che ci vuole. Sento le sue mani bollenti sulla pelle e le preghiere di una cicala appesa al grande pino. Il principe del giardino si allunga sollevando le radici fino a sbattere la fronte frastagliata di foglie sulla mia finestra. Guardoni verdi, non sono altro che questo; eiaculano resina da tutti i pori della loro pelle di legno.

«La mia piccola sposa...».

L'uomo nero si toglie la canottiera sporca di sugo e sputa la mezza anima ancora buona, che scodinzola sul pavimento come un'anguilla impazzita, tracciando isteriche esse, prima che lui le calpesti la testa. I suoi pantaloni si afflosciano a terra, calati giù dall'ancora della pesante cintura.

Afferro Rita la Divoratrice, la mia bambola zombie coi capelli viola e lunghe cicatrici sulle guance. Le chiedo di accendere la piccola motosega, incollata alle mani di plastica, per mozzare le dita dell'uomo nero che mi stanno spogliando. Ma sono troppo forti, ha nocche di acciaio e cartilagini corazzate.

«La mia piccola, bellissima sposa...».

Lo sento soffiarmi sulla faccia la sua chimica malata, i vapori azzurri e velenosi che nascono dai cuori in cortocircuito, da polmoni che somigliano a grandi nidi di vespe. La città è complice, se ne frega della mia stanza, dei tanti alveari di male che compongono il suo corpo di scatole di cemento. Roma è un puzzle colorato bucato da troppi tasselli vuoti, neri: nascondigli di demoni senza indirizzo.

Il Tevere fa la sua parte, i muscoli e le code dei ratti immortali increspano le acque, tracciando rotte parallele e improvvisi zig-zag per schivare i cadaveri galleggianti dei sogni, impallinati e rosicchiati da quei sommergibili biologici. I sogni dei bambini sono più morbidi degli altri, la loro polpa di arcobaleno ha il sapore di cioccolato delle corse in bicicletta, della campanella della scuola, delle altalene del giardino, di amici immaginari, grandi e piccoli, di supereroi volanti senza macchia e senza paura.

«La mia piccola, bellissima sposa… tutta mia».

Mi prende per mano, siamo entrambi nudi, lasciamo impronte appiccicose nel lungo corridoio. Le zanzare, figlie di agosto, staccano le zampe di filigrana dalla carta da parati gialla per decollare e inseguirci: il profumo della nostra pelle è umido e delizioso. So dove mi sta portando, l'uomo nero: tra le piante grasse e gli stomaci colmi dei vasi di ceramica blu dell'attico, da dove si vede il Tevere con le lunghe costole dei ponti. So che dovrò mettermi il rossetto e fare la parte di mia madre. Quando griderà, spruzzando colla e scuotendo il sonaglio con le nevrotiche vibrazioni della coda, avrà finito con me. La colla dell'uomo nero ha il sapore di sangue di ostriche, di zucchero filato ossidato, di albume e di gelatina di uomo.

Ora che ha vuotato le tasche, sta piangendo; so che adesso l'uomo nero si squaglierà, uscirà dalla sua bocca come petrolio, la sua ombra appuntita si allungherà sulla facciata del palazzo, scurendo a intermittenza i mattoni, per poi scendere giù e ficcarsi nel marciapiede come una lama nel burro.

È il momento giusto per chiedergli: «Sei tornato, papà?».

15 NOVEMBRE 1999. IL CIRCO.

Rita la Divoratrice sta guardando la pioggia insieme a me, siamo sedute sotto le radici della ringhiera di cemento dell'attico. Ottavo piano. I suoi occhi intercambiabili riflettono l'ultimo tratto di Viale Giulio Cesare, collegato alla pancia del Tevere, e la metropolitana che cavalca il ponte, a sinistra, con la coda grigia che danza e vibra, prima di essere risucchiata dalla galleria.

La pioggia si sta accoppiando con la domenica, le lecca il collo, il seno, le succhia le dita con avidità. Finirà che le gonfierà il ventre prima di stanotte. La tristezza nascerà con due teste e quattro occhi, mostruosa, profonda come la cicatrice sul viso di resina della mia bambola.

La tristezza griderà forte, farà suonare gli allarmi delle auto parcheggiate sotto le gambe dei tigli. Qui sotto. Dove tutto sembra immobile, malato, spento. Qualcuno le taglierà il cordone ombelicale e griderà ancora più forte. Il freddo, le molli pareti dell'utero sostituite da troppo spazio, da orizzonti spaventosi, da destre e sinistre con occhi da predatori. La tristezza viva e refrigerata.

La tristezza bagnata, spaventata.

Mio padre sta giocando al circo nella camera da letto, sento la sua cintura agitarsi e frustare la pelle viola di mia madre. Per questo sono qui fuori. Non la ucciderà, non ancora, questo lo so. La immagino legata alla ruota di legno, vorticare velocemente e schivare coltelli, mentre lui, il carnefice, saggerà con la lingua l'affilatura di ogni singola lama. Una lingua di serpente, nera e biforcuta. Oppure penso al corpo di lei imprigionato in una gigantesca gabbia per uccelli, tra le sbarre di ferro che si piegano diramandosi verso l'apice, stringendosi armoniosamente, mentre mio padre cerca di domare la sua testa recisa, che ruggisce su uno sgabello da tigre. La testa con dentro l'anima, senza pelle; carne e fessure da violare.

La frusta schiocca e produce mille scintille, ma la testa non indietreggia, allunga gli artigli e graffia la giacca rossa di mio padre, facendo saltare via qualche bottone dorato dell'uniforme del carnefice, dagli stretti pantaloni di pelle e gli stivali sporchi di sangue, con un scimmia azzurra sulla spalla che sghignazza facendo strane smorfie con la sua faccia da scheletro e le orecchie sporgenti.

In realtà non so come funzioni il gioco del circo, non lo sa nemmeno Rita la Divoratrice, la mia bambola zombie zuppa di pioggia. Ogni volta sento la frusta, le grida: so che mia madre è legata al letto, che indossa le briglie come un animale, ogni domenica. Ho visto la sua pelle tritata lampeggiare, le corde e le catene, gli occhi affamati di mio padre che mi chiudono la porta in faccia.

Non la ucciderà, non ancora, questo lo so. Rita la Divoratrice mi indica col suo dito di plastica una luce rossa in lontananza, intermittente. Mi alzo in piedi, mi sporgo sulla ringhiera; la pioggia rallenta per farmi guardare meglio.

L'ambulanza si avvicina velocemente, svolta a destra e frena davanti al nostro portone. Stavolta mio padre deve averle fatto davvero male. Il gioco del circo è finito, per oggi.

Mia madre racconta a tutti che è caduta dalle scale, mentre finalmente la mezzanotte decide di mostrarsi, sempre in ritardo, col suo vestito da sera dalla coda stracciata e la collana di perle che pesa troppo per quel collo così magro.

8 MARZO 2000. IL TRITONE.

«Fai quello che ti dice, senza storie.»
«Mi fa paura, ha la faccia di un mostro».

L'amico di mio padre mi sta leccando i piedi, è eccitato, la sua lingua guizza fuori dalla stretta fessura di una maschera da Tritone, ma non ha la pelle verde e le gambe da pesce. Il suo corpo somiglia a quello di mio padre, solo più magro.

«Sei così bella, Rita».

Il mostro non sta parlando della mia bambola zombie, si è alzato in piedi e mi sta fissando, si tocca tra le gambe, si volta verso mio padre che sembra acconsentire.

«Stanno crescendo bene, le tue tette».

Il mostro morde la mia carne di undici anni, ma non affonderà i denti, non mi ucciderà, questo lo so. La musica a tutto volume mi confonde, forse mi sta toccando anche lei; tre mani mi stringono, palpano forte, sembrano voler scavare e prendersi anche quello che c'è sotto la pelle. Lo sento ansimare e bestemmiare tra le pause di un rap isterico. Poi si allontana con uno scatto, facendo traballare il materasso.

«Devo togliermi questa roba dalla faccia, non riesco a respirare, Cristo».

Mio padre si avvicina al letto, la sua giacca rossa da domatore che mi sovrasta sembra una grande macchia di sangue che cola dal soffitto. Mi schiaccia la mano ruvida sulla faccia, non riesco più a vedere niente. Non *devo* più vedere niente.

«Stai ferma, adesso».

Mi benda, il nodo è stretto, mi bacia sulla guancia e poi chiama di nuovo il mostro. Il Tritone dall'odore di ananas, marcio e dolciastro, fa sobbalzare di nuovo il materasso.

«Adesso serviti pure…».

Sento le sue labbra sul collo, poi sulla bocca. Il Tritone morde.

Allungo le mani, scopro che non indossa più la maschera, che ha un naso aguzzo e la barba. Che è reale. Quando inizia a spingere dentro di me faccio come sempre: inizio a sognare. So che farà presto, come tutti gli altri, ma comunque ho imparato a ingannare il dolore, quello tra le gambe e quello dentro la testa, che sa urlare ancora più forte.

Chiamo il sogno stringendo gli occhi, e lui arriva in soccorso. Mi separo dal corpo con un sussulto, il materasso si scuote di nuovo. Scivolo tra i cerchi veloci di un vortice, l'acqua mi entra nel naso e nei polmoni, sul collo si formano delle piccole branchie che pulsano velocemente. Inizio a respirare.

Finalmente sono nell'oceano di mezzo, che galleggia tra la realtà e l'altra parte, quella immersa, nascosta, che conosco solo io. Quell'Atlantide che devo confidare al dottore, ogni volta, ma so che lui non ci crede davvero, come tutti gli altri. Mi prende in giro fingendo di volersi immergere con me, per vedere quello che vedo io, per scoprirla forzando le ganasce delle sue ostriche.

Ma io non lo accompagno mai sul fondo, gli lascio esplorare solo alcune zone, appena pochi metri sotto il bordo tra qui e l'altra parte.

Nuoto velocemente per entrare nella mia grotta preferita, penetro tra le rocce, ci passo appena. Quando crescerò non potrò più entrarci, questo lo so. Una volta entrata, mi poggio sul fondo e osservo a lungo l'immagine della Madonna nella nicchia di destra: ha un polipo tra i capelli e il viso di mia madre. Lo stesso seno sgonfio, dal quale escono bollicine d'aria che salgono verso la superficie. Poi la marea fa seccare tutto, e il sole del lampadario della camera da letto mi scotta la pelle.

Mio padre mi libera gli occhi, lo vedo sfocato trascinarsi nudo, esausto, verso la sua poltrona e afflosciarsi con la spina dorsale improvvisamente molle. Chiude gli occhi. Ora so che anche lui ha un posto di mezzo dove poter andare, dove immergersi ogni tanto.

Il Tritone è scomparso, tocco con la punta delle dita la sua colla ancora calda sulla mia pancia, sulle mie cosce. È mezzanotte, mio padre alza la testa e sospira «Vai a lavarti».

24 APRILE 2001. VAI A DORMIRE.

«Sei diventata donna, non devi aver paura».

Mia madre, seduta sul letto con la testa piegata di lato, apre le ali e dispiega il suo sorriso triste. Esistono angeli con la schiena tatuata dalla cinta di cuoio. La marea rossa mi è salita nel ventre, proprio a mezzanotte. Ormai dormo da sola, Rita la Divoratrice adesso vive in una scatola sopra l'armadio, con cinque buchi sul coperchio per farla respirare. Con la sua piccola sega elettrica di plastica potrebbe tagliare quel soffitto di cartone e scappare via. Lei non è diventata donna come me, la calce viva del tempo e la natura che gonfia la carne trasformandola e deformandola non possono attaccare il suo infrangibile corpo di resina. Resterà per sempre una bambola zombie di dodici pollici, senza ghiandole in continua ebollizione. Vorrei essere come lei, in questo momento.

«Questa è per te».

Mia madre mi mette al collo una collana di perle, poi inclina la schiena allontanandosi di qualche centimetro, per guardarmi meglio. Io penso alla mia vecchia grotta sotto l'oceano di mezzo, al suo ingresso troppo stretto. Adesso non so più dove potermi nascondere, quando verrà di nuovo mezzanotte. Quando mio padre indosserà di nuovo la giacca rossa per guidare altri mostri nella mia stanza. Uomini con la maschera, con la pancia sporgente e due grissini al posto delle gambe. Tritoni e medici della peste dal lungo becco bianco da cicogna. Larve di emozioni, di sorrisi e di tristezze, forgiate da calchi in gesso.

Se adesso sono davvero una donna, di domenica potrò giocare al circo con mio padre: sarà tutto diverso. Infilerà mia madre dentro una lunga scatola di cartone, non le servirà più. Cinque fori per respirare e poi via sull'armadio, insieme alle cose vecchie. Sarò io la domenica, oltre a tutti gli altri giorni.

L'aspetto nel letto, mentre mia madre è ipotizzata dalla TV. Sta prendendosi la sua dose quotidiana di infiniti loop elettrici. Ma il mio carnefice stavolta non arriva, tarda a salire le scale con la sua andatura da demiurgo ubriaco, con la sua scia di caramelle al limone e di bourbon digerito. La marea rossa continua a invadermi, ribollendomi nel ventre, graffiandolo. Mi alzo e mi guardo allo specchio. Scopro il seno e le corone di lividi viola attorno ai capezzoli. È una donna quella che sto vedendo?

Mi tocco sotto, ho le mani sporche di sangue. Lo assaggio succhiandomi le dita, una a una: ha il sapore di metallo salato, di una gabbia di ferro calata in fondo al mare. È disgustoso, ora capisco perché mio padre stanotte non viene da me per assaggiare la mia calda, nauseante ruggine. Non ho più il sapore di una bambola di carne, di mango e di vaniglia, di ostriche neonate.

Sarò ancora la sua piccola sposa? Forse dovrò aspettare la domenica, la mezzanotte, il circo e la frusta; la scimmietta azzurra sulla sua spalla che fa le smorfie coprendosi gli occhi; il ruggito del suo sguardo da domatore; il tunnel di maglie di ferro da dove spuntano in fila i suoi desideri, pancia a terra, per affrontare l'arena; la ruota che gira velocemente, i sordi colpi dei coltelli sul legno dipinto di rosso; i polsi stretti, come quelli di mia madre; una pallina di gomma in bocca per non gridare.

Prendo una sedia e mi allungo per guardare sopra l'armadio. Vedo la scatola dove dorme Rita la Divoratrice e poi, più giù, un altro contenitore più grande, lungo e rettangolare. C'è mia madre dentro?

Scendo di corsa le scale, raggiungo il salone illuminato dalla luce fredda della TV. Lei è ancora là davanti, sul divano, con un sacchetto di patatine sul grembo e briciole di se stessa sul tappeto. Si sveglia, mi guarda.

«Vai a dormire, è tardi.»

«Dov'è Papà?», le chiedo.

«Vai a dormire».

Mentre lei spegne di nuovo il cervello, sento le mani di mio padre stringermi le spalle. Mi volto, sembra più ubriaco del solito, ha la faccia rossa e un mezzo sigaro che gli trema tra le labbra. Si asciuga la fronte col dorso della mano, mi annusa. Poi contrariato borbotta: «Vai a dormire».

Resto immobile mentre lui si trascina verso la camera da letto. Una falena si scotta le zampe posandosi sul suo largo collo, il condotto principale che porta fino a giù, dove la sacca del piacere sta per scoppiare e io non posso farci nulla.

24 APRILE 2001. JOHNNY CASH.

La chitarra di Johnny Cash rimbomba da ore nello studio di mio padre, sempre la stessa canzone: *I see a darkness*. Un infinito loop di carne morta, un diario nero che viene sfogliato fino alla fine, per poi ricominciare, pagina dopo pagina. Lo sento camminare avanti e indietro, parlare con se stesso. No, forse è Johnny Cash a dire quelle cose, oppure è la voce della bottiglia di bourbon quella che sto ascoltando, quella con la grande B stampata al centro della lacca rossa.

Senza farmi sentire, mi muovo in punta di piedi nella gola del corridoio, schivando le braccia arrugginite delle vecchie stampe della guerra d'indipendenza di mio padre, i giocattoli di un professore di storia: i cannoni e le baionette appese a destra e sinistra. Lo scheletro di George Washington, dentro una sgonfia giacca blu e oro, in groppa al suo cavallo senza più denti e carne sulle costole, mi punta contro il suo minaccioso indice scarnificato. Arrivo alla porta dello studio e appoggio l'orecchio.

Guardo dal buco della serratura e vedo il fantasma di mio padre. Si dispera, si strappa i capelli, parla alla bottiglia di bourbon, seduta vuota su una sedia. Bestemmia, volta verso il muro il crocifisso con la faccia pestata di Gesù Cristo. Prende qualcosa sul letto, si sposta, per un momento lo perdo di vista. Ma eccolo di nuovo, davanti allo specchio: sta indossando un vestito di mia madre, facendone saltare le cuciture. Tira su le spalline forzandole, ne strappa una, somiglia a un clown dell'inferno. Spreme sullo specchio il rossetto viola di mia madre, traccia dei cerchi concentrici, poi due più grandi al centro, che si intersecano. Johnny Cash continua a cantare per lui, a scorrergli addosso come grandine.

Mi allontano dalla porta, sudo freddo. Devo cercare mia madre, subito. Non è davanti alla TV, nemmeno in camera da letto, eppure le sue scarpe sono ancora davanti alla porta d'ingresso, insieme alle mie e agli stivali del carnefice. Riprendo il corridoio, passo davanti alla grande scena della battaglia di Gettysburg, che mi fa sempre bruciare gli occhi. I fuochi, la polvere da sparo, il sudore acido delle divise dell'armata del Potomac. Giù a sinistra, il bagno. La porta è aperta. Nell'aria c'è un odore dolciastro, ma non è quello di ananas marcio del Tritone con la barba, l'amico di mio padre. Faccio un passo avanti e quel profumo di miele si fa più forte, penetra nelle ossa. L'ho trovata.

And there I see a darkness.
And there I see a darkness.
Did you know how much I love you?

La vasca da bagno rigurgita sangue troppo chiaro, la faccia sommersa di mia madre sembra quella di Medusa, coi capelli rossi che si muovono lenti come coralli. Le braccia sono scomposte, congelate in una posizione innaturale. I polsi recisi, pozzi ormai spremuti, spruzzano le ultime gocce. Dalla piccola finestra spunta la faccia di ossa della morte, con un papavero tra i denti. Il fiore preferito di mia madre. La marea rossa, bollente, continua a vomitare arrivandomi fino alle caviglie.

GRIDO PIÙ FORTE CHE POSSO.

Lei mi sente, si alza sulla schiena a bocca spalancata. Cerca di masticare l'aria, l'ossigeno. Mi guarda attraverso, fissa il muro dietro di me. Vede ciò che io non posso vedere. La finestra sbatte, il miele sembra gocciolare dal soffitto, è una pioggia dolce e vischiosa. Poi lei ricade giù nell'acqua rossa, con un tonfo. Il suo viso grigio sparisce sotto un mulinello di papaveri tritati, che si mescolano subito al sangue.

Mia madre è morta di domenica.

Oh no, I see your darkness.
Oh no, I see your darkness.
Did you know how much I love you?

27 LUGLIO 2002. ASSEDIO.

Prende a calci la porta della mia camera. Non si ferma.
«Rita, fammi entrare!».
Ha la voce rauca di un temporale, vuole che indossi il vestito di velluto di mia madre, a tutti i costi, mentre fuori il sole arrostisce gli spiedini dei barboni sui marciapiedi e gli acquedotti romani

sulla Via Appia esplodono in nuvole di polvere arancione. La pioggia invisibile del tempo. È la dinamite dell'estate a fare strage, trascinata su immaginari carri dagli Ostrogoti di Vitige coperti di stracci, piegati sotto grandi scudi rossi. Sono i fantasmi di quelli che non si sono mai arresi, continuano a grattare le mura di Roma sognando favolosi trofei di carne e nuovi polmoni d'oro e d'argento. Sono le colonie dell'altrove, come tutti gli altri allevamenti di illusioni toccati dal sole troppo forte.

«Fammi entrare, troia!».

Il vestito di velluto blu di mia madre è sul letto, sussurra parole anche se è vuoto, sgonfio di vita. Devono esservi rimasti attaccati pezzi di ricordi, ma le voci che sento non possiedono tutte le lettere. Parlano tante lingue asincrone che accelerano sempre più, fino a ridursi in un unico ronzio assordante.

I pugni di mio padre mi hanno aperto troppe fessure nella testa, sento il volo di mosche nella volta senza lampadine del cranio: vanno a caccia di proteine, di benzina per volare. Non riesco più a distinguere il continuo rombare delle seghe circolari delle loro ali impazzite dalle voci del vestito che insistono, che mi parlano. Troppi pensieri in continua combustione.

Loro non sanno chi sei, porco.
Guarda bene Rita, imparerai anche tu.
Lui è fatto così, ha i suoi temporali.
Perché lo hai portato qui? Non pensi a tua figlia?
Mi fai male, così mi fai male!
Uno strano sogno, respiravo acqua e miele, poi…
Non prendertela con lei, maiale.
Basta tagliare qui, e il mondo va via.
L'estate è magia, Rita, un assedio di bellezza.

«Sei una sporca puttana, proprio come tua madre!».

Eppure la vuoi ancora, bastardo, la tua puttana. La vuoi viva dentro quel vestito morto, vuoi che io colmi il tuo cuore rotto con la mia carne, coi suoi stessi capelli rossi, con la musica antica di cellule amiche, gemelle. Vuoi giocare al circo con me, adesso? Vuoi che partorisca me stessa?

Prendo le forbici, mi taglio i maledetti capelli e tutti i ricordi di Medusa. Tutto quello che mi rende simile a lei, tutto quello che tu vuoi ancora. Come se in quella bara da quattro soldi fosse rinchiusa la tua bottiglia vuota di bourbon, non lei, e i vermi del cimitero, ubriachi, stessero ululando alla luna nuova. La vuoi ancora, vero?

Mi avvicino alla finestra, lascio cadere nel vuoto il vestito di velluto. Ottavo piano. Lo vedo danzare e ribaltarsi più volte, per poi schiantarsi sul marciapiede, improvvisamente pesante.

Un grido. Poi altre grida che si uniscono. La gente si assembra intorno al vestito, che sanguina sulle radici dei tigli. Rivoli arancioni cercano una pendenza, una via di fuga.

Adesso guardano tutti in alto, verso la mia finestra. Lancio giù un'altra bottiglia di bourbon. I curiosi si allontanano. Ora pregate il dio degli alcolisti, e chiamate un'ambulanza! Vorrei avere un lanciagranate per sparare bourbon tutto il giorno, fino a riempire il Tevere.

Mio padre riesce a sfondare la porta, mi prende per il collo. In equilibrio precario, e con l'anima in apnea, riesce a salvare l'ultima delle sue bottiglie. Guarda le ciocche dei miei capelli rossi sul pavimento, che sembra un campo di papaveri. Mi prende a calci, mi maledice. So che ha un coltello in tasca, ma non mi ucciderà, non oggi, non ancora.

Mentre mi pulisco il sangue dalla bocca, quello vero, quello caldo e rosso, lo guardo scendere in strada a riprendere il vestito di mamma, circondato dall'assedio dell'estate che trasforma tutto in oro.

Adesso anche lui guarda verso la mia finestra. Ma non mi riconosce più.

27 MARZO 2003. LA SIRENA.

Non sono più la bambina di mezzanotte, mio padre non mi desidera più, preferisce chiudersi nello studio con le sue dee di plastica, sirene transgender con la coda di uomo, metà morbide e metà dure. So che le paga, che le veste come mia madre, glorificando i suoi appetiti accompagnato da una canzone di Johnny Cash. Solo le femmine di famiglia, gli animali del suo circo privato, vanno bene per i suoi denti marci. La famiglia non è altro che un marchio viola sui glutei. La frusta che firma la proprietà.

Io, a quattordici anni, non gli servo più a niente. La sua bambola di mezzanotte si è deformata, è cambiata, è sporca. I capelli rossi stanno ricrescendo e somiglio sempre di più a mia madre.

Ma lui non se ne accorge.

Guardo dal buco della serratura, voglio scoprire dove sono nascosti i suoi pulsanti, come lavora la dinamo della sua mente. Cosa proietta la sua immaginazione, come succhia le ostriche delle sue sirene senza tagliarsi la lingua, leccando le loro frange affilate. Troverà una perla, dentro?

La sirena ha le gambe lunghe, infinite. Le scarpe di mia madre le vanno strette, ma non importa. Le sue ginocchia sono rosse, troppe preghiere davanti a totem di carne verniciati di verde, di grigio, di denaro che suda e fiotta, raccogliendosi tutto intorno, formando pozze ancestrali a tre e quattro zeri, nelle quali guizzano piccole code destinate a morire in pochi secondi. Prima delle farfalle.

La musica di Cash trasuda dalla porta, mi ficca il pungiglione nella carne e poi vola via. La canzone *Hurt* fa male, è un secondo annegare nell'acqua rossa. È un non dimenticare.

I hurt myself today
to see if I still feel.
I focus on the pain

Dal mio unico occhio riesco a vedere fette di carne della sirena. Ha i lineamenti di Cleopatra e le mani troppo grandi. Vedo il vestito di velluto blu di mia madre resuscitare, muoversi come un fantasma per la stanza, davanti a mio padre che lo segue legato a un guinzaglio. Non sembra più il carnefice, il Re del Circo. Cosa è diventato? Tutto sta sparendo da questa casa, ingoiato dallo scarico della vasca da bagno ormai ingrassata a dismisura. Un mostro di ghisa senza gambe, senza testa, che ha risucchiato mia madre con tutti i suoi papaveri, la bambina di mezzanotte, Rita la Divoratrice, la frusta di mio padre e i suoi stivali dominanti. Vedo Cleopatra sedersi sul trono dell'impero di sporcizia di mio padre, sul mio posto. Indossa una corona di latta dalla quale spuntano piume di struzzo e di colibrì. Le sue lunghe dite di giada lo stanno penetrando. Ti piace il dolore, vero? Ti farò male, davvero male, e non ti lascerò più andare.

Ti taglierò i piedi e tutte le tue corse.

Ti farò sedere sulla sedia di spine dei bugiardi, dovrai cantarmi delle canzoni con la giacca rossa da domatore, uno stretto corsetto modellante e un reggicalze nero, lo stesso della tua Cleopatra. Spalmerò il tuo corpo di miele e peperoncino. Dovrai innamorarti di nuovo di me.

Ma adesso mio padre è solo suo, della sirena che gli sta spezzando i pensieri indossandolo come un monile di plastica, senza valore. Cosa sta riparando, della sua mente? Di cosa la sta riempiendo? Gli succhia vecchie cicatrici, le fa sanguinare di nuovo. Dalla testa gli colano rivoli di bourbon e la linfa bianca e nera di vecchie fotografie. Mia madre al mare, io seduta nel piazzale di un castello di sabbia dalle torri storte; una automobile blu scassata, con uno sportello bianco, che suda scalando la costa; il viaggio ad Amalfi; le infinite file di barattoli di conserva di pomodoro; la casa in campagna e il salice bruciacchiato; il rospo invisibile che canta ogni notte; le stelle e i denti bianchi di mia madre; Super, il cane dalle gambe posteriori paralizzate, che abbaia ai fantasmi; la giostra centrifuga delle falene intorno alle luci; l'arrosto della domenica; la mezzanotte e il corteo di demoni che sfilano su carri carnevaleschi, teste giganti che ruotano a destra e sinistra, con occhi di porcellana grandi come piatti. Viareggio, 1994. Gli incubi che si muovono su sei ruote.
Anche io ti posso riparare, non hai bisogno di quelle sirene.

I cannot repair
beneath the stains of time
the feelings disappear
you are someone else

Anche se adesso sei qualcun altro, proprio come me, possiamo ricominciare tutto daccapo. Andrò a caccia di sirene per te, imparerò a lanciare coltelli e a volteggiare sul trapezio. Mille mezzenotti ancora, questo è quello che vorrai. E poi altre mille, in una stanza a milioni di chilometri da qui. Troverò il modo, il cartello per l'Inferno. Sarò la vergine di ferro nella quale rinchiuderti, nella quale sognare e morire.

Ti taglierò i piedi e tutte le corse. Ti innamorerai di nuovo di me.

Cleopatra ha sganciato mio padre dal guinzaglio e si sta rivestendo, mi allontano dalla porta e aspetto di vederla uscire. Eccola. Profuma di fiori di calicanto, di cera, di Oriente. La sua carne danza e ondeggia nel corridoio come un budino alla vaniglia su un vassoio troppo grande. Stringe nella mano un pezzo di intestino di mio padre e le chiavi della sua Mercedes, nascondendo la coda di coccodrillo sotto il vestito nero. L'armata del Potomac sta ricaricando i fucili, il tenente fa segno di aprire il fuoco, ma ormai è troppo tardi. La sirena chiude la porta e spegne la musica.

11 Settembre 2004. Un sogno senza piedi.

Una Mezzanotte vuota, un sogno si ficca nel letto troppo freddo.

Mia madre smuove la terra, le radici. Si pulisce la faccia dal fango e lascia il cimitero del Verano spingendo il pesante cancello. Cammina per ore, cerca il Tevere, cerca la sua casa. Le auto le sfilano accanto, sollevando la gonna del suo vestito giallo della domenica, forato dalle pallottole dai vermi. La guardano tutti, cammina suonando un'armonica di ossa, ha una corona di papaveri. Il suo è un blues triste di nervi fossili che scricchiolano, di foglie nello stomaco mai digerite. Si accorge di avere ancora al dito l'anello della morte, il diamante che brilla solo sottoterra; lo sfila e lo ingoia.

Arriva vicino a un ponte, sotto c'è un uomo con una pistola in mano e sua moglie che allatta ombre. Tom Joad, l'uomo che ha smarrito la sua California, il suo Eldorado; sente la musica dell'armonica. Vede avvicinarsi la magra sagoma di mia madre, che zoppica nel buio facendosi largo tra i rifiuti, scavalcando scheletri di lavatrici e fiori di fango. La metropolitana scuote di nuovo la terra, continua ad andare avanti e indietro, vuota. Al volante c'è un grasso ratto con un cappello azzurro dalla larga visiera, che copre gli occhi gialli.

Sottoterra c'è più vita che in superficie.

Tom Joad fa cenno alla moglie di coprirsi il seno e di alzarsi, poi raggiunge mia madre, la sostiene.

«Non ti fa paura andare in un posto che non conosci?».

Mia madre stacca le labbra viola dall'armonica, fissa l'uomo che ha l'aria di essere fuori di testa: quel tipo scambia il Tevere per il Colorado, il cervello dev'essere rimasto senza elettricità. Sfila un coltello dalle mutandine lacerate, lo mostra a Tom Joad.

«So dove andare. Mia figlia, la bambina di mezzanotte, mi sta aspettando.»

«Non dovresti essere qui, dovresti sapere che fine fanno i migranti», risponde Tom Joad, indicandole gli accampamenti tutti intorno, che si accendono improvvisamente grazie ai loro fuochi traballanti, mostrando gruppi di ombre che divorano tranci di cosce umane infilzate su lunghi spiedini.

«Solo per stanotte. Poi tornerò indietro. Se queste ossa marce reggeranno, fino a mezzanotte. Almeno fino a mezzanotte.»

«Posso aiutarti, so come fare». Tom Joad si volta e chiama Rosa Tea, sua moglie dal seno sempre colmo di latte. Una vecchia maledizione, un bambino nato morto e la sete perpetua dei migranti dell'altrove: le ombre che si incollano alle persone, ai vivi, agli inconsapevoli abitanti dell'Eldorado, le ombre che rapiscono e mangiano. Le ombre che bevono ogni notte il latte di Rosa Tea.

Mia madre sta iniziando a sgretolarsi, crolla a terra. Rosa Tea avvicina i capezzoli blu alla sua bocca dilaniata, il latte sgorga e riempie la pelle secca del cadavere. I capelli rossi di mia madre risorgono, lunghi e luminosi, come i fuochi dei migranti che incendiano il letto asciutto del Tevere e le murate del ponte.

La sua carne fiorisce, ricopre di nuovo le ossa, si rimette in piedi e vomita foglie e vermi, svuotando lo stomaco nuovo di zecca. Il suo corpo ora è di nuovo intatto, vivo, ma c'è un prezzo da pagare, come sempre. Tom Joad le porge la corona di papaveri e l'armonica, poi le sussurra all'orecchio: «Solo per stanotte. Ma avrai fame di carne, della loro carne. Ora sei un'ombra come noi».

Lei si allontana dal ponte dei migranti, le sue gambe sono forti, vive. Arriva presto sotto il nostro palazzo, le luci dell'attico sono accese, osserva la sua nuova ombra che si proietta sul marciapiede. La sento suonare l'armonica, la musica si fa sempre più forte, galleggia in tutte le stanze, spostandosi velocemente dall'una all'altra.

Mezzanotte, la finestra del bagno sbatte. La musica colma il corridoio, mentre io esco dalla mia camera e mi trovo davanti un grosso rospo che indossa gli orecchini di giada di mia madre. Sta imitando l'armonica col suo canto, coi suoi ancestrali richiami d'accoppiamento. Ho capito, lei non vuole farsi vedere da me, non ancora. Ma poi mi ritrovo dentro i suoi stessi occhi, nelle sue orbite così nuove, appena uscite dalla fabbrica delle ombre. Sta fissando, e io vedo con lei, mio padre in canottiera, senza mutande, addormentato sulle colline di silicone di una delle sue sirene. La sua musa, metà dura e metà morbida, sta tirando una striscia di cocaina sul grasso culo dell'ex-carnefice. La sirena alza gli occhi, si accende una sigaretta e si dirige sculettando sul balcone, seguita dal rospo che con un balzo monta sulla stretta ringhiera. Sotto, Roma si mostra capovolta, le sue tante cupole sono diventate sfrangiati crateri.

Mia madre ruota la testa, i capelli rossi diventano un vortice. Io sono dentro di lei, chiusa in una placenta con la zip che posso aprire per poter vedere fuori. Mi viene da vomitare. Poi lei si ferma, si tocca tra le gambe, estrae il coltello dalle mutandine, si siede sul letto e stringe forte le caviglie di mio padre.

Lo aveva promesso, di tagliargli i piedi.

Mi sveglio, è mezzanotte.

7 APRILE 2005. IF YOU COULD READ MY MIND.

La radio dell'auto di Marco è connessa alla stazione del Purgatorio, un coro di anime con la tuta arancione da detenuto canta un blues stonato. C'è chi, fra loro, deve scontare due ergastoli e suona la chitarra. Sono quelli che hanno già finito la voce per pregare, per sperare. Altri, quelli nelle ultime file, si masturbano con riviste porno sulle ginocchia. Sembrano leggere ritornelli di tette, di cosce, di carne fresca terrestre che stanno iniziando a dimenticare. Sembrano leggere il passato mentre battono il ritmo, con le loro ali nere che si aprono e chiudono velocemente.

Piove sul parabrezza e sul cofano dei nostri pensieri. Ma abbiamo due motori diversi, sotto, anche se Marco finge di non saperlo. Ha il sorriso ingenuo e immortale dei diciotto anni, quella sensazione che ti gonfia la vescica e ti fa sollevare da terra. Ha la faccia verniciata di adrenalina e un'invisibile scimmia psichedelica sulla spalla che continua a gridare e agitarsi. Il mio principe lisergico e sgangherato, il giovane Mescalito, si accende una sigaretta e riprende fiato, finalmente. Suda allucinazioni viola e azzurre, dovrà essere così il mio vestito da sposa, un giorno. Lancerò alla gente un bouquet di coltelli.

Siamo circondati dai busti di marmo dei patrioti nei giardini del Gianicolo che, accigliati, sognano di avere di nuovo gambe e braccia. Ci strangolerebbero, se solo potessero muoversi dai loro eterni centimetri. Ci taglierebbero i piedi, solo per invidia. Ma non hanno mai visto le autostrade, le corse di oggi, di adesso.

«Ti va?», mi dice.

La radio del Purgatorio spegne i lamenti del suo strano blues, e lancia *If you could read my mind* di Johnny Cash. Non può essere un caso, Cash.

Proprio così, se solo tu potessi leggere i miei pensieri, estrarre una carta dal mio mazzo; un asso o un sette, è lo stesso. Se solo tu potessi scendere nel mio pozzo, stanare il fantasma dai piedi piccoli che ci abita, che stringe tra le braccia una bambola zombie e disegna mostri sulle pareti cieche. È il suo voodoo, e il mio, ha la voce rauca di una sega elettrica. Se solo tu potessi vedermi davvero, non sarei più un fantasma. Potresti scalare il mio attico, darmi una forma. Fermare ogni mezzanotte, girare le lancette dell'orologio. Ma tu, vuoi vedermi davvero?

If you could read my mind, love,
what a tale my thoughts could tell.
Just like an old time movie,
'bout a ghost from a wishing well.

Potresti leggermi come un libro, tutta in un notte, ma la fine non ti piacerebbe. Troppe pagine di dolori, di maschere di tritoni, di momenti marci, di gomma, calci e schiaffi. Posseduta dai mostri, con la loro colla calda sulla pancia e tra le cosce, potrei mai diventare la tua eroina, la tua scintillante dea?

Diciotto anni: non puoi sapere che anche gli eroi devono aprire le gambe, a volte. Sporcarsi e farsi una doccia di notte, come se l'acqua potesse lavarci anche dentro. Un libro così non si venderebbe. Ma tu vuoi davvero sapere di me? Se tu potessi leggere i miei pensieri già... Johnny Cash non può essere un caso. Niente viene per caso. Forse tu sei come lui, come mio padre. Ti mancano solo abbastanza soldi per comprarti il costume da domatore, la giacca rossa coi bottoni dorati, gli stivali, la frusta e tutto il resto. Ti manca solo tempo per trovare le tue tigri, metterle in gabbia, marchiarle e insegnare loro i tuoi giochetti. Se mi vuoi nel tuo circo, non sai proprio leggere nei miei pensieri.

Neanche una parola.

If I could read your mind, love,
what a tale your thoughts could tell.
Just like a paperback novel,
the kind the drugstores sell.

Comincia ad allungare le mani. «No, non mi va», ti ho detto. Anche tu hai un maschera da Tritone sulla faccia, col tuo corno di conchiglia stonato stai solo chiamando la tempesta, la stai facendo incazzare.

Le senti le Nereidi che scuotono le perle? La senti la grandinata sulla tua auto? Mi sfilo il coltello dalle mutandine, voglio vedere la tua paura. Le tigri graffiano, mordono, dovresti saperlo.

Non ridere, non è uno scherzo. Se solo tu potessi leggere nei miei pensieri, adesso, tra le righe, capiresti che non posso più tornare indietro. Gli ficco la lama nel collo, strozzando quella sua maledetta risata e la sua carriera da domatore. La scimmia psichedelica gli balza sulla testa, con le minuscole dita cerca di chiudere la bocca spalancata del padrone, poi intinge la coda arricciata nel sangue che cola. Lo assaggia, fa una strana smorfia e scappa via.

Forse ora Marco può leggere nei miei pensieri, e camminare su tutti i miei vetri rotti; un fantasma non può sentire dolore. Forse ora sta entrando nel mio bagno, a mezzanotte, per baciare Medusa dai capelli rossi che si sta risvegliando. Magari è in ginocchio accanto a lei e sta facendo delle barchette coi suoi fiori di papavero. Alla fine, questo è sicuro, camminerà mano nella mano con Rita la Divoratrice, si farà accompagnare dall'altra parte. Lei ha gli occhi cuciti, proprio come lui adesso.

Gli afferro la lingua secca, la tiro fuori e la taglio col coltello. Ne viene via solo un pezzo, ma va bene lo stesso. Mi guardo intorno, non c'è nessuno, a parte Roma, sotto, distesa come un'odalisca. Si mostra a tutti, con le fessure dei vicoli e le grandi piazze, con il suo ventaglio di penne di pavone e lo sfondo di tessuto blu e oro; il cielo e l'intrusione dei crocifissi luccicanti sui tetti delle mille chiese.

Mordo la porosa lingua di Marco, ne strappo una piccola parte. Ingoio le sue parole rimaste sull'orlo dei pensieri. Non mi piacciono, sanno di circo, di stalla, di urla e ruggiti nelle gabbie.

Il resto lo finirò a casa. Per sapere tutto di lui, per leggergli i pensieri ormai morti. Senza più piedi.

«No, non mi va», ti avevo detto.

If you could read my mind, love,
what a tale my thoughts could tell.

17 OTTOBRE 2006. VELLUTO BLU.

Più facile farlo qui, in questa camera in affitto, indossando un vestito di velluto blu simile a quello di mia madre. Tutti vengono qui per spremere ore, minuti. Una lolita ti costa almeno cinquecento euro, mentre io per duecento faccio tutto, e alla fine ti buco la gola. Nel congelatore ho una collezione di piedi di domatori, la mia sega elettrica non è quella di plastica di Rita la Divoratrice, ha i denti di ferro e ruggisce forte. È la motosega di Rita la Puttana. Ho imparato a lubrificare il motore e a usare l'olio giusto. Ho imparato a potare uomini. Tengo da parte solo i piedi, le corse immobili, le strade mai prese, gli stivali e le scarpe vuote. Il resto lo butto via, ma a volte assaggio qualcosa.

Aspetto il principe azzurro, una volta o l'altra busserà anche a lui a questa porta di periferia, così finalmente potrò guardarlo dentro, sotto la pelle, per frugargli nel fegato e farcirlo di perle e castagne. Aspetto di aggiungere i suoi piedi azzurri alla mia collezione.

«Forza, gridalo che mi ami!». Il porco striscia sul pavimento sbavando come una lumaca, mentre la musica death metal chiude le orecchie del palazzo.

Sopra la mia camera lavora Cleo, una sirena gonfiata da poco, col culo enorme e le tette appena accennate. Porta una parrucca color oro e ha sempre della sabbia sulla lingua, tra i denti. Vive sgranocchiando le pannocchie bianche della depressione, dei deserti, del sottoterra rovesciato. Nessuno vorrebbe essere prigioniero di una gabbia di carne.

Meglio la vergine di ferro, con tutti i suoi denti.

Al piano di sotto abita una vecchia pazza insieme a tredici gatti, continua a trascinarsi tra questa strada dissestata, la parrocchia e il negozio del macellaio. Conto il ticchettare del suo bastone sull'asfalto per sapere sempre quando verrà la mezzanotte.

Nessuno fa caso alla mia strana musica, all'alto volume dei ruggiti della motosega. Roma è lontana, si vede il tetto arancione del centro solo alzandosi sulle punte dei piedi, o sbirciando tra le parabole dei balconi incrostati.

«Sai cos'è una dea? Allora datti da fare». Il porco si inginocchia, in questo momento si farebbe giustiziare per un'altra ora di me. Un colpo secco, uno solo: via la testa e i sogni del domatore. Ci vorrebbe una scimitarra persiana, talebana. Non mi faccio ingannare, non più.

Lo leggo nei suoi occhi, si farebbe un intero harem di tigri, se solo potesse. Indosserebbe una corpetto bizantino e la criniera di cavallo, costruirebbe la sua moschea eretica, con camere per pregare e per scopare. Alleverebbe vagine sante, ricucite ogni giorno con spaghi di cuoio.

Forse ha pestato la moglie, che lo sta aspettando a casa col naso rotto e gli occhi spenti, che cerca se stessa nella centrifuga della lavatrice. Guarda dall'oblò stracci di lei, di una dea dai glutei marchiati.

«Sei una carogna, lo sai?».

Lui continua a leccare, leccare e succhiare, la mia pelle ha il sapore di miele di eucalipto, eredità della Medusa rossa, di mia madre e della sua morte così dolciastra. La mia carne sa di Tasmania, di terre lontane, salate e sconosciute, di isole alla deriva senza funi d'emergenza. Di quello che non puoi avere, di quello che si è staccato dal tuo continente, tanto tempo fa.

«Adesso chiudi gli occhi.»

«Sei così bella, sei...». Il porco scodinzola con una zampa in Tasmania e l'altra a pochi chilometri dall'Agro Pontino. Abbaia a due lune, avrà due mezzenotti.

«Stai zitto e chiudi gli occhi».

Non è lui il mio principe azzurro. Gli buco la gola, ha il sangue denso come la sua colla. Continua a guardarmi, è ancora vivo? Si sgonfia in pochi secondi, la sua faccia larga mi finisce sulle scarpe. È senza più corrente, sembra baciarmi i piedi, adorare la sua ultima dea appeso al gancio della morte. Lo volto, gli forzo le mascelle e inizio a tagliargli la lingua. Il suo cervello è ancora troppo caldo, i muscoli scattano e mi morde le dita. Una morsa inconsapevole, al suo istinto piace troppo il miele.

Accendo la motosega, gli faccio saltare via la mano destra, che schizza via scivolando sotto il letto. Mi allungo, la raccolgo e poi gliela ficco tra i denti: sarà lui stesso a fare strada al mio coltello. Mordesse pure adesso, il fantasma. Mentre affonda i denti nella sua stessa carne, a scatti, gli strappo via la lingua, finalmente. Si sta già raffreddando, la metto nel reggiseno. Mi rivesto, ormai è quasi mezzanotte e devo tornare a casa, da mio padre. Penserò domani a fare a pezzi il porco, la signora dei gatti sarà contenta di vedermi di domenica, quando il macellaio è chiuso e lei ha bisogno di carne fresca per i suoi piccoli amici.

20 APRILE 2007. QUANDO ARRIVA IL CAPO?

Tutti seguono la lunga Mercedes e la bara di mio padre nel suo stomaco trasparente. L'ultimo chilometro, a piedi, verso il cancello del cimitero. Dai bastioni del Verano le sentinelle morte osservano la lunga coda di uomini, donne e sirene che ondeggiano a destra e sinistra. Una di loro sussurra all'orecchio di scheletro del compagno, seppellito nella stessa torretta di osservazione:

«Quando arriva il capo?».

Un tuono, poi un altro: sta per piovere? No, sono gli zoccoli di un cavallo bianco che salta in testa alla fila. In groppa all'animale la Morte tiene strette le briglie, dietro di lei si diramano i lunghi capelli rossi di mia madre. Cavalca tenendosi stretta al mantello del capo. Cosa è venuta a fare qui? Il suo sangue schizza ancora dai polsi gelati, macchiando il pelo lucido del cavallo bianco e spruzzando granatina rossa sugli occhiali da sole delle Sirene di mio padre che, in equilibrio sui tacchi alti, faticano a tenere il passo del corteo funebre. Riconosco subito Cleopatra, le sue dune di silicone schiacciate nel decolleté, il suo odore di trementina. Ha sotto il braccio un vecchio stereo che suona *When the man comes around* di Johnny Cash. Quella canzone…

Mi sembra di sprofondare nell'asfalto, di essere risucchiata nella camera da letto dei miei genitori. Mio padre ansima, lei lo prega di fare piano, più dolcemente. Sono nascosta sotto il letto, stringo forte la mia bambola zombie mentre lui, tenendo la frusta tra i denti, lega i polsi e le caviglie di mia madre.

Un pomeriggio d'estate qualsiasi, il sole si sta squagliando verso il basso nel suo acido arancione, colando sull'orizzonte spennato e infilzato a morte dai campanili. Suonano le campane, mentre io devo distendermi pancia a terra per schivare le molle arrugginite del materasso che salgono e scendono sempre più velocemente. Una bottiglia di bourbon cade dal letto, l'alcol mi schizza negli occhi. Non posso fare a meno di gridare, metto subito la mano davanti alla bocca ma ormai è troppo tardi. La faccia di mio padre penzola giù dal bordo del letto: mi vede, sorride. Allunga la mano, cerca di afferrarmi

«Che ci fai là sotto? Vieni a giocare anche tu», gracchia, mostrandomi il suo incisivo d'argento e il pesante crocifisso al collo che non finisce di dondolare nel vuoto. Dopo quel giorno ho iniziato ad aspettarlo, a mezzanotte.

And I heard, as it were,
the noise of thunder: one of the four beasts saying:
"Come and see." And I saw. And behold, a white horse.

Ci sono tante persone, oggi, per il funerale del carnefice. Uno dei suoi amici, il vecchio Tritone dalla barba ancora insanguinata della mia prima volta, finge di non vedermi. Abbraccia la figlia di undici anni che indossa già la divisa di mezzanotte. Il vestito di velluto blu e niente mutandine sotto.

La musica mi distrae, inciampo sulle gambe di uno sconosciuto in abito scuro, dal suo taschino spunta un fazzoletto blu. Ecco come si riconoscono, tra loro, quei porci. La sua faccia non l'ho mai vista, ma il suo odore di mango, di menta, quel ciuffo di capelli bianchi, mi ricordano qualcosa: un posto e dei sapori buoni e cattivi. La nostra casa in campagna; una spremuta di arancia; le more appena raccolte; il salice e il dondolo che cigola; mia madre in cucina stordita dal crepitio della frittura; io che vado su e giù, guardandomi le scarpe nuove; mio padre che mi prende per mano e mi guida nella stanza da gioco; il tavolo da poker; gli scaffali piegati sotto il peso delle bottiglie di vino; il divano decorato dall'umidità, dai ghirigori della muffa; il dipinto vicino alla finestra: un cavallo bianco senza cavaliere; l'ombra alta, improvvisa, di un mostro che mi sovrasta con la maschera aguzza dei medici della peste; la sua voce di grotta e il chiaroscuro del sudore che brilla sul suo corpo nudo.

Ora mi ricordo di te, becco di cicogna: parli una lingua che non capisco. «*Lolita, light of my* life, *fire of my loins. My sin, my soul*». Sei uno di quei mostri che vengono dalla Tasmania, o da altre isole lontane, dove piccoli cani neri, posseduti da diavoli, ringhiano tutta la notte, continuando a rosicchiare le dita dei piedi delle bambine addormentate e le carcasse di animali coperte dalla pelle volante delle mosche.

Ho tanta voglia di accendere la mia motosega.

Il carnefice passa tra due ali di folla, la Mercedes nera curva lentamente, poi accelera e sparisce dietro il cancello del cimitero. Dobbiamo raggiungere il magazzino dei morti, Cleopatra e Johnny Cash sono sempre avanti al gruppo, insieme a un grassone che batte il ritmo col tuo strano tamburo. È mio nonno paterno, che continua a tossire stretto nel vestito della domenica, facendo traballare la sua gelatina. Ha l'ombrello aperto, ma non sta piovendo. Forse ha paura che qualcuno, da lassù, possa scagliare un fulmine e incenerirlo. Non si fida per niente della storia dell'immortalità della stirpe dei domatori.

Oggi è l'alpha e l'omega per me. Un viaggio a salti, dal presente al passato, come se in mezzo non ci fosse niente. Ho ricordi di altalene e di fruste, di gelatine di frutta e di vibratori, di torte di compleanno e becchi di cicogne. Perché te ne sei andato, senza innamorarti di nuovo di me?

Hai cancellato per sempre la mezzanotte dall'orologio.

Till Armageddon, no Shalam, no Shalom.
Then the father hen will call his chickens home.
The wise men will bow down before the throne.

Pensi che io sia come mia madre? Solo perché ho questi maledetti capelli rossi? Non mi hai visto con la motosega, non sai niente del mio congelatore di principi azzurri. Non hai visto i miei vortici.

Hai riunito tutti nel tuo lurido Armageddon, in questo magazzino di corpi in transito. Non hai aspettato nemmeno la mezzanotte. Ti hanno vestito con la giacca rossa dai bottoni dorati?

Cleopatra si avvicina alla bara e vi depone un mazzo di papaveri. Sussurra qualcosa e si lecca le labbra. Si allontana in tutta fretta, deve tornare a lavorare; è già stata prenotata su Internet fino a Natale. Corre verso il cancello, prende una storta, le cade la borsetta. La sirena raccoglie la sua roba e riprende a correre, raggiungendo il piazzale esterno. Mentre cerca di fermare un taxi, piazzandosi davanti alle ruote, il cavallo bianco della Morte, lanciato al galoppo, la investe calpestandola. Gli zoccoli le schiacciano la carne, le protesi di silicone schizzano via rimbalzando. In sella al cavallo ora c'è solo mia madre, che sparisce insieme all'animale sfrecciando nel buco nero di un vecchio palazzo.

Il tassista scende dall'auto, le sue vecchie scarpe da ginnastica frenano sui margini della pozza di sangue. Si dispera, si strappa i capelli, si guarda intorno e grida come un ossesso:

«Vergine Maria! Vergine Maria!».

Un cane approfitta della confusione per leccare la pozza di sangue e cervello.

La Sirena ha lasciato lo stereo nel magazzino dei morti. Johnny Cash finisce la sua canzone, sistema la chitarra nella custodia nera, la appoggia al muro e si siede da una parte.

And I heard a voice in the midst of the four beasts,
and I looked and behold: a pale horse.
And his name, that sat on him, was Death.
And Hell followed with him.

21 Aprile 2007. Lo. Lee. Ta!

La casa dei miei genitori è infestata dal vuoto, tutto è diverso, ma nello stesso tempo appare sempre uguale. Cammino nel lungo corridoio, apro le porte delle stanze, ognuna mi parla nella testa con una voce diversa.

La casa dei miei genitori è piena di fantasmi. La camera da letto dei miei, la pista del circo con ai suoi quattro lati i tunnel per mandare in scena le tigri, mi aspetta e sussurra.

«*Vieni a giocare anche tu*».

Spingo la maniglia della porta dello studio di mio padre, , la sua voce scricchiola e si mescola alla ruggine, partorendo suoni e pensieri sfregiati: «*Creeeeek... Non puoi entrare qui, lo sai... Creeeek... Sei forse una Sirena? Dimostralo, calati le mutandine...Creeeek*».

Ma prima di chiudere la porta del regno privato del carnefice, resto ad ascoltare altre parole. Non è la stanza a parlare, le lettere sono appese al soffitto, all'interno di brillanti crisalidi, vanno su e giù, penzolando su corde di colla. Qualcuno sembra leggere ad alta voce, ma senza una vera lingua tra i denti. È solo un meccanico ripetersi di vecchi suoni incollati alle molecole malate di quel posto. Il vero lettore non c'è più, ormai accatastato nel magazzino dei morti, con la bocca cucita e la giacca rossa sgonfia.

Le crisalidi delle sue ossessioni però parlano chiaro, anche di riflesso:

*Lolita, light of my life, fire of my loins. My sin, my soul. Lo-lee-ta: the tip of the tongue taking a trip of three steps down the palate to tap, at three, on the teeth. Lo. Lee. Ta.**

La mia camera è in fondo al corridoio. Per arrivarci devo passare tra le pallottole dell'Armata del Potomac che continua a combattere: gli spari del tempo che se ne fottono di tutto il resto, del funerale di oggi e dei propri, così seriali. Sono incisi nella carta da parati, per sopravvivere si nutrono delle impronte digitali di mio padre, che accarezzava le sue preziose stampe più del viso di mia madre.

Entro nella mia camera, sembra più silenziosa rispetto alle altre. Piange e ride, non sa fare altro. Piangere e ridere, lasciar saltare ovunque la sua isteria.

È mezzogiorno eppure la stanza è buia, il sole ha dimenticato le due piccole finestre, che specchiano un'impossibile notte. Stelle finte cucite sui vetri lampeggiano: la costellazione invernale del carnefice, a forma di triangolo, di matrice di femmina, si compone velocemente dalla testa alla coda.

Qui dentro è mezzanotte, i passi balordi di mio padre seguono il solito percorso. Li sento trascinarsi. Il padrone di quelle invisibili orme deve stringere nella mano destra una bottiglia di bourbon, perché sento l'andatura spezzarsi, per poi ritrovare l'equilibrio, il suo ritmo ubriaco.

Come è sempre stato, lo stesso rumore deviato dai contrappesi di alcool e di voglia, almeno finché ero ancora la bambina di mezzanotte. Prima che le mie mutandine diventassero rosse, quella sera. Prima che mi trasformassi in una piccola donna.

La stanza proietta tutto velocemente, poi fa da cassa armonica dei pensieri di mio padre, quelli che si erano accesi, per la prima volta, quando avevo iniziato ad allargare le gambe senza farmele legare, senza bisogno di schiaffi e di sotterfugi. La stanza legge lo stesso libro che ho già ascoltato prima, ha solo saltato qualche pagina.

Chi è il vero lettore? Se non è mio padre, come pensavo, in questa casa deve nascondersi qualcuno che conosce tutta la storia, e ora vuole raccontarla. Qualcuno capace di restare in silenzio per anni. Forse questa creatura è dentro di me, mi abita il ventre. Mi tocco tra le gambe per sentirne le vibrazioni, i movimenti, il flettersi di invisibili muscoli, ma la voce smette di raccontare, di leggere.

E io sento di essere di nuovo vuota.

Esco dalla mia stanza e proseguo verso il bagno. Sento la finestra sbattere, ancora una volta. Entro, noto subito una grande macchia sul soffitto, dalla quale cola qualcosa di denso. Forse è miele, oppure è la solita colla che mi ritrovo sempre dappertutto, ormai fusa con la mia pelle in impercettibili e indistruttibili cristalli. Essenze di principi azzurri, o qualcosa del genere.

Chiudo la finestra, mi spoglio ed entro nella vasca da bagno. Lascio scorrere l'acqua calda, passo il rasoio sulla lingua, è affilato ma non fa male. Mi guardo i polsi e le vene ancora intatte, penso che la vita che ci scorre dentro sia solo un equivoco. La bambina di mezzanotte è morta qualche anno fa. Cosa sono io adesso? Lo sbiadito e ibrido fantasma di una bambola di carne, una Lolita che sta diventando troppo grande, un anfibio che non sa scegliere tra terra e acqua. Quale è il mio posto? Non qui, in questa maledetta casa parlante, non senza mio padre.

La finestra sbatte di nuovo, appena in tempo per fermare il lavoro del rasoio. Poi suona il campanello. Forse la creatura che vive dentro di me, o in un secondo corridoio parallelo, invisibile, con maschere di mostri appese alle pareti, vuole mostrarsi. Per la prima volta.

Vado ad aprirgli la porta, non mi preoccupo di rivestirmi, di asciugarmi. Mi trovo davanti una faccia di cartapesta, un volto antico con occhi allucinati, la barba intagliata e orecchini di melograno. Una maschera che ricordo bene, quella di Sileno; la usava un amico di mio padre durante i miei vecchi turni da Lolita.

Doveva essere qualcuno di importante, mio padre lo chiamava il Professore. Non ho mai visto la sua vera faccia, ma ricordo il suo odore e il suo strano sapore: di mango, di kiwi troppo acerbi, di astice e di resina di quercia. Ogni volta che Silone veniva a casa, il carnefice si raccomandava:

«Lui non è come gli altri. Dagli l'amore, tutto quello che hai».

L'uomo si toglie la maschera, mi mostra il viso. Quarant'anni, corti capelli rossi, un collo lungo ed esile, lineamenti quasi femminili. Guarda il mio corpo nudo e il rasoio in mano che minaccia la mia morbida carne. Si inginocchia con le lacrime agli occhi. Sento di essere la sua Gerusalemme, raggiunta dopo un interminabile viaggio; sento di avere tra le gambe il sacro tempio con tutto il suo sancta sanctorum che brilla, abbagliando. Una luce mai vista.

Il professore alza la testa e sussurra: «Ho saputo di tuo padre», poi allunga la mano, come per implorarmi di consegnargli il rasoio. Lui non ha dimenticato, non mi ha mai dimenticato.

La casa torna a parlarmi nella testa: lo stesso libro, la stessa storia, ma la voce del lettore stavolta è diversa. Forse è il Professore a parlare, a leggere, forse è così da sempre, eppure adesso la sua bocca è cucita dalla meraviglia. Da me.

"Lo! Lola! Lolita!" I hear myself crying from a doorway into the sun
*(…) The turquoise blue swimming pool some distance behind the lawn was no longer behind that lawn, but within my thorax, and my organs swam in it like excrements in the blue sea water in Nice.***

Lo invito a entrare, chiudo la porta e lo abbraccio. Gli lascio assaggiare di nuovo la pelle della sua Gerusalemme, le mura di latte e le cupole d'oro, la sabbia e le croci. I vecchi uliveti sporchi di sangue e di grasso del tempo. Lui stringe forte la sua ossessione, vuole che sia per sempre, stavolta, senza maschere, senza mezzanotte. Vuole immergersi dentro di me e restarci, a costo di farsi crescere le branchie per respirare, per poter sopportare il mio oceano. Sarà come vuole, ma solo se farà quello che chiedo.

«Solo se posso tagliarti i piedi. Non potrai più correre, andartene da qui. È una tua scelta».

Si spoglia ansimando, stringe forte un fazzoletto blu tra i denti, sono costretta a legargli le gambe alla ringhiera del letto: non posso sbagliare. Accendo la motosega, lui stringe le lenzuola e guarda la finestra scottata dal sole. Fuori il mondo continua a muoversi, a rincorrere ossessioni e convenzioni, ognuno ha un mezzogiorno e una mezzanotte con cui fare i conti.

La differenza è arrivare fino in fondo.

«È quello che vuoi?», gli chiedo, mentre i denti di ferro della motosega ringhiano a tutta forza, a pochi centimetri dalle sue caviglie.

«Taglia, anche fino al ginocchio se ti farà felice. Ma fai presto…».

Non me lo faccio ripetere due volte, gli metto una pallina di gomma in bocca, lo bacio sulla fronte e poi affondo la lama nella carne. Il Professore grida, il suo sangue ha un bel colore. Dopo avergli mozzato la gamba destra sotto al ginocchio, come mi aveva chiesto, mi avvicino e gli sussurro nell'orecchio: «Rimarrai sempre con me. Mangeremo insieme la tua dolce carne, quando avrò finito».

Gli lecco il collo, gli spingo il seno in bocca; lui lo succhia avidamente, tremando, respirando a scatti. So che fa male, tanto male. L'amore fa male, e non deve nascondere nulla. L'amore non si soddisfa mai.

«Poi prenderò anche la tua lingua, amore mio, tanto tu sai leggere nella mia testa, parlarmi dentro. Non ti servirà più, bollita».

Riaccendo la motosega, che urla più forte di lui.

Mio padre eiacula nella sua bara, sugli scaffali del magazzino dei morti. La sua colla è fredda.

Anche la casa è eccitata e grida: *Lo-lee-ta! Lo-lee-ta! Lo-lee-ta!*

Salomè

Io sono l'oblio, dammi i colori e ti mostro.

Guardati, guardami danzare tra i ratti dell'East End, con la mia coda da sirena morsa dalla sifilide. La bellezza può prudere, fare male, e oggi si paga in scellini. Stai sudando tutta la tua ammoniaca, guardati, e guardami tagliare la gola di tua moglie, che puzza di polpette e cheddar. Un fantasma, nient'altro che questo, a spaccare la luce gialla all'angolo.

Da quanto tempo non peschi ostriche, giù sul fondo? Puttaniere meraviglioso, corsaro spennato, miccia di apocalisse, accenditi e cerca bene nelle tasche. Due monete, il sudore salato e l'occhio che ti hanno cavato, un bianco d'uovo sodo, che non sa stare al riparo dai fulmini delle tette.

Allora, guercio, gliel'hai detto di noi, alla gelosa? Ti ci vedo, con verdure e pane nero tra i denti, a dare la buonanotte ai tuoi rospi. Dillo ancora, come l'ultima volta.

Salomè, Tosca, Sarah, sfondami.

Sono forse troppo lontane oggi Parigi e Roma? Cristo, quando hai la tremarella sai fotterti leghe di mare. Oppure quella trentottenne troia francese ha il culo troppo secco per i vermi che ti mangiano la testa, scodando tra i pensieri roventi. Vermi con tette, anche loro. Non vista, una scarica di pensiero scintilla sull'accumulatore del tuo emisfero castrato, dieci centimetri sotto lo scalpo.

Ora ricordi? Sono io quella. Dentro di te. Sono l'oblio, un parassita, una torpedine senza ossa, lasciami attraversarti. Dammi i colori, dammi gli scellini, mettimi in fila coi tuoi santi irlandesi, bevimi nella tua pinta, facciamo schiuma e maree.

Guardati, guardami sopra di te, come ieri, con le perle false sui capezzoli e il manto della vergine mangiafagioli con stelle cucite sul cotone grezzo, verde come i corridoi dei manicomi.

Niente azzurro, cielo e profumo di eucalipti. Qui, senza cazzate, coi magri lampioni come testimoni di nozze, nell'angolo dove ha vomitato Apollo o un altro pezzo grosso; è qui che devi volermi, prima di crepare. *E lucean le stelle*, hanno detto a Parigi, non hai sentito?

Sono quelle che stai guardando, mentre te ne vai alla forca, languido come un budino. Hai l'uccello di burro, si squaglia anche a mezzanotte, con questo freddo, mentre io ti frugo sotto e Whitechapel ti entra nello sfintere come un'anguilla elettrica.

Guardati, godi e gridi, ti mordi il polso. Io sono l'oblio, la sanguisuga, la macelleria d'estate che attira mosche e vedove con la vulva ricucita dalla natura. Dillo ancora, adesso, mentre ti scuoti.

Salomè, Tosca, Sarah, dentro, scavami dentro.

Chiamami con tutti i nomi del mondo, finocchio, piegati, fatti gravida lavandaia, tingiti le labbra col tuo sangue. Ti venderò per pochi spiccioli a un godemiché di fortuna, senza gambe e testicoli, una scheggia di frassino, un coltello di carbone, un cane randagio goloso di miele umano e chiappe bianche.

Io sono l'oblio e tu mi porti in camera, finalmente, ubriaco, chiedi tifoni, chiedi tutto, col retto che ulula appassionato all'ultimo pezzo di luna. Dammi i colori, dammi le chiavi.

Tutto come sempre, qui dentro. Il vestito da sposa morto sul letto, gli alambicchi, la cannula, l'acqua che bolle, i tubi di intestini di pecora, un bagliore di sperma sui tuoi pantaloni di velluto da Oscar Wilde. Un Gesù Cristo col décolleté di una matrona di Pompei. Guardati allo specchio, troia, e osservami danzare tra le tue ossessioni.

Adesso dillo, subito: *Salomè, Tosca, Sarah... la mamma morta, ti prego, diventa lei.*

Ti ho sentito, truccati allora, mentre il mio calibro bollente va in temperatura. Le cinture, il cuoio umido, le emorroidi che sembrano fragole, la brina dello sprofondo della baraccopoli dell'anima che trasuda, i tessuti e i muscoli scintillanti e scottati, la tua grotta meretrice con le macchie di leopardo di tante mani ancestrali.

Dimmelo, quanti demoni ti hanno saggiato, contali, urlali, lascia entrare anche loro. Fatti colonia di scorribande, saccheggi. Indossa gli anelli, ingoia il fazzoletto e la spugna, fatti mungere gli stanchi pettorali da invisibili bocche, fatti fogna e sorgente.

Io sono l'oblio, un penetrante corsaro con le gambe larghe piantate sulle assi del ponte, la tua schiena grassa da mordere, finché non la fletti come larva senza ossa, mettendoti nella posizione giusta per il periglio, o la tua fortuna di mezzanotte, che ho allacciato al ventre.

Stringo le cinghie, ma non voltarti, non sbirciare, conta solo i colpi, scuoti la parrucca e sputa il fango che ti fermenta dentro. Vivi ancora, sposa bizzarra, qui nella forma livida della mia stanza, cattedrale e mattatoio, non farti scoppiare il cuore e lascia scodinzolare liberi gli intestini.

Vivi ancora, e gridalo di nuovo:

Salomè, Tosca, Sarah, cavalcami.

La miseria che galleggia come un ratto morto davanti alla bellezza d'Orsay o d'Hermitage, notte alta, un contratto firmato con sperma, sangue e polvere di uretra, un moribondo che prega la tortura, l'impalamento. Il collare, lo vuoi? Sentire lo scroto pulsare ancora d'universo e resuscitare dalla cloaca, sollevare la coda, entrare in un bagno turco ovale, tra vere odalische, succhiarlo a Ingres e far posare davanti ai suoi occhi di diamante feci, gas, glutei molli già sferzati. Natura malata, con arance, fichi secchi, un'orchidea perineale di carne, noci e testicoli inutili scollati. Sei nella cornice adesso, visualizza la scena, diventa mercato e fremi mentre mi stacco e lascio fare al seviziale. Lo senti il mercurio riempirti la vescica, pepita d'oro degli adoratori di pistoni e sonde? Fatti lunga vagina.

Seduci la dea Stipsi, che aspetti... canta per lei da sopranista, come Farinelli davanti allo specchio, Moreschi nella Cappella

Sistina, assieme gli angeli castrati dipinti là in alto. Il morso di un maiale, la lama ritorta da eunuco: come vorresti essere evirato? Devi dirlo, e ti farò da Califfo depravato, o da tagliente e vergine intatta Cibele, tatuandomi sulla coscia la data della tua femmilizzazione.

Porgimi i tuoi melograni, e tutto lo sbiadito testosterone: ho qui per te le vesti gialle e il tamburello.

Inutile gridare, adesso che ti sei fatto legare i polsi. Sei tu ad averlo pregato nella tua testa, ogni notte; non aver timore, Messalina, umida ninfa, grassa nereide... io sono l'oblio, oppio e papavero. Voltati, offriti, queste sono vere nozze, non una mezzanotte qualsiasi.

Chiudi gli occhi, ora aprili. Guardami, ecco la mamma morta, la maschera bianca senza occhi delle tue domeniche gloriose, nella vasca: acqua bollente, lei che ti strofina forte lo stupido e sporco pube. Sapone, precum strizzato dalle tue ghiandole nane, appena un cucchiaino di roba. I denti stretti: l'inferno e il paradiso incollati assieme, come due pagine di un vecchio libro. Stringi forte la spugna in bocca, lascia correre le rimembranze più belle. La vedi? Mi vedi? Siamo la stessa donna ora.

Adesso ripetilo: *Salomè, Tosca, Sarah... mamma, mi sento così sporco.*

 Chiudi gli occhi, ora aprili di nuovo; guarda come scintilla il mio rasoio, e come faccio guizzare la lingua: vortici di carne tutti per te. Ma non temere, resisterò al boccone di quintessenza, tocca a te provare, per la prima volta, il tuo sapore sbagliato. Basta tagliare la buccia.

Escono facilmente, sembrano castagne sciroppate scappate fuori dall'acqua di cottura che ti bolle nello scroto. Io sono oblio, e tu il mio Mont Blanc candito con lobuli e voglie di steppa, coperto da panna d'umore, crema di nervi fusi e zucchero d'adrenalina. Qualcosa che va servito al cucchiaio.

Apri la bocca adesso, così. Sei davvero un angelo. Mastica, e ingoia. Mangiati. Un così piccolo suicidio del maschio che ti ha sempre tormentato. I tuoi occhi stanno già cambiando, sono quelli languidi da harem, che si sollevano nella pace della tanta attesa penetrazione, quando sei scelto e puoi smettere di tormentarti dita e capezzoli.

Bene, ora anche l'altro testicolo, da bravo, non facciamo freddarlo.

Io sono oblio, *Salomè, Tosca, Sarah,* l'amore malato che legge la tua matrice facendoti mordere la lingua, e porto sventura e paradisi a chi mi vuole bene.

Verso il Monte Meru

Chicka e Ga-Gorib portano le offerte alle pendici del Monte Meru. Un cesto pieno di frutta, di spezie e verdure. Gli atomi verdi e gialli di mchicha, pilao, ndizi. Le creature delle pendici hanno fame, stanno estendendo sempre più il loro territorio di caccia. Le offerte saranno gradite, eviteranno al villaggio altre orribili morti. Forse.

Chicka indossa un tradizionale kanga di cotone viola. Tra le pieghe svolazzanti, scosse dal vento caldo, si stendono segmenti di una frase in kiswahili.

Na wala sitasahau sitalipiza. Non mi vendico, ma non dimentico.

In Tanzania tutti gli abiti parlano.

Ga-Gorib ha undici anni, ormai Chicka non lo porta più sulla schiena, avvolto nel kanga. Ricordi, leggeri adesso. Il bambino segue la madre scorticandosi i piedi. Le pietre vulcaniche lacerano la carne senza farsi accorgere. Ga-Gorib dimentica subito quel dolore dai tempi sbagliati. Una corsa senza meta: i pistoni nuovi, scintillanti, fremono. Le frange azzurre di una supernova che pulsano intorno ai salti, alle scoperte. Il tutto magico e subluminoso, i trucchi del pianeta Terra che incantano.

Anni e occhi che non tornano più, pensa Chicka. Carburanti secchi.

La schiena bruna del Monte Meru ingombra l'orizzonte, il viaggio è quasi terminato. Il cratere del vulcano scuote le caldaie, segnala la sua posizione anche da lontano. Le camere rosse lavorano senza sosta, coni e camini friggono.

Le leggende raccontano che il Monte Meru, dai fianchi di piramide, partorisce stelle e orribili creature. Ogni notte un nuovo astro viene sparato nello spazio dal suo cratere, a migliaia di anni luce. È per questo che si illumina. Ma ogni anno, dai bordi roventi, salta fuori un *Kombe*, un essere dal cuore di roccia, cacciatore di uomini, predatore di carne. È così che la notte, sotto le pendici del monte, lascia liberi i suoi mostri. Sangue di lava, lo stesso delle stelle.

Il sole è surriscaldato, sta per tramontare. Chicka e Ga-Gorib devono affrettarsi per arrivare in tempo al vulcano. I leopardi inizieranno la caccia tra un'ora, forse due. 'Nuvole con le zampe', così li chiama Ga-Gorib.

Chicka ha stelle sulla volta del cranio, le basta chiudere gli occhi per ritrovare l'orientamento, la strada più veloce. Una bussola di luci e cartilagini, fibre di sensi. Sulla destra di questo immaginario spazio curvo, vede brillare i suoi riferimenti, le verticali che scendono sulle vette del Monte Meru, e tutto intorno. Ga-Gorib segue gli impulsi del sonar materno, e il suo cotone viola, quando si allontana troppo. Dietro la schiena, a circa settanta chilometri, la donna avverte la presenza del Kilimangiaro, i tre coni vulcanici spuntano sullo sfondo delle sue visioni. Guglie e grandi ombre bianche, il ventre del ghiacciaio bruciacchiato dal magma che spinge.

Il Kilimangiaro ha pelle gelata e sangue bollente, proprio come Chicka: una donna senza più marito, con neve sulle spalle e lava malinconica nelle parole scritte sul suo kanga.

Rumore di denti, di strade tritate, di frasi sgangherate. L'acuto della frizione, ruote che sgommano. Si avvicina un fuoristrada con un occhio solo. Un fanale penzola fuori dalla sua sede. Il mezzo sbanda, non ci vede bene. Quattro uomini a bordo, tanzaniani.

Chicka osserva le facce, i chiaroscuri dietro i finestrini. Denti bianchi sguainati, occhiali da sole con lenti d'argento. Le armi nascoste sotto i sedili, tra i piedi nudi. Due AK74 col caricatore in erezione. Sono predoni *fashim*, vanno a caccia di turisti. Fanno a pezzi chiunque per poco, anche per nulla.

Chicka accelera il passo, trascina Ga-Gorib per il braccio. Il fuoristrada segue i due per qualche minuto, affiancandoli, poi si muove in diagonale per fermarsi in un largo spiazzo, poco più avanti.

Sinfonia di sportelli, i quattro scendono. Una sigaretta accesa. Uno di loro lancia una bottiglia di birra verso Chicka, le sfiora la testa. La donna prosegue verso il Monte Meru senza nemmeno voltarsi indietro. Il più grosso dei bastardi perde subito la pazienza, si sente insultato da quella troia.

Na wala sitasahau sitalipiza. Non mi vendico, ma non dimentico. Decifra la frase cucita sul kanga viola: la donna è rimasta sola, devono averle ammazzato il marito. Nessuno verrà ad aiutarla. Magari la sua vagina è tornata stretta, come nuova; la caccia ai turisti può aspettare. Si gratta le palle, fa un segno agli altri.

I quattro iniziano a correre, le stelle di Chicka si indeboliscono. Sulla volta immaginaria l'intonaco si scurisce: *la patina della morte.* La Mietitrice si sveglia, stende il mantello nero. Lascia cadere un fazzoletto e manda all'assalto i predoni fashim. Si siede su una roccia, si gusta la scena.

Ga-Gorib è spaventato dal vento che accelera, Chicka gli spiega cosa deve fare, lo calma, si raccomanda. Deve correre via, subito, lei lo raggiungerà più avanti. Si ritroveranno alle pendici del Meru. Se incontrerà un leopardo, non dovrà scappare, altrimenti sarà caricato. Deve alzare le braccia, trasformarsi in un'acacia solitaria, immobile. Le macchie sulla maglietta lo aiuteranno; sembrano piccoli fiori gialli. Il leopardo sarà confuso, girerà al largo.

Quando i quattro raggiungono la madre, Ga-Gorib è già volato via. Non ha tempo di voltarsi, di guardare. Le grida fanno rallentare le sue piccole gambe, ma ha promesso di non fermarsi. *L'Inferno è davanti o dietro, adesso?* Deve fare come gli è stato detto. Non importa tutto il resto. Lei lo raggiungerà, è così, perché ha le stelle nella testa.

Chicka, colpita, cade a terra. Il suo kanga è fatto a pezzi. Farfalle di cotone viola, ali troppo piccole, si dirigono verso il Monte Meru. Dove sta andando Ga-Gorib.

I quattro iniziano a picchiare duro, a fottersi a turno la donna. Maree di saliva. Non c'è bisogno di tenerla ferma, la puttana è già immobile. Cariche di uomini e di leopardi. Chicka usa la sua tattica di difesa, si trasforma in una pianta indifferente.

I predoni hanno le mascelle deformate, chimica delle pulsioni. Lenti d'argento nascondono gli occhi, mentre le spingono dentro tutta la loro roba. Densa, abbondante. Schiene si flettono per scardinare la matrice della donna. Mani stringono le caviglie come morse, le dita dei piedi si sollevano verso il cielo, dai contorni rosa e arancioni. C'è il tramonto, là sopra.

Il più grosso dei bruti, alla fine della festa, si cala i pantaloni e piscia sulla faccia di pietra di Chicka, perché quella puttana continua a insultarlo, a bocca chiusa È sicuro che ha goduto in silenzio, che le è piaciuto, ma non vuole dargliela vinta. Perde la testa, gli altri cercano di trattenerlo, ma l'uomo si libera, afferra una grossa pietra nera e la schiaccia con tutta la forza sulla faccia di Chicka, sui suoi occhi indifferenti, fanali dell'altrove.

Le ossa cedono frantumandosi, rientrano verso il terreno. Il sangue si mescola con pezzi di cervello, dipingendo la scura pietra con scariche rosse e gialle. Resta solo una maschera scura, pestata, senza più lineamenti. Chicka non ha più una faccia, non ha più nemmeno il suo kanga.

Il Monte Meru ha visto tutto.

Na wala sitasahau sitalipiza. Non mi vendico, ma non dimentico.

Notte.

Ga-Gorib, dopo aver camminato a lungo, è arrivato sulle ginocchia del Monte Meru. Le pietre intorno sono sempre più scure, sono quelle sputate dal vulcano. Il segno che si trova nel territorio dei Kombe. Nessun leopardo in giro: si siede, sfinito.

Una granata di foglie, radici spezzate: *qualcuno si avvicina.* Passi a due gambe, umani e rumorosi. Ga-Gorib si nasconde dietro un cespuglio, controlla l'area attraverso un rettangolo frastagliato di dieci centimetri. Non è Chicka o un mostro di lava, sono due di quei bastardi. *Lo stanno cercando.*

Gli uomini si accomodano per terra, sbuffando. Ridono sguaiati, annusano polvere bianca, la tirano dalle narici: follia schiantata nel fondo del cervello. Vuotano a terra un sacco: orologi, macchine fotografiche, l'anello di Chicka. Sembrano discutere, dividersi il bottino. Poi si alzano per riavviarsi verso Sud.

Gli alberi prendono vita, dimenandosi furiosi. Non è il vento, ma qualcosa di grosso che sta arrivando, correndo verso i due bastardi. Ga-Gorib non riesce a vederlo, dal suo piccolo rettangolo di vista. Deve spostarsi di lato, dietro le rocce.

Chi, cosa? Bestemmie, i predoni non ridono più.

Una pioggia di pietre orizzontale, fitta, seguita da grappoli di proiettili. I due uomini cercano di proteggersi, ma vengono colpiti. Le pietre scagliate sono tutte rosse, adesso. Il Monte Meru cerca di tenere sollevato in alto il sole, allungando allo stremo le sue masse, vuole abbastanza luce per vedere come va a finire, come si comportano i suoi figli.

Ga-Gorib riesce a guardare di nuovo, il campo è libero: due corpi scomposti per terra. Ancora un rumore di tonnellate. E alla fine, *eccolo.*

Una creatura accesa dalla luce ormai appassita, che vira secca verso il viola. *Una scimmia*, pensa Ga-Gorib. Guarda meglio: è troppo grande, pelle lucida, grigia, disseminata di macchie più chiare. Ricordi di leopardo. Forse è uno di quelli, un Kombe. *Mostri con le macchie. Mostri che hanno digerito suo padre, due anni fa.*

La creatura sta raggiungendo i due corpi ammaccati dei bastardi, che trasudano sangue. Cammina a quattro zampe, poi giunta a un paio di metri dall'obiettivo si alza sulle zampe posteriori. Fa risuonare uno strano lamento. Sembra parlare con la montagna, chiedere il permesso.

Adesso, potendola vedere meglio, somiglia a un uomo grasso e robusto, deformato da una strana malattia. La testa allungata, la bocca sproporzionata ricca di denti, zanne,; tutta roba che sa tagliare, scannare. Ga-Gorib l'osserva immobile, col respiro sulle punte.

Il mostro afferra le prede per le gambe, le trascina via allontanandosi dondolando. Ha una scia di sangue e di carne al posto della coda. Uno dei predoni è ancora vivo, inizia a dimenarsi. Spinge sull'addome per tirarsi su, afferrare il braccio possente che lo strazia. Ma è tutto inutile.

La creatura si volta, osserva i disperati tentativi dell'uomo che indossa una maschera rossa brillante: il cranio crivellato dalle pietre, proprio come il suo amico. Il mostro prosegue il cammino ignorando le urla, forse non ha orecchie per sentire.

Ga-Gorib lo segue tenendosi a distanza di sicurezza. Il Monte Meru allunga il collo, ma non riesce più a godersi la scena. Tanto vale far crollare giù il sole, ormai. La notte esplode in pochi secondi, adesso è difficile orientarsi. Direzione est, le labbra sottili dei margini della foresta. Deve essere da quelle parti la casa del mostro, il suo branco.

La creatura si ferma in campo aperto, appena prima di scomparire tra colonne verdi. Si piega a terra. Sposta foglie, radici, fruga dentro qualcosa. Una circonferenza, *una fossa*, una macchia che fora la terra gialla. Vi getta gli uomini, scaricandoli con un movimento simile a una frustata di muscoli. Sembra un buco profondo, la sua tana, stiva di carni ancora vive. Il dolore adesso si ficca sottoterra, e durerà parecchio. Morsi fino alle ossa.

Ga-Gorib corre via, prima che il mostro con le macchie si prenda anche la sua di carne.

Buio.

Il Monte Meru è scomparso. Decollato verso la Stella del Nord in pochi secondi, come un razzo. Ga-Gorib vuole tornare sull'altopiano, cercare sua madre. Chicka gli ha insegnato la via delle stelle, le strade perfette, i compassi di luce, le geometrie e le corrispondenze.

Le sue gambe magre tremano dalla stanchezza, ma non si ferma. Suo padre avrebbe fatto lo stesso, magari lo sta osservando, nascosto da qualche parte, al sicuro. Lo immagina seduto su qualche cima a gustarsi un succo di tamarindo o di konyagi, se è finito tra i Giusti.

Ore di terra sotto i piedi, di pietre che non tagliano più. Ga-Gorib rallenta. Scorge un corpo bianco tra pietre vulcaniche, con la faccia nera. Frammenti di cotone viola sopravvissuti. *È lei*, sua madre; l'ha raggiunta, è riuscito a trovare la via più corta, scavalcando tutta la radura. Si avvicina: Chicka non ha più una faccia, le farfalle notturne entrano ed escono dal suo cranio aperto.

Il sorriso di un orrido buco nero, e una lunga radice tra le cosce, ficcata fino in fondo. Odore di urina, mescolato a quello di miele della morte. Una linea pulita dalle foglie, incisa nella terra, circonda il corpo di Chicka. Un cerchio perfetto; è lo strascico nero della Mietitrice.

Ga-Gorib non piange, non si dispera. Si siede vicino alla madre, le bacia la mano, proprio dove manca l'anello. Quello che ora galleggia nello stomaco del mostro, insieme a pezzi di uomini e al resto del bottino.

Solleva lo sguardo su quel cielo nero senza curve, verso le stelle; vuole vedere se hanno qualcosa da dire. Silenzio. Il dolore adesso è solo dentro, e durerà parecchio. Morsi fino alle ossa, senza denti.

Sposta il corpo di Chicka, inizia a grattare la terra, scava il cerchio segnato dalla Mietitrice, sempre più profondo. Le dita sanguinano, lavorano furiose.

Ha scelto proprio quel posto per scavare la *sua* di fossa. Ma forse qualcuno ha scelto per lui molto prima. Sarà quella la sua nuova casa, un buco umido e profondo, e la riempirà di pietre e pezzi di sua madre da conservare.

Diventerà grande, proprio come un vero Kombe. Quando sarà pronto, quando sulla pelle gli cresceranno tutte le macchie, trascinerà qualcuno nella sua tana. Mangerà, se gli verrà consentito.

Chiederà il permesso alla montagna di esistere, di masticare.

Altri raccontano di un Kombe dal cuore umano partorito da Shivara, la donna che falcia il grano. Ma il sangue è sempre di lava, lo stesso delle stelle, come per tutte le cose.

È per questo che di notte, sotto le pendici del Monte Meru, appaiono due madri. Tengono per mano un bambino. Ga-Gorib è il suo nome.

L'uomo che Mangiava Fiori

I FIGLI DEL RE NERO

Liberamente ispirato alla storia di Albert Fish.

Aspetto di godere della suprema emozione della mia vita, di afferrare il fiore che non ho mai potuto cogliere. Tra pochi secondi raggiungerò l'apogeo dei miei giardini di carne, l'ombelico nero delle mie corse sfrenate, della caccia continua. La scossa finale, l'elettricità che scuote il corpo e la mente. Il dolore e il piacere finalmente sposi, per sempre.

Sing Sing cattedrale gremita, lo strascico di seta, la coda nera che trascino sbandando sulle navate. La morte che sorride stringendo le mascelle vuote, mentre mi infila al dito il suo anello tagliente. Un ratto che scappa nel suo buco per avvisare il mondo sottoterra, le antenne degli spettatori che pungono come mille aghi.

Aiuterò gli inservienti del carcere ad allacciare le fibbie della sedia elettrica sulle gambe e sul petto. Mi hanno già rasato i polpacci e la testa, che presto somiglierà a quella di Medusa, con gli elettrodi che guizzano e mordono dal loro nido centrale: una spugna bagnata. Sono pronti a farmi bollire il sangue, a farmi un gran bel favore. Li sto aspettando.

Seduto sotto la fredda cascata delle luci al neon, sarà ancora più chiaro che la vita non è altro che un muro di mattoni che non raggiunge mai la vetta. Incompleto, inutile, troppo basso anche se hai cercato di costruirlo in fretta, mettendocela tutta, sporgendoti dalla scala rischiando di cadere e spezzarti le gambe. Una caccia infinita con un fucile che spara a salve. Solo tanto rumore, per niente. La mia storia, in fondo. Ma oggi il proiettile è in canna, e farà male davvero, definitivamente. Molto meglio della frusta e degli aghi che ho ancora ficcati nello scroto, nel bacino. Tanto acciaio dentro, che farà presto amicizia con l'elettricità.

Il tempo avanza trascinandosi, muggendo come una vacca sacra. Ti costringe a pensare e a ricordare. Devi farlo, così sembra: sfogliare tutta la vita in questa parentesi di secondi.

L'orfanotrofio, la scoperta della bellezza delle bastonate e dell'erezione, la loro sublime concatenazione. Mi chiamavano 'Uova e Prosciutto' e facevano a turno, i ragazzi, a torturarmi col coltellino che tenevo nascosto sotto il letto. Una giovane, dolce lama. Erano sempre pronti a tagliare, a incidere il mio sorriso e la carne ancora tenera, a farmi un gran bel favore. Piccoli angeli che mi sputavano in faccia mentre si lavoravano il mio corpo, disegnando navi e aeroplani di sangue sulla pelle. Mi deridevano, allora. Poi non è stato più così. Tutte le cose che ho incise sulla pelle, e quelle dentro, continuano a tagliare oceani e a volare dispiegando il loro ventaglio di penne affilate.

Quando mia madre trovò un lavoro e tornò a prendermi all'orfanotrofio, con la sua gonna arancione profumata, ero pronto a spiccare il volo verso sponde che lei non avrebbe mai compreso: a cacciare ed essere cacciato, a mangiare ed essere mangiato. Adesso sarà seduta tra gli spettatori, magra, trasparente, con quella sua carne sciolta, pezzo dopo pezzo. La vita, a volte, sa fare meglio dell'acido cloridrico.

Non piangerà, non si dispererà, quelle labbra viola dai bordi consumati che mi hanno parlato due ore fa attraverso il nido di vespe di plastica, nella sala dei colloqui con i famigliari, sembravano solo pregare, più che rivolgersi a me, contare le ore che mancavano prima che il boia sollevasse la leva per far ruotare e coincidere i tre 'sette' della slot machine della mia vita. Godersi in prima fila la pioggia di sperma a forma di monetine liberarsi e scuotersi nel vassoio; la musichetta della vincita, le luci rosse e azzurre che impazziscono.

Io che raggiungo la vetta senza applausi. Il fumo, il vapore, gli occhi che schizzano fuori dalle orbite. *Il Nirvana elettrico.*

Ma la mia storia è un lungo corridoio che porta dritto nel braccio della morte, dal caldo utero di Sing Sing, in un viaggio senza fermate, con cartelli di stazioni e posti che scorrono veloci sul finestrino, proprio come i miei ricordi di adesso. Una caccia assetata di oltre.

Uscito dall'orfanotrofio, iniziai a disegnare da solo sulla mia pelle e a farcirmi il corpo per provare piacere. Un guscio di carne da riempire, da colmare di condensa di adrenalina per strozzare la voce a quella musica psicotica che continuava a echeggiare negli spazi vuoti.

I primi aghi e spilli nell'inguine e nel perineo, che non riuscii più a sfilare via, i gambi delle rose inseriti nel pene, per poi mangiarne i petali davanti allo specchio. I medici nel carcere rimasero stupiti osservando le mie radiografie, contando ventinove oggetti dentro di me. La collezione essenziale di una vita, i fantasmi di acciaio che ero riuscito a inchiodarmi nelle cellule. Il regno del dolore e le sue trincee per non lasciar fuggire nulla, fuori. Ma durante il processo tutto questo non servì a salvarmi dalla pena di morte per infermità mentale. Facendomi un gran bel favore.

Subito dopo iniziai a collezionare nuovi angeli che potessero aiutarmi nella caccia a me stesso. Prostituendomi alla stazione riuscii a conoscere nuovi amici, più che altro vecchi porci che sbavavano per un corpo da usare a piacimento, sul quale sfogare pulsioni e frustrazioni macerate.

Affondavo in un fiume di dollari e di sperma, a singulti, seguendo un forsennato ritmo voodoo, come un Messia stralunato con le braccia aperte, la lingua di fuori, la coda di coccodrillo e una corona di spine tempestata di diamanti. Tornò l'amico bastone, insieme e meravigliose fruste, flagelli e altri giochetti che non conoscevo.

Un funzionario delle poste, dai lunghi baffi rossi e lo sguardo di uno sciamano ubriaco, mi inserì nel retto del cotone impregnato con l'alcool dell'accendino, per dargli fuoco. *Pillole di Inferno.*

Ma fu uno dei pochi momenti memorabili di quel periodo. I clienti pensavano ai propri di paradisi, di giardini delle delizie. Mattatoi dove entravo piegando la testa, cercando un inizio e una fine in quei labirinti di seghe circolari, tra maree di sudore. Discariche flottanti, spazi privati che galleggiavano nello spazio, tra i buchi neri del lato oscuro. Gli stessi bordelli, in cui potevo godere di un sadico trattamento personalizzato, grazie a squadre di aguzzini dell'istante stretti in lucide uniformi di pelle, erano troppo costosi per me, che sbarcavo il lunario come semplice imbianchino.

E poi cominciavano a mancarmi i fiori: i ragazzi e i bambini. Carne e cuori più teneri di quegli uomini grigi che cavalcavano pochi secondi di orgasmo, più caldi e appaganti delle gelide frustate a pagamento che avevo potuto permettermi. Occhi grandi e sproporzionati, come quelli di tutti i cuccioli degli animali, petali ancora stretti, chiusi, magari sigillati: era quello di cui avevo bisogno.

L'amore, quell'amore, chiama soffiando in una gigantesca tromba di ossa, è inutile tapparsi le orecchie. Campi rossi, bianchi e arancioni che si stendono davanti agli occhi stirandosi sulla propria diagonale di ettari. Campi di caccia, materassi di steli e di foglie nuove sui quali strofinare la pelle.

Qui a Sing Sing non c'è profumo di fiori; inizio a dimenticarne gli aromi e la compattezza dei gambi da arrostire. Ma la scossa suprema adesso mi porterà via da questo purgatorio dei sensi, da queste pareti tatuate con gechi immobili di ricordi di gesso.

Sento già i passi dei colonnelli dell'ordine, sono puntuali e pesanti. Gli azzeratori del diverso marciano sempre in fila, nel silenzio delle proprie coscienze che urlano. DEAD MAN WALKING.

I bagni pubblici furono una vera scoperta per chi come me cercava nuovi giardini da scoprire e violare. L'odore, così intenso, di umanità che lascia le scarpe e la solitudine negli spogliatoi.

Passai interi fine settimana a guardare quei ragazzi nudi che lasciavano spalancare i loro petali senza paura, indossando solo il fumo del bagno turco. Rimasi accecato da quella pandemia di corpi, da quei gustosi muscoli e cartilagini che danzavano divinamente. Rovi di more e morbidi cespugli, oleandri e girasoli. La natura si era adunata, e nello spazio di un bicchiere si concentravano oceani in miniatura. Iniziai a seguire i più giovani, quando tornavano a casa.

La mia ombra sulla strada si faceva sempre più grande ormai, pensai di essere abbastanza forte per strappare qualche fiore dalla terra molle, senza chiedere il permesso. Senza pagare o essere pagato, stavolta. Provai nuove tecniche di tortura per appagare la mia immaginazione. Alzai una bandiera nera, con al centro il teschio della mia vecchia vita. La lasciai sventolare, ma nessuno poteva distinguerla dal cielo, dal pelo scuro della notte. Un nuovo scenario si incastrò definitivamente nella mia mente.

Durante una visita a un museo di statue di cera, dove mi accompagnò un vecchio e affezionato cliente che continuava a riempirmi le tasche, rimasi incantato da un plastico raffigurante la sezione longitudinale di un pene. Fu quel giorno che il virus della castrazione si insinuò nelle stanze più remote di me stesso, quelle scure e sotterranee alle quali si accede solo tramite un rinascimentale passaggio segreto. Mi appoggiai al pannello mobile, con la faccia di una natura morta con selvaggina, e passai dall'altra parte.

Ci provai per la prima volta, senza fortuna, con un disabile a Georgetown. Strillava come un maiale, un temporale inarticolato, tanto da farmi beccare dalla polizia. Mentre gli stringevo i testicoli, sentivo pulsare le vibrazioni, i fremiti della vita alla quale stavo per mozzare la testa, piantata nel nulla col chiodo della spina dorsale, che aspettava di incontrare costole, braccia e cosce.

Un 'interesse morboso', quello per la castrazione, così lo definì lo zoppo psichiatra dalla pelle grigia e scivolosa di uno squalo che mi esaminò in carcere. Si infilò gli occhiali buoni per guardarmi dentro, balzò come Copernico osservando il mio cielo, e il sistema solare capovolto che lo incorniciava.

Pagai il mio debito con la società con qualche mese di detenzione, per molestie e violenze sessuali, ma si rivelò una fortuna. Mia madre non la pensava così, era una semplice sarta che conosceva giusto le lettere della parola DEVIAZIONE. Un suono, nient'altro che quello, per chi si ripara sotto il mantello dell'ignoranza, dell'ipocrisia e della redenzione a tutti i costi. Un rumore alieno, una bestemmia rigurgitata, tra bolle di saliva avvelenata, dalla bocca a forma di flauto di un'eretica creatura di Bosch.

All'epoca aveva più carne di oggi addosso, ma era già rosicchiata dai sensi di colpa. Le mie tarme si moltiplicavano senza fine, per mia madre non ero altro che un nido vivente di larve dentate infestanti, pronte a schierarsi in piccole legioni per conquistare le interiora, scavarle. Elaborare tunnel di carne nascosti sotto la sua gonna arancione, tra i condotti del ventre inquinato dai quali ero stato espulso, mordendo la placenta, come mio assoluto esordio sul pianeta

Terra. Quella smorfia sulla sua faccia smunta, che oggi ho ammirato di nuovo attraverso il vetro di plastica, ricorda quel primo morso.

In prigione scoprii un prezioso tesoro: Walter Eddie, il mio compagno di cella. Era stato imbarcato come marinaio sulla Steamer Kennesaw, e aveva viaggiato molto. Quando era in vena, e non prigioniero del suo malato fervore religioso, una febbre che gli faceva avere visioni delle reliquie di San Giovanni Battista, parlava delle esperienze di cannibalismo alle quali aveva assistito, quando la sua nave era approdata a Hong Kong.

In Cina, nel 1894, c'era una grande carestia e la carne si vendeva a tre dollari a libbra. La gente senza risorse era costretta a sacrificare uno dei propri figli sotto i dodici anni per poter tirare avanti, così diceva Walter. Li vendevano come cibo, partorivano e allevavano carne. I negozi in città esponevano bistecche e braciole umane, per chi cercava un particolare taglio o organo, i macellai cinesi non ci pensavano due volte a sbattere sul bancone mezzi corpi di ragazzi e ragazze. I clienti più ricchi erano più che soddisfatti. I glutei, la parte più tenera e dolce del corpo umano, venivano tagliati e venduti come costolette di agnello a prezzi da capogiro.

Walter aveva assaggiato la carne umana in quella terra di disperazione, e quando era tornato negli Stati Uniti aveva continuato a coltivare quella nuova, eretica passione. Aveva l'aria di chi aveva affondato le braccia nel cesto proibito dell'Eden; i morsi del serpente di guardia erano ancor ben visibili sulla sua pelle. Codici a barre di un altro mondo, intagliati nella carne.

Mi confessò di aver rapito un bambino di undici anni e averne mangiato il corpo, eccetto testa, ossa e budella. Aveva iniziato dal culo grasso, la prelibatezza estrema, arrostendolo nel forno.

Non ero sicuro che mi stesse raccontando la verità, invasato com'era. A volte si arrotolava tutta la notte dentro un tappeto per ascoltare la voce di San Giovanni Battista. Una volta mi confidò di aver rubato una reliquia dalla Cattedrale di Santa Maria Assunta di Siena, in Italia, il braccio di un santo, e di averlo divorato. Figuriamoci. Ma in quei momenti era dominato dalla sua febbre mistica, e dopo qualche giorno di infermeria, imbottito di medicine per cavalli, sarebbe tornato come nuovo.

Trasfusioni di razionalità, che avrebbe pisciato fuori nel giro di pochi giorni. Vesciche sante.

La sua passione, quella di raggiungere l'attico del grande palazzo dei sensi, divenne presto la mia. Provai su me stesso, la prima volta, assaggiando un pezzetto della mia coscia destra, scavato a fatica col cucchiaio da minestra della prigione. Walter accese un piccolo fuoco in lavanderia, abbrustolimmo quei pochi grammi sanguinanti su uno spiedino di latta arrangiato per l'occasione. Gustammo la mia carne come gourmet atterrati da poco nel miglior ristorante di Marte, seduti di fronte a una succulenta portata aliena fosforescente. Avevo l'impressione di masticare del maiale cotto con mandorle.

Walter disse che avevo un sapore davvero buono, di guardarmi le spalle d'ora in poi, perché avrebbe pensato più di una volta a farmi fuori, per saziarsi di me. ERO DAVVERO SQUISITO.

Il mio amico era un gran goloso, e la galera gli stava stretta. Non accettava l'idea di passare dieci anni a mangiare quel frullato di merda verde che ci propinavano, a parte il tacchino per il giorno del ringraziamento e i dolci di Natale. Così il giorno del suo compleanno addentò il collo di una guardia per poi trascinarne il corpo in lavanderia, nel suo posto segreto, un seminterrato che chiamava 'Piccola Staten Island'. Indisturbato, fece a pezzi l'uomo con una cazzuola per la malta, se ne cibò per tre giorni, fino a prendersi una bella indigestione.

Ricordo che aveva raccolto fiammiferi per settimane, scambiandoli con sigarette e riviste porno, per preparare il suo ultimo falò. Poi lo trovarono, là sotto la botola, quando ormai era finita e stava appendendo gli intestini della guardia alle pareti della 'Piccola Staten Island', per farli essiccare.

Finì i suoi giorni cavalcando il Nirvana elettrico, sulla stessa sedia su cui mi porteranno tra poco, ma non dimenticò di farmi mandare, col solito passamano tra formiche di cella, un trancio della guardia avvolto nella carta da pane umida, con un fiocco di spago. Il suo regalo d'addio, raro e delizioso.

Lo divorai crudo, i pensieri della vittima evaporarono in pochi secondi, migrando verso di me.

Quando lasciai Sing Sing, col palato ormai svezzato alle meraviglie della gastronomia umana, iniziai ad andare a caccia, compulsivamente.

Come mi aveva raccontato Walter, non c'era niente di meglio della carne dei bambini. Il retrogusto di mandorla era molto più delicato, la compattezza della polpa insuperabile. Ma avrei dovuto selezionare bene: *sotto i dodici anni*, insisteva il mio amico. Niente a che vedere con gli stopposi bocconcini degli adulti e con gli scarti della guardia, un grasso quarantenne dal fegato spappolato dall'alcol, che sapeva di vodka e di depressione.

I miei primi tentativi fallirono, ci provai con una bambina di quattro anni, proprio a Staten Island, quella vera, non il piccolo universo di quattro pareti di Walter, dal quale si tenevano a distanza anche i ratti. Angelica giocava nella fattoria dei genitori, i suoi riccioli biondi danzavano all'inseguimento di una lucertola. Le guance rosse straripavano vita, irradiate da sangue buono.

Le offrii delle monetine per aiutarmi a raccogliere del rabarbaro nei campi vicini. Mi seguì mano nella mano, ma quella puttana della madre ci scoprì proprio mentre la stavo spogliando. Le avevo raccontato la storia dell'angelo che, liberato dai vestiti terrestri, avrebbe sentito spuntare le ali sulla schiena e potuto così volare su quei campi gialli, sulle geometrie delle coltivazioni ignote all'occhio umano ma ben conosciute dagli uccelli, che tracciavano le loro rotte seguendo magnifiche rette parallele di grano. Riuscii a scappare prima di essere infilzato dal forcone della madre di Angelica, ma restando a bocca asciutta.

Mi andò meglio con Tommy, nove anni, che riuscii a portare via dalla veranda di un appartamento di Brooklyn mentre giocava con le sue colt, immaginando un assalto di pellirosse al suo accampamento. Mi finsi un colonnello dell'esercito confederato, si convinse subito a venire con me per partecipare a una pericolosa missione che gli avrei affidato. Un vero guerriero, un piranha in embrione.

Lo portai alle fosse di Riker Avenue, vicino a una marcia casetta solitaria in cui avevo nascosto i miei strumenti: un gatto a nove code, strisce di cuoio da sei pollici ricavate dalle mie cinture, due coltelli e una mannaia. Alle pareti avevo attaccato un ritratto di mia madre, dozzinale, con una bocca enorme dalle labbra colorate di rubino. Lo stesso del rossetto che portava quando tornò a prendermi all'orfanotrofio, la tinta esagerata e arrogante del suo sorriso che aveva spaccato in due il bianco e nero di quel posto, in cui i colori erano fottuti. Nessuno fece caso alle scarpe rotte, ai due denti mancanti del mio angelo, alla sua collana di perle di plastica e alla borsetta vuota.

Qualunque cosa poteva sembrare un angelo, una volta passato il cancello e quel viale di terra battuta ai cui lati scorrevano rivoli di sogni strizzati.

Dopo aver strangolato Tommy, iniziai a lavorare con pazienza sul suo corpo: gli tagliai orecchie e naso, e poi lo feci sorridere da morto usando la lama da orecchio a orecchio. Col coltello più lungo gli squarciai il ventre, mi misi a quattro zampe e mi abbeverai del suo sangue, come un cane randagio che non beve niente da diversi giorni. La rabbia si placava, la mia anima scodinzolava.

Walter aveva ragione, non c'era paragone. La pozzanghera rossa che si era formata sul lato destro del corpo di Tommy era un caldo, salato, magico elisir capace di farti raggiungere con la mente, in pochi secondi, una delle vette dell'Annapurna, da cui poter osservare il mondo ignorante con pietà e commiserazione.

Dopo questo primo momento di forte eccitazione, mai misurata nella mia vita, mi organizzai per sezionarlo. Avevo con me una valigetta e quattro sacchi per le patate. Tagliai il corpo a metà, appena sotto l'ombelico, poi affondai la mannaia nelle gambe, circa due pollici sotto il sedere. Avvolsi quella gustosa parte di Tommy in un sacco di carta e lo spinsi dentro la valigetta, che ora conteneva il mio Sacro Graal, il filetto primordiale. Prima di andarmene feci a pezzi il resto del corpo, testa, mani, braccia e gambe, e infilai tutto nei sacchi, insieme a delle pietre. Li trascinai per qualche metro e poi li gettai in quegli stagni di acqua melmosa che potete vedere lungo la strada, andando verso North Beach. Forse un pezzo del suo sorriso da orecchio a orecchio potrà strizzarvi l'occhio, come una macabra boa galleggiante, vivente.

Corsi a casa come un invasato, non riuscivo a pensare ad altro che al suo grasso posteriore da arrostire nel forno, insieme alle altre parti che mi piacevano di più. Cucinai uno stufato con le sue orecchie, il naso e pezzi del ventre; usai cipolle, carote, sedano, rape, sale e pepe. Era davvero buono.

Poi venne il momento dei suoi glutei, finalmente; li avevo lasciati per ultimi. Dopo averli ricoperti con strisce di bacon, li lasciai arrostire nel forno per circa un quarto d'ora. Poi aggiunsi una pinta d'acqua e quattro cipolle: il sugo brontolava denso e profumato. A intervalli regolari oliavo la carne con un cucchiaio di legno; sarebbe stata ancora più gustosa e succosa.

Per quattro giorni mi dedicai al mio Santo Graal, riempiendomi la bocca e lo stomaco in un'estasi monacale, vivevo sui bordi taglienti del delirio. Iniziai a comprendere le visioni mistiche di Walter, col suo San Giovanni Battista che lo visitava ogni notte. La Vergine, con tre seni luminescenti che si intravedevano sotto la veste bianca trasparente, si affacciò più volte alla finestra della mia cucina. Aveva una lucertola tra i capelli, con gli occhi verde smeraldo che luccicavano a intermittenza.

Da quella volta i giornali iniziarono a chiamarmi con un nomignolo; Ruth, la sorella di Tommy che ci aveva visti allontanarci insieme, quel giorno, disse ai genitori e alla polizia che suo fratello 'era stato portato via da Boogeyman'. Mi trasformarono in quello che desideravano che fossi, *Boogeyman,* l'Uomo Nero da imprigionare nelle favole. Una creatura che viveva sul bordo della realtà, più di là che di qua. Un viso che spuntava fuori da un pozzo, senza corpo. Nient'altro, non certo un uomo come tutti gli altri. Cercarono di recintare i loro fiori, di dipingerne i petali con della vernice nera per dissuadermi.

Poi venne la volta del robusto Buddy, che strangolai nel bosco con le sue stesse bretelle, e poi di Grace, dieci anni. In quel momento scoprii che non avrei raggiunto il mio Everest, il mio ottomila metri da scalare senza bombole a ossigeno, senza aver assaggiato la carne femminile, il sapore ancestrale di Eva; quelle sfumature di nocciola si rivelarono vere e proprie sabbie mobili per la mia ossessione.

Non la violentai, Grace morì vergine, e pensai che un giorno sarebbe apparsa anche lei alla mia finestra, coi seni luminescenti e cipolle al posto degli occhi. Dai suoi capelli sarebbero spuntate farfalle, o altre creature da ventiquattr'ore di vita.

Capii che non mi sarei più potuto fermare. Il loro Boogeyman ormai possedeva le ali e tutti i sapori, non era più solo un'invenzione dei giornali. Scoprii in seguito tante nuove ricette e ingredienti speciali. Le cosce ricoperte di petali di rosa divennero il mio altare sensoriale, un dio da assaggiare, non da pregare, una filosofia da consumare a piccoli pezzi, alla quale accoppiarsi durante un 'must' perpetuo. Ero sempre più forte e potevo annusare cellule umane a grande distanza, come chi ha ingoiato la carne dell'Olimpo rosolata da Efesto in persona.

Dopo aver assaggiato più di cento bambini, per la maggior parte afroamericani, più succosi ma dal sapore meno delicato, che però suscitavano meno clamore presso l'opinione pubblica, decisi di scrivere delle lettere ai genitori delle vittime. Per illuminare i loro buchi neri, mostrarne il nucleo sanguinolento, svelare la verità e i siti dei resti dei loro figli scomparsi. Squarciare il loro monocromatico sipario.

Spedii le prime lettere e aspettai che la polizia venisse a prendermi. Ormai ero un uomo anziano, un uomo grigio più che un Boogeyman, col pube pieno di aghi incastrati nella carne, una casa piena di rose sempre fresche e di nomi e numeri dipinti col rossetto rosso rubino sulla carta da parati. Mancava solo un fiore da cogliere, il piacere ultimo, la scossa suprema: l'alpha e l'omega della caccia di una vita, di angeli, di fiori e di me stesso. *In fondo la preda preferita ero sempre stato io.*

Il piacere è un demone che alla fine si mostra con la faccia da coccodrillo, come la Musa di un artista che alla fine lo divora, con file di denti infinite che non possono masticare solo aria, se non per poche ore. Questione di sopravvivenza. La mia Musa rettile, dopo avermi ispirato e suggerito per tanti anni, esigeva la mia carne adesso, dovevo entrare di buon grado nella sua bocca spalancata. La murena viola della sua lingua scalpitava, per afferrarmi e tirarmi dentro. Un vortice.

Il plotone di azzeratori del disordine marcia verso la mia cella, non sanno di farmi un gran bel favore a incoronarmi sul mio trono elettrico. Stanno per entrare, portano via la mia ultima cena, quella speciale riservata a chi deve crepare. Ho chiesto un piatto di pasta e fagioli, che mi ha ricordato il pranzo della domenica all'orfanotrofio e il ferroso cigolare di vecchie altalene scottate dal sole, e un branzino dell'Hudson, sperando che fosse riuscito a forare i sacchi di patate in fondo al fiume, per mordicchiare i resti dei miei piccoli angeli. Ho scelto l'alpha e l'omega del lungo corridoio che ho percorso.

Come dessert, una rosa bianca, con petali dolci e amari. Bianca come una vergine davanti a uno psichedelico rosone medioevale che la illumina di blu, gialli e arancioni. Contaminandola.

La truppa della morte sta per entrare nella mia cella, la chiave gira nella serratura. Li accoglierò col sorriso incendiato di un demiurgo.

Piegherò in quattro parti questa lettera e la infilerò in tasca. Brucerà insieme a me, tra poco. Mia madre è analfabeta e non potrà leggerla, sulla sua gonna arancione troppo larga per i fianchi ormai consumati. Non ho nessun altro a cui lasciarla.

E tu lettore, se sei riuscito a rubare queste parole, brucerai in parte insieme a me.
Sentirai scottarti gli occhi e una lucertola muoversi tra i tuoi capelli. Non ti lascerà più.

Sing Sing, 16 Gennaio 1936
Boogeyman

Dark Calypso

I FIGLI DEL RE NERO

Sono l'ultimo uomo di questa città, forse anche *oltre*. Ma non ho mai visto fuori, *oltre*. *Oltre* le mura controllate dai grandi ratti, coi loro campi minati dentati. Oltre ogni dolore, ci sono loro. Le bestie. I topi, tanti topi dalle vene fosforescenti (e la Regina). I virus con le zampe delle fogne rovesciate, della merda che si è ribellata alla sua solitudine, allo stallo infinito, facendosi forza, esercito.

Oltre le peggiori previsioni, appena prima dell'esplosione delle tubature dell'Apocalisse.

Un loop impossibile, elettrico, mi insegue; fa passi da gigante, sa saltare ponti e arrivare in un secondo, smarginandosi, dall'altra parte, *oltre*; ha il rumore di carne masticata, di soffitti di insetti saldati, gira la manovella di un'eterna colonna sonora, una canzone incastrata nella mente di un sepolto vivo.

If you wear that velvet dress.

Suona nei colli gotici delle chiese, soffia dentro santi corni affilati, gonfia la vescica della piazza e poi si fa grembo, marea, *oltre*, impulso, sponda ed elastico di orizzonte che ringhia verso i gialli e grigi della periferia, schizzando eretici colori, vetriolo di oltretomba, sui cartelloni pubblicitari vuoti.

Poi mi raggiunge, ogni volta, nel collo di bottiglia di me stesso, nel vicolo cieco; si ferma davanti al muro maledetto su cui cola la luce cotta del tramonto impigliato nelle parabole, che sentono *oltre*.

Sono un punto nero nei telescopi arrugginiti dei tetti delle borgate, sono acceso a intermittenza in un videogame demo, incastrato nell'ultima mappa. Livello sette, icone che lampeggiano, intercettazione e morsi. Sono una mosca sotto un bicchiere d'acqua capovolto, non posso scappare *oltre*, mi fermo, l'aspetto. La mia follia scopre i seni magenta, si torce il collo e fa scrocchiare le ossa, si toglie le mutandine sfilandole dai piedi troppo bianchi e sottili, e poi mi viene dentro, e anche *oltre*, ultra densa.

Non sento più nulla *oltre* lei, al suo odore di varecchina, di parata di girasoli morti, di alveari di muffa che pulsano dentro stanze vuote. Entra nel nido, facendosi spazio tra le costole, si fa piccola e affilata, mi solleva il fegato, fa coriandoli di budella con unghie oltremare, poi scava ancora sotto, dentro, *oltre*.

Si installa, lo sento, e in quello stesso momento Calipso, il fantasma che abita oltre i bordi, apre gli occhi. Sui capelli rossi brilla il macabro fermaglio; lo scheletro del primo ratto mutato.

Sono lei adesso, e la città è improvvisamente troppo piccola, vuota. I grandi ratti tirano il mio carro da caccia, stringendo cavi di acciaio tra i denti. L'arpione è pronto, scintilla e fulmina, non desidero *oltre*, altro, che ficcarlo nella carne dell'ultimo uomo, della prossima città di tutta questa enorme discarica planetaria, sfondata dall'asteroide Ybyi 21. L'Apocalisse ha sempre bisogno di una mano, di una collisione, di un figlio di puttana da megatoni, per accendere la miccia e andare *oltre*.

Venti Dita

Il motore del gommone sta friggendo, puzza di benzina e di morte, come tutti gli altri. Guardo la costa che si allontana, dietro di noi, dietro i sopravvissuti. Asunción culla la figlia senza testa, le canta qualcosa con la bocca serrata e le labbra bruciacchiate, Mauricio si disegna sulla pelle una sirena di sangue con la lama brillante del machete, Catalina si annoda gli intestini con un bel fiocco di carne, distrattamente.

Lo scafo dell'isola si materializza, giù a destra, con la lunga coda di barche ripiene di polpa di uomo e succo di paura. Cercano la salvezza, come noi, galleggiando sul tritato umano, la nuova pelle del mare, il tatuaggio dell'Apocalisse.

Hector, il vecchio, si alza in piedi, si toglie gli stracci di dosso, si batte i pugni sul petto e bestemmia verso il nuovo cielo che sa solo pisciare fuoco, acido cloridrico. Se inizia a piovere, siamo fottuti, squagliati fino alle ossa. Ma Hector sembra poterci parlare con quel cielo maledetto, lo affronta a muso duro, lo sfida, forse. Le sue mascelle si svitano in modo innaturale, le sue grida soffiano forte tra i molari spaccati, tra quei denti che non masticano carne da due anni.

Il nostro capitano rallenta il gommone e strizza gli occhi azzurri nel binocolo. Ci racconta dell'isola, di ciò che riesce a vedere e che vuole farci immaginare; sussurra meraviglie per tenerci ancora in vita. La mia mente torna sulla terraferma, affonda i piedi nel sangue del mattatoio del porto, dove ci si scanna per gli ultimi passaggi per l'isola, dove i topi mutati fanno scempio di carne fresca. I nuovi dei, quelli con la coda e uno stomaco infinito, forgiati da stelle e fogne. Un abominio che continua a riprodursi con scatti elettrici. Il diluvio universale che sgorga sotto i piedi, dai tombini, una marea che sale e morde i polpacci. La schiuma rossa e il frullato arancione dei vecchi padroni del mondo.

Poi la pioggia bollente, che lava tutta la merda, umana e non, ogni due ore circa, lasciando spazio a nuove autostrade di ossa bianche, pulite, e cenere di pelo, ovunque.

Cristo. Pompei e Chernobyl, con contorno di ratti e sangue fosforescente.

Arcobaleni eretici, acidi, che come grandi ponti trasparenti guidano le folle, palline di acciaio nel flipper impazzito del pianeta Terra. Sponde dolorose, respingenti di morsi, extra lampeggianti da raggiungere. L'ultimo passaggio verso l'isola, e chi è davanti è il tuo cazzo di nemico numero uno.

Ybyi 21 Anno 0,6, questo è il nostro calendario, per chi è fortunato ad aver contato così a lungo.

Silvano racconta la storia di Calipso, il fantasma dell'Apocalisse; tutti stanno a sentire, anche la ragazzina senza testa di Asunción con la regolare radice viola che sputa sangue.

Qualcuno l'ha svegliata, Calipso, dice il grasso puttaniere massaggiandosi la barba, lasciando fluttuare il rubino al dito mignolo. Ben prima dell'asteroide e del kaboom del Kaesŏng, lui ne è certo. *La regina dei topi e della fine delle cose*, così la chiama. Nessun altro ha voglia di parlare.

Il nostro capitano ha un rosario di dita umane mozzate legato alla cintura di cuoio, è così che è stato pagato, per portarti sull'Isola. Dal momento zero, quando l'asteroide lo ha messo nel culo alla Terra, venti grammi di proteine non infette valgono un antico lingotto d'oro.

Venti dita, venti passeggeri, venti sopravvissuti. Venti grammi di proteine. (…)

YBYI 21 ANNO -0,1 [LA LEGGENDA DI CALIPSO]

Il ratto alpha, contorcendosi, spunta fuori dal sifone, si sgrulla e digrigna i denti nel grande égout, l'autostrada sotterranea di Parigi. Calipso, immersa fino alla vita nelle acque grigie e nere, è vestita da sposa e cammina al centro del condotto fognario. Pelle d'avorio e velo azzurro, la coda galleggia gonfia col timone dello sperma della Senna, vorticando dietro lo strascico nero, lucido di scarafaggi saldati.

Il ratto alpha si alza su due zampe, è pronto ad attaccare, difendere il suo lurido harem di odalische codate e la tana nella galleria 18 della rete Rive Gauche, circondata da una palizzata di dita umane putrefatte. Calipso sfiora le acque con le dita sottili, emergono carogne di bambole senza occhi, che le alzano lentamente l'ampia gonna con le dita di plastica. Si scioglie i capelli rossi, si china e si lecca i polsi, tatuati dall'omega pulsante dell'Apocalisse.

Il ratto alpha è incantato, sente venir via gli intestini caldi, trascinati da un invisibile gancio. Si avvicina, aspetta un cenno della donna, la lingua di lei che percorre la morbida corolla delle labbra, poi si tuffa e si immerge tra le cosce nude della sua odalisca senza coda. Sott'acqua, il roditore apocalittico non ha bisogno di vedere, di cercare; il suo ancestrale radar, collegato alle pinze dei muscoli, segna traiettorie luminose, chiare, e vibra verso la fessura di Calipso, con la cerniera tesa sui lati dalle ancelle di plastica. Bambole senza occhi, boe di piacere, stupri ossidati, dita che non hanno bisogno di vedere.

La fessura di Calipso si chiude e scatta la trappola, l'ostrica; il ratto alpha, incastrato nell'utero, deve accoppiarsi, fecondare velocemente le uova, prima che gli esplodano i polmoni. Lei alza gli occhi sulle volte della galleria, sui graffiti osceni, a destra e sinistra, spruzzati dalla solitudine: un'Arca di Noè futurista, con la scritta TITANIC sullo scafo e quattro fallici camini sul groppone, dalla quale si tuffano, in un oceano di sperma e di squali, caproni dai denti d'oro, sirene surrealiste con tre seni e fili di perle tra i capelli, sacerdoti coronati e figli di puttana in smoking con la maschera di tritoni.

Calipso sente che l'animale ha fatto il suo lavoro, nel ventre che le brucia; tira un profondo respiro, allunga una mano nelle acque e la spinge nella fessura serrata. Estrae il prigioniero, lo stringe tra le unghie, lo alza e l'osserva riprendere fiato e contatto con la realtà, col suo merdoso regno nell'égout. Poi gli sorride, lo porta alla bocca e gli morde il collo, fino in fondo. Sapore di ruggine, di castagne e di acciughe. Mentre Calipso divora il ratto alpha, il marito codato, il sovrano del deflusso e degli scarti, la marea della fogna alza la schiena, le gallerie si colmano fino a scoppiare, scoperchiando i cunicoli. Dai tombini raffiche di marcio, di merda, colpiscono i palazzi verniciati, le strade e le pareti di cielo della città; una seconda Senna scorre, eretica e nera, violenta.

Inverno, Ybyi 21 Anno -0,1; fa freddo, una corte di ratti si aggrappa al corpo di Calipso, si saldano l'un l'altro affondando i denti, animando una pelliccia viva per scaldarla. La regina ingoia l'ultimo boccone del ratto alpha, lecca le sue piccole ossa, le piega e ne fa un fermaglio per capelli.

Mentre l'esercito di topi, liberato e ossessionato dal profumo di sesso della regina, forma onde di muscoli neri ovunque, che fanno da nuova pelle alla città alla deriva, la dea osserva il tramonto su Parigi, vede nel nucleo di quel viola antico, decomposto, oltre lo spazio, l'embrione dell'asteroide, ogni secondo sempre più vicino allaTerra, pieno del suo latte infetto.

Un Giorno a Kaesŏng

My-yon sta indossando la seconda pelle distribuita dal governo dopo il kaboom. Fa male, ogni volta. La polpa, sotto, brucia. I suoi pensieri radioattivi muovono lentamente i muscoli; gli occhi ruotano, cercano la destra, dove lo specchio, fino a pochi minuti fa, trasmetteva il mostro.

Esce dal suo palazzo giallo, squagliato per metà, un crème caramel che ha ceduto i fianchi all'estate, con finestre gonfiate e tetto glassato.

Il marciapiede, fino alla prima curva, è decorato da corpi umani fusi, fossili e maschere gridanti, poi, poco prima del supermercato, scorre come inchiostro, versandosi nelle gengive delle fogne, sui lati della strada in pendenza.

Col suo rumore di gomma troppo nuova, entra nel supermercato e si lascia trasportare dal nastro 3 che soffia come una vipera, arrotolandosi su se stessa a scatti. Sulla parete, in fondo alla corsia alimentare principale, gli scaffali sono quasi vuoti, ma qualcosa è rimasto. Sette confezioni di feti umani galleggiano dentro le loro sacche di plastica trasparente da due chili. Sette vite interrotte, estratte dal loro caldo utero dai funzionari della Polizia Sociale: controllo delle nascite e cannibalismo autorizzato con marchio di qualità del governo. Etichetta blu o verde, ologramma a scadenza.

Gli ospedali rigurgitano cibo fresco e morti finiti, in continua contraddizione. Camion blu e verdi, due itinerari diversi: il grande cimitero ai margini dell'anello di sicurezza 2 della città e la catena dei supermarket, dove file di sopravvissuti del kaboom nucleare si mordono come cani rabbiosi.

My-yon preme il pulsante, la vasca pneumatica dello scaffale si riempie di sacche alimentari che scivolano nei canali a pressione per rimbalzare, schiacciandosi, nel raccoglitore frontale. Prende tutte le confezioni rimaste, sette. Il carrello la segue, di fianco, sul nastro trasportatore, il led rosso lampeggia per pieno carico. Quindici chili. La cassa elettronica, sotto il portale dell'ingresso, le illumina il viso; raggi che si diramano e si intrecciano. Una voce elettronica le chiede di togliersi la maschera della seconda pelle per la scannerizzazione della retina. Per pagare. La donna sgancia i soffietti sotto il collo. La cerniera della maschera si abbassa e mostra alla macchina il mostro. La carne viva. Transazione eseguita.

My-yon torna al suo crème caramel, schivando i lenti morsi di sopravvissuti di livello tre e la ronda dei ratti mutati. Conosce gli orari, le abitudini delle nuove bestie. Mezzogiorno, troppo caldo per loro. L'appartamento è piccolo, spazio1, la misura consentita dal governo per quelle come lei con un marito squagliato dal kaboom, l'utero disattivato e il tesserino standard della fabbrica di proteine di Shin Won. Postazione 57, magazzino. (...)

WAR MACHINE

Sul muso del bombardiere è pitturato un sorriso di squalo, che mastica le nuvole; il Colonnello accelera, spinge i motori al massimo, l'ombra dell'uccello d'acciaio fruscia sui campi di grano, impallinati dai mille crateri delle code di Ybyi 21. Poi, qualche secondo dopo, si materializzano le palizzate d'alluminio del villaggio, le torri di guardia, il bunker centrale con le due ali di cemento più leggero; un'immaginaria V di cessi, magazzini e sale comuni. La contraerea inizia a sputare fuoco: eccoli, i figli di puttana, i topi del kibbutz, i talebani del concepimento.

Ma lo squalo è troppo veloce e ha già sorvolato la struttura, quando le collane calde delle pallottole si diramano confuse nel vuoto, come pisciate elettriche che dopo aver raggiunto il picco, cedono alla gravità.

Il Colonnello lascia i comandi del bombardiere, pilota automatico. Orizzonte davanti, obiettivo dietro il culo, tra i tubi di scappamento supersonici; ma c'è ancora tempo. Scende la scaletta, salta giù e pianta i piedi sulla pancia della sua bestia volante. La bomba B71, già armata e posizionata sul carrello flottante, venti centimetri sopra il portello, il grosso buco del culo del bombardiere, è bellissima. Sembra un possente e affusolato cazzo divino, potrebbe stare bene tra le cosce di Zeus in persona, pensa il Colonnello, immaginando fiche di dee in serie, sicure dentro le loro mutande d'oro e plutonio, forate come bunker di carta velina.

A cavallo della sua B71, legato da una fune di sicurezza, il militare si sgancia e precipita in accelerazione verso quei bastardi trincerati nel villaggio, con le loro donne gravide da fare schifo, scrofe con tube di Falloppio spalancate al caso, e il silos corazzato dei poppanti che brulica e puzza di latte di meso-capra, dalla spina dorsale molecolare di 70% di petrolio e rosamio. Arsenico apocalittico, due anni di vita; l'allevamento eretico, laggiù, trecento metri.

Erbacce viventi, ci vorrebbe una motosega ciclopica, cazzo, per tosare il pianeta come si deve, tuonano i pensieri del Colonnello. *Ci vuole la B71, adesso, per sistemare il bubbone, là sotto*, il kibbutz 481, duecento metri; erezione nella tuta mimetica e sapore d'aria in bocca, salata.

Il mare laggiù, e l'isola sintetica, gigantesca, che spunta da nord come una corazzata giapponese: il Pacific Trash Vortex. Rifiuti accumulati e assemblati che galleggiano da anni, che hanno sviluppato una coscienza collettiva. Il Nuovo Continente che spinge i motori al massimo per farsi spazio, con le sue eliche di budella ormai cotte dal sole e dure come il cuoio. L'isola mostro che cresce ogni giorno bevendo i succhi fermentati di se stessa. Mosaici di spazzatura, materiali radioattivi, pezzi di cadaveri, scarafaggi con la corazza di piombo5 e avanzi con occhi da coccodrillo che si aprono e chiudono. Quel Nuovo Mondo galleggiante, senza nome e senza pavimento, presto coprirà il Vecchio come una coperta di zecche lunga migliaia di chilometri.

Cento metri, il Colonnello stringe forte tra i denti il sigaro cubano, che si piega per la forza centrifuga; non molla, finché, a trenta metri dall'impatto, se ne viene nei pantaloni appena prima di battezzare una bella voragine a frange larghe. Gli daranno il suo nome, al buco 481. Una volta invece si pensava a classificare le stelle.

Fai Correre
Il Sangue
Dove Vuole

Un brigantino, la pestilenza immortale, la stiva che respira, ansimando inquieta, assi di legno schizzate di sangue, il cadavere di un capitano legato al timone con un rosario, la scogliera, la chiesa di Santa Maria coi suoi centonovantanove scalini, gli scogli, un grosso cane nero che abbandona la nave saltando nell'oceano. Ieri, oggi e domani, il mantra della Demeter soffiato da un'arcana brezza d'estate, la nebbia e una dea, l'eterno ritorno che vortica in un cerchio di pietre sulla spiaggia.

«Mercy… un nome antico, di altri tempi».

«Non sono una puritana, se è questo che intendi…»

Mina osserva gli occhi della giovane dai capelli rossi. Può leggerci dentro a quello sguardo, navigare tra ricordi e segreti, caldi e freddi; le bastano pochi secondi per sapere tutto di quella ragazza. Ma Mercy non dovrà capirlo, non ancora. Sente il profumo di miele dei suoi ventidue anni, del tabacco e del cuoio delle mani del padre, segni non del tutto scomparsi da quel viso quasi perfetto, e non solo. Una piccola cicatrice, appena visibile, sulla guancia destra, e poi tante urla che Mina percepisce battere insieme al concerto di quel cuore tormentato. Le bastano pochi secondi per sentire tutto quello che ha sentito la ragazza dai capelli rossi.

«Non ci pensavo proprio, credimi», le dice, dopo un sospiro.

«Meglio così. E tu?… non sembri di queste parti».

«Si vede, vero? Ho affittato una vecchia casa appena un mese fa, vengo da Londra. Anche se mi sento una straniera ovunque. La mia piccola maledizione», spiega Mina sollevando il viso per cogliere una brezza fresca, lanciata in corsa dall'oceano.

«Capisco, la cosa vale anche per me, in qualche modo. Il problema è questo posto … non so cosa ti aspetti di trovare qui, penso resterai delusa…»

«Perché? Cosa c'è che non va?», chiede Mina conoscendo già tutte le risposte.

«Non so, tutto… la mentalità della gente, gretta e meschina, piccola in tutti i sensi… ma è un discorso troppo lungo. Farei volentieri a cambio con te: tu resti qui e io me ne vado a Londra. L'ombelico del mondo, no? Allora, ci stai?» Una risata, sorprendendosi di stringere il braccio di Mina, quella straniera dall'età indefinibile, così affascinante. Mercy ha sempre amato gli abissi, l'oscurità, le cose complicate, e l'eroina.

«Si può fare, non mi manca per niente Londra. Troppi ricordi, e non così buoni. Ma se vuoi un consiglio, più che Piccadilly Circus cercherei altri ombelichi del mondo… che ne dici di Rapa Nui o Calcutta? Magari potremmo andarci insieme».

Insieme, che bella parola pensa Mercy dopo aver assaporato in bocca le parole di Mina, come marmellata di un frutto mai assaggiato, per poi nascondere le emozioni dietro a un'altra risata. Non va bene farle uscire fuori, di solito è una fregatura.

«Perché no? Calcutta sembra un'idea niente male. Dammi un paio d'ore per fare i bagagli e sono pronta. Basta che sia lontano, molto lontano da qui. E senza uomini di mezzo».

«Esatto!» commenta Mina arricciando il naso e separando le labbra in una smorfia divertente, che rivela denti innaturalmente bianchi, così giovani e forti.

Escono allegre dalla libreria Holman's Bookshop, dove si sono incontrate per caso in quel pomeriggio che si sta trascinando fin troppo velocemente verso il tramonto. Si incamminano sulla Belle Vue Terrace, quando raggiungono l'angolo con Hudson Street un vecchio pescatore, seduto davanti alla sua terza birra, con la barba schizzata di bianco da vecchie tempeste e schiuma di luppolo, si volta dall'altra parte e sputa in terra. *Puttane.*

Senza accorgersene. Mina e Mercy si stanno tenendo per mano, saldate da una specie di colla magica, istantanea, che se ne frega di tutto il resto, dei piccoli occhi strizzati dalla gente del posto, della fronte corrucciata di una grassa vedova che si fa il segno della croce, cambiando marciapiede. *Vergognatevi.*

Quando arrivano vicine all'oceano, disteso là a Nord, quello solleva la schiena per annusare le fragranze delle due creature così diverse tra loro.

La ragazza dai capelli rossi ha il profumo della bellezza appena esplosa, ma anche di gas di sogni e buchi neri, mentre l'altra donna è circondata da uno strano aroma, di miele di castagno e naftalina, gli stessi ingredienti della benzina che muove la morte; una densa, invisibile barriera che gli impedisce di decifrare tempo e cuore della straniera. Sente le loro voci farsi sempre più vicine, drizza le rive con onde pacate e resta in attesa.

«Perché non arriviamo fino alla spiaggia? Non vedo l'ora di togliermi le scarpe», propone Mina voltando lo sguardo vero il globo del sole che si sta immergendo nelle acque, colando sangue arancione. Mercy ne approfitta per ammirare l'armonioso corpo della straniera, stretto in quel vestito a fiori scosso da una brezza generosa.

Cavolo, con una come te andrei fino alla fine del mondo, pensa la ragazza mordendosi subito la lingua dei pensieri. La situazione le sta sfuggendo di mano, non è da lei. *Non sarò mica l'unica lesbica di Whitby, no?*

«Certo, andiamo», sussurra dopo un momento d'esitazione, arrossendo per la risposta fin troppo precipitosa, «un tramonto come si deve, fa sembrare bello perfino questo paesino di merda... bisogna approfittarne, per forza», aggiunge poi per aggiustare la mira e non scoprirsi troppo.

«Seguimi, allora».

Mina inizia a correre verso la riva dell'oceano con le scarpe in mano; il tempo accelera di colpo, mettendo in mostra una notte senza stelle, mentre la sua figura, ormai arrivata a distanza di una ventina di metri, pare muoversi al rallentatore, quasi evanescente in quella danza antica di muscoli che la fanno balzare su una duna. «Sono qui!» grida.

Ma... è nuda? pensa Mercy meravigliata, quando un riflesso delle acque riverbera sul corpo di Mina, svelando un profilo di curve dolci e languide. Eccitazione che sovrasta tutto il resto, anche l'impossibile che circonda la ragazza dai capelli rossi. Una stella incandescente tra le gambe, il cielo tutto nero, Mina che si rotola nella sabbia, illuminata da quell'intermittenza di bagliori marini e dall'insegna al neon di un vecchio albergo. *Adesso o mai più, che importa di tutto il resto?*

Mercy raggiunge la straniera, saggiando coi piedi scalzi la sabbia ormai raffreddata; sensazioni di farina tra le dita. Si sfila la maglietta di un vecchio concerto dei Pink Floyd, e lascia che la brezza, tornata a soffiare, le carezzi il seno nudo. Quando poggia le mani sulla cintura dei jeans scoloriti, incerta se togliersi anche quelli, Mina si volta come una luccicante Afrodite; gocce di oceano e sale sulla pelle, sulla fronte e il collo raffinato, intorno alle areole di madreperla, minuscole ostriche, su fianchi e cosce. Come se le acque, incapaci di attendere ancora, avessero voluto allungare un'onda per sfiorare quel corpo perfetto.

Due metri dalla riva, una duna, lo scintillare delle luci della città immobilizzata da uno strano incanto, un cerchio di sassi con la straniera al centro, che stende le braccia verso la ragazza dei capelli rossi per farsi raggiungere. «Se vuoi, l'ombelico del mondo è dove decidiamo noi».

Sei reale? Dimmi di sì... ti prego, pensa Mercy scollandosi di dosso le bruciature di tante delusioni, sfilandosi i pantaloni e avanzando verso quella donna che riesce a confondere perfino la forza di gravità.

Poi, finalmente, il contatto... i piedi che sembrano sollevarsi dalla sabbia, lasciando a terra le zavorre del passato. Leggera, troppo leggera. La mano della straniera inizia a stringerle il collo, ma lei lascia fare, ha sempre amato gli abissi, l'oscurità, le cose complicate, e anche il dolore... che a volte è amico del piacere. Il suo corpo è pieno di piercing, di piccoli morsi infiniti. Una perla nell'ombelico, una sfera d'acciaio sulla lingua.

«Lasciati andare», le sussurra Mina «fai correre il sangue dove vuole».

La superficie dell'oceano guardone inizia a vestirsi di una nebbia verdastra che cavalca la schiuma verso riva, e nell'aria si sente galleggiare una melodia; violino, kontra e cimbalom, un trio di illusioni sonore che intona una canzone nuziale di una regione lontana, di altopiani spazzati da bufere e castelli sgretolati, con la fronte sui Carpazi e i piedi nel Danubio. Rimembranze di un antico matrimonio diventato infinito, di branchi di lupi che ringhiano a oscure creature della notte. La nuova pelle fosforescente delle acque corre veloce per raggiungere la spiaggia, e il denso vapore che solleva si aggrega in una forma sempre più definita.

Mercy si volta verso quello spettacolo apocalittico, ma la straniera le serra il collo livido sempre più forte; unghie che premono e penetrano la pelle: dolore, piacere, un rivolo di sangue caldo. Poi le entra nella mente la voce di Mina, diversa adesso, sfiorita dalle note fresche. Un pensiero sepolto che muove ancora la lingua.

«Guarda me, tutto il resto non conta. Immaginaci a Calcutta, la Signora delle Impudenze. Siamo su un ponte di ferro, sopra un fiume che muore e rinasce ogni notte. Riesci a vederlo? Chiudi gli occhi, e pensaci a Varanasi, mentre saliamo gli scalini bianchi di un ghat iridescente. Stiamo uscendo dal Gange, per raggiungere la nostra stanza di ceramiche verdi. Una finestra, là davanti al letto… alzati e guarda fuori: quella è la Demeter in viaggio verso Whitby, una nave speciale che trasporta terra magica. Sapessi quante cose ho visto, ora le vedrai anche tu, tutte in pochi secondi. Adesso guardami, e baciami».

La ragazza dai capelli rossi apre gli occhi, ma ciò a cui è stretta non è più quella donna misteriosa che le aveva riacceso nuove luci dentro. Si trova davanti un viso disegnato da un'allucinazione: il fantasma verde di un uomo alto e magro, la fronte alta, un naso d'aquila, la pelle di nebbia che non può nascondere gli organi interni – cuore, fegato, polmoni – che pulsano affamati di vita. Giovane, vecchio e morto nello stesso tempo, con le intermittenze di quei lineamenti fatui.

La creatura non guarda Mercy negli occhi, ma fissa il rivolo di sangue che le scivola lungo il collo. Una sete porpora, la gola sempre serrata, denti predatori che si avvicinano, così giovani e forti.

«Non ti dirò il mio nome, lo sentirai con la mente. Fai andare il sangue dove vuole».

La ragazza dai capelli rossi, senza più stelle incandescenti tra le gambe e sogni orientali nel cuore, riesce a liberarsi dalla presa e scappare via, correndo all'impazzata su quella spiaggia che si è fatta infinita. Non si vedono più i tetti aguzzi di Whitby, le scalinate, i cargo con la pancia piena di acciaio e legname, i lampioni, le insegne di un mondo vivo. Est e ovest è lo stesso: buio e farina sotto i piedi, sempre più fredda.

Sente alle spalle un ringhio animale, che soffia affannato, ma non ha coraggio di voltarsi.

Ma è tutto reale? Dimmi che sei tu, cazzo di eroina... ti prego, pensa Mercy strofinandosi le dita sulle braccia, sui buchi da dove escono tutte le cose impossibili che vede e sente, negli ultimi sei anni. Incubi sotterranei e montagne altissime, case crollate e grattacieli nuovi di zecca, paludi e sorgenti, e poi alla fine, quando l'incanto della sostanza si indebolisce, sempre la stessa immagine: sua madre, capelli rossi come lei, dentro la vasca da bagno con una bottiglia di Southern Comfort tra le gambe, la faccia pestata e i polsi recisi che piangono sangue. Ubriacarsi per il coraggio di uccidersi. Uccidersi per non farcela a iniziare un altro giorno.

Alla fine si ferma e cade in ginocchio, non c'è un posto dove poter andare, scappare. Nord o sud è lo stesso, solo oscurità e farina sotto i piedi, nera anche quella. Si volta verso quell'incessante ringhiare, sa già che vedrà il suo predatore: ora non è più una creatura di nebbia verde, è un grosso cane nero, con denti bianchi e forti che aspettano. Sente l'acro odore della pelliccia bagnata dell'animale. In lontananza, distingue la figura di Mina, ancora al centro di quel cerchio di pietre, a osservare il senziente oceano.

Capisce che è arrivato il momento, solleva il capo liberando il collo dai capelli rossi. *Fai quello che vuoi, fanculo.* La ferita brilla, ancora viva, con una lunga coda di sangue che le scivola sulla spalla destra. Chiude gli occhi, e il morso, forse del cane, o di quell'uomo giovane vecchio e morto, o di qualcos'altro ancora, si stringe su di lei, succhiandole via il mondo.

Una strana sensazione di antica pace, il Danubio e il Gange che affluiscono in una vasca enorme, e poi due ali sulla schiena per sorvolare la propria vita, come fosse un campo di girasoli, o un quartiere con geometrici crocevia e semafori. Posti da guardare, ricordi da sollevare come fogli di carta.

Una casa piena di botte e bottiglie, la magra periferia della cittadina, osservata e giudicata a distanza dalla statua del Capitano Cook, una strada senz'anima e marciapiedi, servire i tavoli di un ristorante su una marcia palafitta, cucirsi una faccia diversa ogni sera per vendersi a ore. Comprare bustine di carburante psichedelico solo per riaccendere il motore di ogni dannata mattina. Gli uomini schifosi, tutti uguali. Il primo vero bacio, quella ragazza senza radici come lei, ma più forte. Caitlin, così forte da andarsene da quel maledetto posto. Nessun saluto, niente melodrammi. Un treno partito, forse proprio per Calcutta, portandosi via tutto quello che contava. Un pomeriggio strano, giallastro, le mani su un libro, Non ci sono solo le arance di Jeanette Winterson. L'ultimo bacio, senza labbra, quello della straniera. La notte troppo veloce e un altro uomo di mezzo, di fumo come tutti gli altri.

Il vampiro, finalmente dissetato, riesce ad assumere di nuovo una forma consistente, umana, e raggiunge Mina all'interno del cerchio di pietre. I due si avvicinano, si sovrappongono in una stessa figura, per poi trapassare il corpo dell'altro e muoversi in direzioni opposte. Est e ovest; a volte l'amore è così semplice, complice, e può durare per sempre col giusto nutrimento. *Vite sacrificabili, vite già morte, che saldano un'antica unione, un eretico matrimonio con anelli di carne e sangue, prima che arrivino i vermi conquistatori.*

La superficie dell'oceano si increspa, lasciando affiorare decine di bare scoperchiate, piene di terra antica. Una di esse si avvicina alla riva, per accogliere il vampiro e trasportarlo al largo, dove ormai da anni attende il tributo di una delle figlie reiette di Whitby. Sangue giovane e saporito, coagulato da storie difficili e ricordi spezzati; una specie di nutriente eroina. Le casse, mosse da un'arcana alleanza, schivando abilmente gli scogli si riuniscono all'orizzonte, formando un'eretica croce invertita galleggiante, prima che la nebbia verde ricopra di nuovo tutto, per poi svanire con la bocca piena di zolle di Transilvania.

La bellezza di Mina sta sfiorendo velocemente, non c'è tempo da perdere. Cammina sulla sabbia in direzione del corpo drenato della giovane Mercy. Bacia quella bocca livida, le carezza i capelli rossi. Ormai sa tutto di quella ragazza, vede i suoi ricordi morti aleggiare nell'aria come pulviscolo dorato. Un vecchio granaio sbarrato, che non vuole ricordare ciò che ha visto, tanti anni prima. Mercy, così piccola allora, che si tiene le gambe tra le braccia. La prima volta che ha versato sangue. *Mai più uomini di mezzo, dal padre in poi...* tutto nasce da quel dannato posto, per poi viaggiare nel tempo, fino a quel pomeriggio giallastro, a bordo di un razzo a forma di siringa.

Mina si scollega dalla mente della ragazza dai capelli rossi, ne ammira il ventre bianco con una perla incastrata nell'ombelico, prima di affondarvi i denti, con grazia. Carne che dona nuova bellezza alla straniera, polpa nuova che si attacca a vecchie ossa, pelle che si stende soda, muscoli che pulsano nuovi.

Un incanto che durerà un'estate, come tutte le altre volte.

L'Inquieto Oligarca

Sergej Globowski è inquieto, l'imminente visita dell'Ispettore Imenovsky non è roba da poco; l'occasione di scalare la Top Ten degli oligarchi russi è ghiotta, e il ranking attuale di *numero sette* gli sta stretto, come la camicia che indossa, una sorta di lanciarazzi Katjuša armato con bottoni di onice e asole senza sicura, pronto ad attaccare in qualsiasi momento.

Ha preparato tutto per impressionare l'Ispettore, che sta atterrando nell'eliporto della sua mega-villa in Crimea a bordo dell'elicottero del Cremlino, quello speciale con inciso sulla fiancata un grosso diamante dal faccione antropomorfo, con labbra generose da troia sboccata, che sormonta due matrioske-vibratori incrociate, alla maniera dei jolly roger dei pirati di un tempo.

«Akim! Akim!» inizia a tuonare Globowski facendo traballare il giubbotto antiproiettile di adipe e trippe, mentre si gusta la vista sul Mar Nero, là davanti, quel cielo terso rovinato da uno stupido arcobaleno proletario, improvvisamente impreziosito e attraversato da un missile Kh55 dal glande verde rospo diretto verso chiappe occidentali.

«Ecc… eccomi signore», tartaglia il segretario personale presentandosi sull'attenti davanti all'oligarca numero sette. È un omino di un metro e mezzo, due dita superstiti in una mano e tre nell'altra, con occhiali esageratamente grandi per l'ovale del viso, ingombrato da una montatura rotonda e massiccia che ricorda pericolosamente quella di Trotsky.

«Alla buon'ora!» si volta l'oligarca squadrando il servo con disprezzo, per poi bofonchiare: «Hai organizzato il comitato di ricevimento per l'Ispettore? Quello Imperiale, ovvio...»

«Certamente, è tutto pronto», sussurra Akim guardandosi la punta bombata dei consumati stivaletti neri, che risalgono ai tempi dell'Unione Sovietica. Falce su un tacco, martello sull'altro.

«Mmm, fammi controllare che è meglio», borbotta Globowski percorrendo l'abnorme terrazza con passo incerto da gotta, arrivando alla ringhiera in fondo e sporgendo il capoccione rasato di fresco.

Il comitato sta affrettandosi verso l'eliporto, al completo come prevede il protocollo per un'occasione così speciale: quattro femmine da intrattenimento rapido vestite da cenerentole anni '70, con capelli biondi intrecciati a frittella e capezzoli granitici modificati chirurgicamente che fuoriescono dal tessuto come antenne, seguite dal maggiordomo Erazm dalla postura ingobbita, che pare un avvoltoio sfortunato con quel pastrano nero liso sui gomiti, intento a spingere dieci bottiglie di champagne su un carrello cingolato e infine, in testa al gruppo, una diciottenne completamente nuda, targata Lettonia, verniciata d'oro e profumata di rosa canina, con incollata ai glutei l'estremità di un tappeto rosso lungo trenta metri: tanto servirà per arrivare all'ingresso della villa, dopo che si sarà stesa a terra, globi verso le nuvole, per ricevere sulle carni floride e conquistate le suole dell'Ispettore, quando quello toccherà terra e muoverà i primi sacri tre passi – *veni, vidi, classificai* – per poi incamminarsi su quella srotolata lingua rossa di raso, raggiungere il portico e baciare in bocca l'oligarca numero sette della classifica provvisoria.

«Aspetta, dov'è il ragazzino?» serra i denti Globowski seguendo la scena dall'alto con occhi rapaci e calcolatori.

«Prego?» rabbrividisce sul posto il segretario.

«Avevo detto *accoglienza Imperiale*, idiota... manca il frocetto ucraino vestito da Marilyn Monroe che abbiamo comprato apposta, quello per... *gusti nobili*. Insomma, il servizio extra per gli ospiti amici di Sodoma. Dove cazzo è?»

«Oh, ma certo... il *castrato* è già stato portato nella suite assegnata al signor Ispettore», spiega Akim, «come prevede il protocollo... *riservatezza, lussuria, utilizzo, appagamento e smaltimento rapido dei giocattoli umani.* Tutto secondo la Convenzione diplomatica di Minsk».

«Mmm... così però, senza il ragazzino là nel gruppo, sembra che il menù della casa offra solo capezzoli di femmine... e tutto quello che c'è sopra e sotto. Sarebbe stato meglio presentargli subito un'alternativa, c'è chi ama la carne e chi il pesce... così il nostro amico potrebbe offendersi. Quei vecchi rincoglioniti di Minsk sono troppo all'antica», si lamenta l'oligarca massaggiandosi il viso suino. «E quando partono i missili d'intrattenimento? Che diamine stiamo aspettando?»

«Cinque, qu...quattro, tre, due, uno... zero. Ecco qui signore!», esclama l'omino premendo il pulsante su un telecomando e indicando al padrone di sollevare lo sguardo. Dieci metri più in basso, un sistema lanciamissili emerge da una finta piattaforma di ortensie, ruotando di trenta gradi e sputando fuori sei siluri a corto raggio che s'inerpicano virili verso quel trancio di cielo russo, puntando un misero peschereccio a cento metri dalla riva, battente bandiera bersaglio. Tutto funziona perfettamente, i colpi vanno a segno con una magnifica deflagrazione, arricchita da pezzi di disgraziati sparati a raggiera come viscidi traccianti viola e arancioni. In ogni modo hanno appena arricchito le loro povere famiglie con sacchi di rubli, e anche lo stomaco dei pesci che si fiondano sui resti già cotti e masticati in parte. L'Ispettore, col suo completo color zaffiro, applaude la scena voltandosi poi in direzione della terrazza della villa per omaggiare l'oligarca con un inchino appena accennato.

Akim, che scruta tutto col binocolo, sussurra scodinzolante al padrone: «Il labiale dell'Ispettore sembra dire *bello spettacolo, amico mio.*»

***

È il momento dell'aperitivo e l'oligarca, confortato dal primo successo messo a segno agli occhi dell'Ispettore del Cremlino, gli mostra orgoglioso la nuova, mastodontica piscina marina della sua mega-villa, a forma di Ucraina, perfettamente realistica in scala da 1 a 10.000, dotata di un grande scivolo di vetroresina azzurro a tortiglione, come quelli dei migliori parchi giochi acquatici al mondo. Il pelo della superficie è tagliato a zig-zag dalla pinna caudale di un'orca da sei tonnellate, la cui imponente sagoma bianca e nera sott'acqua mostra chiaramente, tra le fauci, quel che resta di un corpo umano senza testa.

«È una femmina, si chiama Diana come la prima ballerina del Marinskij», spiega sorridente l'oligarca. «Mi costa più di una moglie, ma ne vale la pena... ora vedrai».

«Bell'esemplare... e che combinazione, quando sono stato ospite di Sodomanov, il nostro numero uno in carica, Diana Vishneva si è esibita solo per me e lui, appena tornata da una rappresentazione di *Giselle* a Covent Garden, su un palco realizzato con un pavimento *umano* di ribelli ceceni. Incredibile come quella gente, almeno un centinaio, riuscissero a tenersi tutti insieme, in equilibrio, formando una piattaforma sospesa su cinquanta metri di vuoto. Ci vogliono muscoli allenati e una certa tecnica, come quella degli acrobati. Certo, la cavità sotto di loro, quella specie di pozzo rettangolare insomma, era stata riempita di acido solforico, per cui gli amici ceceni dovevano essere molto motivati a non mollare le prese, e cedere... e poi ovvio, la Vishneva era protetta da funi di sicurezza durante la performance», racconta Imenovsky dando le spalle all'orca dell'oligarca, disinteressato, allungando il braccio verso il bicchiere di Crystal offertogli dal cameriere eritreo dalla schiena dritta e le ossa stranamente lunghe, trincerato dietro al bar a bordo piscina assieme al gemello.

«Ah, ribelli ceceni dici... quella è storia vecchia ormai, Sodomanov è rimasto indietro», ruggisce Globowski avvicinandosi all'Ispettore per riconquistare l'augusta attenzione dell'uomo. «La mia principessa assassina invece ha gusti più ricercati, basta vedere la forma della piscina...»

«Non dirmi che gli date da mangiare nazionalisti ucraini, quei drogati fascisti però potrebbero danneggiarle lo stomaco, è un così sontuoso animale... » scatta incuriosito l'Ispettore.

«Puoi vedere tu stesso, amico mio...» suggerisce l'oligarca facendo segno col dito di guardare in alto, a circa venticinque metri d'altezza.

Dopo tre secondi, dalla sommità dello scivolo qualcosa inizia a scendere giù, accelerando come un proiettile, percorrendo tutte le strette curve ludiche della pista: sembra un uomo col costume intero, stile anni '30, con maniche e pantaloni corti e strisce orizzontali gialle e blu, i colori della bandiera ucraina. «Ma a quei fanatici nazionalisti, noi diamo sempre un'opportunità... giusto?» commenta Globowski dopo il fragoroso *splash*, quando tutto diviene chiaro. Le acque della piscina rivelano le fattezze e caratteristiche di quel proiettile umano che, dopo essere riemerso in superficie per succhiare disperatamente aria nei polmoni, cerca di tenersi a galla in modo scomposto.

L'Ispettore si avvicina al bordo, chinandosi appena per scrutare la vittima, notando che mani e piedi del disgraziato sono stati amputati in precedenza e le ferite, seppur recenti, risultano già suturate seppure in modo frettoloso. L'orca punta subito il nuovo bersaglio, e la pinna caudale inverte la rotta.

«Come mai non grida, è forse muto?» chiede Imenovsky divertito da quella caricatura di essere umano che si dibatte in acqua in modo non certo armonioso.

«Oltre ciò che vedi, al soggetto è stata recisa anche la lingua... capisci, questione di inquinamento acustico... e della cronica emicrania di mia moglie che sente cadere perfino una foglia. Ma non avvicinarti troppo, compagno, può essere pericoloso», l'avverte l'oligarca, «un paio di passi indietro, ecco così... ora ne arriveranno altri due come quello, e qui a bordo piscina ci farà compagnia un vecchio amico comune, qualcuno che ti farà senz'altro piacere rivedere...»

Dallo scivolo schizzano in acqua, a intervalli di pochi secondi, altri due nazionalisti amputati, confondendo il cetaceo affamato che, di fronte alla gustosa abbondanza di prede galleggianti, rallenta la corsa per scegliere il boccone migliore. Mentre sta per infuriare la caccia sulla sponda opposta della piscina, dove l'Ucraina geografica confinerebbe con Russia e Bielorussia, compare un uomo di una certa età, con la familiare faccia a forma di prugna, vestito casual ma con eleganza, come un arbitro di tennis, che stringe un vistoso cronometro in mano dal quale non stacca gli occhi se non un attimo, per sollevare il braccio e salutare il padrone di casa e l'Ispettore.

«Non mi dire che è quel pazzoide di Ladrov! Mi sbaglio?» domanda Imenovsky sempre più divertito da quella surreale messa in scena.

«Proprio lui, il nostro caro ex Ministro degli Esteri… il week end lo trascorre quasi sempre qui, a occuparsi degli importanti appetiti della mia Diana, che teniamo a dieta dal lunedì al venerdì. Il compagno Ladrov, come puoi immaginare, può ancora contare su buoni agganci nella Difesa… quello che serve per poter disporre in modo continuativo di prigionieri politici e carne fresca e selezionata. Pensa, continua a insistere sul fatto che i nazionalisti ucraini siano i più gustosi di tutti… almeno per la mia bella orca… in effetti coi georgiani, tanto per dire, quando la piscina non era ancora finita, la caccia era meno adrenalinica e spettacolare. Come quando arriva in tavola il tuo piatto preferito, insomma… tutta un'altra cosa.»

Una volta che le tre vittime sono in acqua, il masochista Ladrov fa partire il prezioso cronometro. I disgraziati che riescono a restare vivi per almeno cinque minuti, sfuggendo miracolosamente ai denti dell'orca, vengono poi ripescati da due omoni della milizia personale di Globowski, vere e proprie armerie ambulanti. Ogni sabato e domenica, esclusi i festivi e il Generale Inverno, vengono lanciati in acqua una trentina di soggetti, a gruppi di due o tre, a seconda della disponibilità di materia prima e di eventuali nuove ribellioni al regime in corso. La piscina viene poi ripulita dalle carcasse, con un braccio meccanico e pompe a filtraggio selettivo, appena prima del tramonto.

«*Diamine, il numero centoventuno ce l'ha fatta di nuovo!*» esclama entusiasta l'oligarca alla fine della sessione di caccia dimostrativa. «A quanti ripescaggi è arrivato? *Quanti?*», chiede affannato a uno dei suoi omoni che hanno appena estratto dalla trappola acquatica un nazionalista dal fisico magro e nervoso, tutte fibre, con occhi scintillanti d'orgoglio.

«*Ventidue*, signore. Record assoluto», risponde sull'attenti uno dei mastini dell'oligarca.

«Portalo qui da noi», ordina Globowski. L'occasione di fare colpo sull'Ispettore va sempre colta. Vuole mostrargli da vicino il nazionalista, come se fosse un animale esotico da godersi con occhi meravigliati di conquistadores appena sbarcati dall'altra parte del mondo. Ma niente piume variopinte e altri incanti del genere.

L'uomo si mette in piedi da solo, per modo di dire, scansando le guardie che lo lasciano fare. Ormai è abituato alla sua nuova biologia azzoppata, e riesce a stare in equilibrio su quelle gambe che sembrano muscolosi grissini. Ha ormai i calli sui moncherini, sui quali si muove a scatti come un uccello da palude. Arrivato a due metri dai due demiurghi eccitati, un miliziano gli sbarra la strada col suo AN94 modificato. La bocca del militare resta serrata, ma la sua mente grida: *Non fare un altro cazzo di passo*. L'oligarca e l'Ispettore riescono a sentire il fiato dell'uomo e il suo speciale aroma di adrenalina fortificata che gli schizza dai pori, tanto gli sono vicini.

«Qual è il tuo nome?» domanda Imenovsky scrutando serio il nazionalista, che solleva il moncherino del braccio destro e senza timore spara: «*Ucraina Libera!*» prima di sputargli in faccia.

I mastini dell'oligarca intervengono subito, mettendo l'uomo in ginocchio e piantandogli sulla nuca la canna di un AK12 del consorzio Kalashnikov, un tempo in dotazione solo dell'FSB.

«Fermi!» tuona l'oligarca ai suoi. «Sta a te decidere, amico mio», dice poi voltandosi verso l'Ispettore che si sta pulendo il viso col fazzoletto indaco, «ma tieni in conto che *ventidue ripescaggi* sono cosa davvero rara… un duro così nell'Antica Roma sarebbe finito a letto con Messalina… magari riuscendo a sfinire perfino una tigre come quella.»

«Ne sono certo, ma qui siamo in Russia, vecchio mio…», replica Imenovsky snudando un diabolico sorriso. «Se posso permettermi, suggerirei un clistere di vodka, bollente naturalmente… e a seguire, per non perdere il nostro campione, amputerei un'altra estremità, quella tra le gambe, che non gli serve di certo in acqua, per vedersela con la tua Diana. Mi spiace per le Messaline di questa bella villa… rimarranno a bocca asciutta. Sacrifici per la nostra cara Madre Russia».

L'orca, come se riuscisse a comprendere il linguaggio umano, spunta dalla superficie soffiando acqua in alto: tre schizzi, uno lungo e due brevi, come in codice Morse per i cetacei. Vorrebbe tanto la salsiccia del nazionalista, dopo che sarà separata dai resti patriottici del prigioniero.

*** *

L'oligarca e l'Ispettore siedono nella Sala Prokofiev della villa per gustarsi il pranzo, in compagnia dei rispettivi segretari, intenti a controllare le scartoffie del patrimonio dell'oligarca, compresi i vari investimenti in progetti di potere, lusso, corruzione, spreco e affabulazione delle genti, la Signora Globowski, ex ballerina del Bolscioi, ventisette anni e altrettanti carati di diamanti che le pendono sulla scollatura upgradata artificialmente, e le quattro intrattenitrici diplomatiche del comitato d'accoglienza, vergini certificate con codice a barre di certificazione sul seno destro. Le ragazze hanno lasciato all'ingresso i loro vestiti da Cenerentole, comprese mutandine ed eventuali assorbenti interni, disponendosi sul pavimento di marmo a quattro zampe, come mobili surrealisti, sulle quali al vengono poggiati i soprabiti degli ospiti. Nude, toniche e bianche come rocce caucasiche, sono pronte alla deflorazione in qualsiasi momento. Faretti perversi che ruotano sul soffitto, mimetizzati all'interno del grande lampadario di cristallo da quattrocento chili, puntano mirini rossi su sfinteri, vagine e bocche.

«Allora, amico mio, che altro mi dici?» sibila L'Ispettore Imenovsky, afferrando la demiurgica penna rivestita in lega di alluminio originale Sputnik 1 e ficcando il naso aquilino in un libretto dalla copertina in pelle rossa con al centro l'immancabile stella sovietica in rilievo, contornata d'oro. Le sue annotazioni possono cambiare le sorti della Top Ten degli oligarchi di Madre Russia.

«Stavolta saprò stupirti, mio caro... come hai già notato il *numero sette* non mi si addice per niente», inizia a vantarsi Globowski, aspettando il momento giusto per calare sul tavolo tutti i suoi assi. Uno schiocco delle dita, e altre sei femmine senza veli, con diversi chili di troppo, irrompono nella sala scattando sulle punte come cigni gravidi, per poi montare una sulle spalle dell'altra, con sul vertice quella dalle tette più grandi, con ghiandole rare di Siberia, formando una triangolare impalcatura umana da circo a dodici mammelle cariche. Una volta in posizione, si schiacciano i capezzoli tra le dita, schizzando latte materno in varie direzioni, con generosi fotti. Si anima una mirabile fontana biologica della quale l'Ispettore non può che ammirare la lussuriosa creatività e scenografia. Un applauso, ma fin troppo timido per le aspettative del padrone di casa che si rende conto di dover fare molto di più per incantare l'ospite.

Ma non è mica finita: un altro schiocco di dita dell'oligarca e le sei eretiche e generose bagnanti si uniscono spalla a spalla in una fila serrata, per poi voltarsi di colpo e formare un Muro di Berlino in miniatura, con mattoni tatuati sulla schiena che si congiungono assieme assemblandosi come un puzzle. Trasversalmente alle colonne vertebrali delle ragazze, per il massimo realismo, c'è perfino inciso a colori un graffito che corre in orizzontale, due lettere per scapola; niente di troppo politico però. Poi le fanciulle si piegano di colpo, allargando le sei vagine con le dita e mostrando i loro checkpoint di carne senza alcuna torretta di sorveglianza. Porte violacee, grandi e piccole labbra a sfoglie, ninfee venose disposte anche a far passare una colonna di carri armati, diretta ovviamente verso l'Ovest dei loro uteri già compromessi.

«Divertente! I bei vecchi tempi...», esclama l'Ispettore, distraendo però troppo presto lo sguardo verso le vetrate, da dove schiumeggia il Mar Nero, macchiato dalle vacue chiazze di sangue dei morti ammazzati di poco prima: i pescatori adattati a fuochi artificiali di prestigio.

«Assaggia questo Romanée-Conti Grand Cru, tanto per scioglierci la lingua, paradiso liquido...», prosegue imperversando il grasso padrone di casa, versando tre dita del prezioso vino nel calice di cristallo di Imenovsky.

«Oh, 1945... la migliore annata. Non badi a spese, vecchio mio», si complimenta l'Ispettore, prima di estrarre il fazzoletto indaco dal taschino della giacca, intingerlo nel bicchiere, piegarsi e passarselo sui mocassini italiani, ripulendoli da qualche filo d'erba dell'eliporto. «Belle scarpe, certo, ma hanno bisogno di così tanta cura... mi capisci? Comunque, io preferisco la nostra vecchia vodka», chiosa seccamente schioccando la lingua.

«Ma certo, era solo un piccolo aperitivo...», si giustifica l'oligarca rosso in viso, voltandosi di scatto verso il cameriere alle spalle e blaterandogli addosso: «Vodka, per dio, la migliore!»

«Pensa, vecchio mio... ieri a cena da Sodomanov ho assaggiato per la prima volta del caviale blu, lo chiamano *zaffiro dell'oceano*... in pratica uova di scampi selvatici che si trovano a cinquecento metri di profondità, sulle coste Australiane. E sai con cosa mi hanno servito quella squisitezza?»

«Vodka, forse? Eh... ormai ho imparato la lezione patriottica!» scatta sicuro l'oligarca.

«Qualcosa di molto, molto meglio, avvicinati... te lo rivelerò all'orecchio.»

Globowski alza il culo sbuffando e raggiunge l'Ispettore dall'altra parte del mastodontico tavolo, chinandosi per accogliere l'ardita rivelazione. «Parla pure...»

«Allora, non ci crederai... a fianco del mucchietto di quel caviale, bellissimo a vedersi, così composto a forma di cono rovesciato, qualcosa contro le leggi della gravità, hanno proposto due minuscole fettine di carne, tipo roast-beef, imperlate di gocce di salsa al mirtillo. Il tutto servito in un piatto dalla forma geografica degli Stati Uniti, rosso conquista, però.»

«Cavolo... porzioni minuscole dici?» l'interrompe l'oligarca, invidioso e pronto alla rivincita. «Vedrai il piatto che ti farò portare adesso, due chili di...»

«Fammi finire, vecchio mio... dunque, anch'io inizialmente sono rimasto seccato per quella misera quantità, ma poi mi hanno avvisato che non si trattava di carne qualunque...», spiega sogghignando l'Ispettore.

«Ci mancherebbe pure, io mangio solo manzo di Kobe, di quello ti parlavo. Due chili a testa per...»

«Non correre Sergej, stammi a sentire.» Imenovsky si sporge ancora più dalla poltroncina e sussurra il segreto nel padiglione sinistro dell'oligarca, al quale si svitano subito le mascelle.

«Carne umana, vecchio mio... da glutei di giovane femmina bianca americana del Tennessee, che non ha ancora partorito...

sotto il piatto c'era anche un passaporto per certificare la provenienza della materia prima… insomma una delizia che ti si ficca dritta nel cervello, una folgore degna dell'Elettrificazione di Lenin. Non la dimentichi più. Sodomanov la sa davvero lunga, non si diventa numero uno per caso. Ma resti tra noi…»

«Capisco…», sussurra l'oligarca con la bile che gli gorgoglia fino al gozzo. Ma non si da certo per vinto, e senza perdere tempo preme un pulsante rosso sotto il tavolo. «Solo qualche minuto, compagno Imenovsky, cambio di menù in arrivo…», dichiara poi con sguardo allucinato, puntando gli occhi bovini verso la moglie efacendole andare di traverso il prezioso bicchiere di Romanée-Conti Grand Cru. Un oligarca ha sempre pronto un Piano B.

Due minuti dopo entrano in scena due gorilla col cervello formattato dalla vecchia KGB, vestiti in mimetica con una zeta bianca stampata sulla schiena, collo taurino e incisivi d'oro, seguiti da un cameriere albino con in equilibrio sulla testa spennacchiata un vassoio d'argento lungo due metri, che viene subito sistemato al centro della ciclopica tavola da pranzo, e uno strano figuro vestito da chef, sicuramente francese con quei baffi imbalsamati alla Dalì. Uno dei due militari, quello col cranio più grosso attraversato da una cicatrice, si avvicina alla Signora Globowski con le mani dietro la schiena, accenna un inchino e poi fulmineo come un Mig in cabrata le schiaccia sulla giugulare il violaceo arco elettrico di un taser, mettendola fuori uso senza guastarne la bellezza, lasciandole intatto sulla faccia, congelato, perfino l'ultimo sorriso. L'altro militare, senza cicatrici a vista ma con entrambe le orecchie maciullate come quelle dei lottatori olimpici, l'aiuta a sollevare il corpo sgonfio di coscienza dell'ex ballerina e a disporlo sul grande vassoio, prima di congedarsi dall'oligarca in tutta fretta.

Il cameriere albino, con dita sottili da pianista e uno strano tic che gli fa chiudere e aprire gli occhi in continuazione, come un camion che continua a lampeggiare per sorpassare un rivale troppo lento, spoglia con cura la signora sfilandole il vestito Dior su misura, il possente collier di diamanti e la parrucca platinata d'ordinanza, scoprendo solo alla fine che la donna non indossa mutandine e reggiseno. Una volta denudata la donna, l'albino indietreggia lasciandola nelle mani dello chef, che estrae due lunghi e sottili coltelli che raccolgono i raggi del pomeriggio di un Settembre di Crimea. Quello scintillare breve e intenso si riflette negli occhi curiosi dell'Ispettore, che allunga il collo per osservare le lame incidere il gluteo destro della Signora Globowski e ricavarne una striscia di carne.

«Amico mio, qualcosa di speciale per te... niente carne morta, e non c'è bisogno di mostrarti il passaporto», commenta serafico l'oligarca quando il piatto eretico, un brandello di sua moglie cotto al sangue, affiancato da semplice purea di patate e circondato da un rosario di broccoletti di Bruxelles, viene servito a un sorpreso Imenovsky.

«Oh, ne sono onorato, vecchio mio... ma non so se posso approfittarmene».

«Certo che puoi, anzi... devi», insiste l'oligarca riempiendo il bicchiere dell'Ispettore e pensando: *stavolta l'ho fregato il tuo amato Sodomanov, il fottuto numero uno.*

***

In giardino, ad ammirare due sculture originali in bronzo di Konenkov, il Rodin russo. Una già nota *Bagnante* del 1917 e una sconosciuta versione di *Paganini* del quale l'oligarca va molto fiero. Entrambe le opere sono installate in un cilindro traslucido di super-legno, più resistente di molte leghe di titanio, al quale si accede tramite una porta scorrevole che compare come per incanto dal nulla, basta la voce del padrone di casa. Una sorta di *Apriti Sesamo* da steppa.

«Mi sono costate una fortuna... ma sono sicuro che uomini come te sanno apprezzare certe cose».

«Certo, grande artista... non per niente Stalin ha mandato un piroscafo in America per riportarlo nella madre patria, la vecchia URSS. Devo dire che hai piazzato un bel colpo vecchio mio, specie quel *Paganini* che non ho mai visto prima... guarda che occhi penetranti, imprigionano la scintilla della Musa che lo ispirava. Ti dirò, per essere del tutto sincero, che la scorsa settimana i bisogni fisiologici mi hanno guidato nei bagni degli ospiti della mega-villa di Frickman... e cosa trovo appeso dentro prima di slacciarmi i pantaloni? *Il Salvator Mundi* di Leonardo».

«Mah... cattivo gusto in assoluto, e poi lo sanno tutti che non è un'opera del grande pittore, ma della sua scuola. L'hanno offerta anche a me quella crosta, ma non sono certo un boccalone come Frickman... se mi segui al secondo piano, ci vorrà poco, ti mostro la mia collezione di tele di Manet e Ingres... se proprio vogliamo parlare di autori stranieri...» replica seccato Globowski.

«Non ce n'è bisogno, abbiamo già parlato in abbondanza di arte amico mio... che mi dici invece di corruzione ad alti livelli, qualcosa che valga la pena di inserire nel tuo fascicolo? Sai che per la classifica alcuni aspetti hanno un certo peso...», chiede l'Ispettore sollevando le sopracciglia, «chiedo solo a beneficio del rapporto che ti riguarda...»

«Ho una vera chicca da mostrarti, a tal proposito... vedrai!» esclama sorridendo l'oligarca... *avrai pane per i tuoi denti*, pensa tronfio.

I due si incamminano lungo un sentiero che taglia in due l'orto botanico, e dopo una curva appare ai loro occhi una cupola mimetizzata; pare una struttura militare, circondata da miliziani con facce più minacciose degli altri di sorveglianza alla villa. Arrivati alla porta blindata d'ingresso, l'oligarca invita l'Ispettore a entrare, incuriosendolo con una frase sibillina: «Hai presente l'imperforabile ombrello difensivo della NATO? Bene, ora vedrai che possiamo far piovere...»

Un lungo e tortuoso corridoio da bunker antiatomico sfocia improvvisamente in un'enorme sala, dalla quale si stagliano verticalmente la grande cupola e la rampa di lancio di un missile nucleare intercontinentale Sarmat dalla livrea a scacchi bianchi e neri, il tutto circondato da uno staff tecnico che pare di prim'ordine, come le loro attrezzature incastonate di luci, strumenti e fesserie varie high-tech semplicemente decorative.

«Ma.... come diavolo...», sussurra stupito Imenovsky osservando la sommità della cupola, a cinquanta metri d'altezza, facendosi quasi venire il torcicollo, per poi far scorrere gli occhi su quell'infernale arma di distruzione di massa, lucida come se fosse appena uscita da un negozio.

«Bel bestione, vero? Ora ti spiego tutto, amico mio...», dice l'oligarca sempre più sicuro di se, dando una pacca sulla spalle dell'Ispettore, che sussulta spaventato. «Nessun timore, quel missile non trasporta una testata atomica... certo, potrebbe benissimo farlo, ma non è il nostro caso. Comunque, anche così può produrre bei danni su un territorio limitato...», continua Globowski guidando l'ospite verso un'appariscente plancia di comando, dotata di due sedili di pelle rossa da caccia intercettore che fronteggiano un complicato coacervo di strumentazione da controllo di lancio.

«Mi chiedevi di corruzione ad alti livelli, ed ecco una piccola dimostrazione...», prosegue il padrone di casa prendendo posto nella plancia, invitando l'Ispettore a fare altrettanto e di allacciarsi le cinture di sicurezza puramente scenografiche. «Farsi consegnare a casa un Sarmat non è cosa da poco, e questo lo sai bene... diciamo che il Ministero della Difesa con questa gentile concessione nei miei confronti ora potrà mettere in forno una portaerei nuova di zecca... ma la cosa interessante è poterlo lanciare davvero quell'affare, osservarlo sullo schermo sollevarsi, ruggire e poi prendere di mira e colpire un obiettivo. Tutto ciò *adesso*, non ci serve alcuna autorizzazione, è bastato qualche bonifico».

«Questo sì che è parlare... ma che c'entra il territorio NATO?» chiede l'Ispettore sfiorando coi polpastrelli quei magnifici bottoni gialli, rossi e verdi, nascondendo una minuta erezione.

«Qui viene il bello, comprarsi l'impossibile... ossia una fabbrica dismessa in Moldavia, che sarà il nostro obiettivo. Uno spicchio di territorio NATO, come promesso. Ma sarà tutto regolare, devono comunque demolirla quella struttura, e favori a parecchi zeri metteranno a tacere i servizi e i radar amici e nemici. Abbiamo un corridoio operativo di sette minuti, sei pronto?»

«Cavolo, *certo che sì*... niente di meglio che provocare impunemente una bella esplosione dall'altra parte... e senza sollevare un polverone, dannate sanzioni e misure difensive dei cowboy. Questo, vecchio mio, se funziona davvero ti farà scalare diverse posizioni in classifica... corruzione su larga scala di così tanti governi, istituzioni, organizzazioni, generali d'alto rango e loro sottoposti. Ma tieni per te queste considerazioni, il rapporto dev'essere segreto fino al rilascio...», commenta Imenovsky eccitato come un bambino davanti al primo trenino elettrico, per poi aggiungere strofinandosi le mani: «*Possiamo anche ammazzare qualcuno?*»

«Come ti ho detto la fabbrica è stata dismessa, producevano dispositivi erotici, tra cui dei vibratori anali difettosi che hanno causato scherzetti elettrici non da poco... però, se proprio ci tieni, fammi fare una telefonata e due disgraziati moldavi li facciamo portare là dentro per tempo. Non garantisco militari in servizio, ma esseri umani vivi e vegeti senz'altro... magari con qualche zero in più possiamo comprarci un colonnello in pensione».

«*Eccellente*, ma chiedi che i sacrificabili indossino telecamere ad alta risoluzione, così potremo goderci appieno lo spettacolo, e la loro visuale della morte in arrivo».

Qualche minuto dopo.

«Tutto fatto, obiettivi umani acquistati... avrai anche una sorpresina. Ora non ci resta che attivare la procedura di accensione per far partire il countdown», spiega l'oligarca sganciandosi dalla poltroncina, calandosi i pantaloni e ficcando il floscio membro in una fessura di silicone al centro della consolle di lancio. Con sguardo complice, inclinando il collo di lato, suggerisce di fare lo stesso all'Ispettore, di affiancarsi a lui e inserire l'uccello, che risulta ben più turgido di quello del padrone di casa, all'interno dell'altra vagina sintetica dedicata. La catena di comando di lancio si completa col risucchio all'interno del terzo orifizio di sistema del pene dell'ingegnere capo, che si sbottona il camice rosso in viso, rivelando un insospettabile pitone che entra a fatica nella sede dedicata. La concatenazione dei tre codici biologici di lancio si completa, il sistema costella i display con vari okay verde smeraldo che caricano progressivamente la procedura. La grande cupola si apre lentamente, come un gulliveriano ovulo che accoglie a membrane spalancate lo spermatozoo predestinato, e i motori del missile iniziano a rombare, sputando fiamme e facendo sollevare l'ordigno lubrificato da fumi e bruma di cattiveria. Un vero spettacolo... brutale, tecnologico, fallico.

Seduti nella consolle di comando, con espressione da ammiragli di deflagrazione, Globowski e l'illustre ospite, che hanno indossato occhiali speciali di protezione, spostano gli occhi frementi sui due mega-display che consentono loro di seguire sia la corsa accelerata del Sarmat in volo che la torretta più alta della fabbrica-obiettivo, sul tetto della quale è stata predisposta un'eretica scenografia umana che sarà il target predefinito del missile.

L'inquadratura a campo largo delle telecamere posizionate sul tetto dell'obiettivo mostra una fila di tre sedie d'acciaio disposte una accanto all'altra, ognuna delle quali farcita con un essere umano legato accuratamente. L'oligarca, manovrando un joystick da drone, stringe su quei bersagli di carne che gli sono costati quanto tutti gli interventi di chirurgia plastica della moglie, in quasi cinque anni di matrimonio, oppure come un sottomarino nucleare usato di classe Sierra. Da destra a sinistra, lo zoom cattura il viso di un vecchio generale dell'aeronautica moldava, in divisa da grandi occasioni, coi denti serrati e mascelle indurite da vero combattente di un tempo, poi si vede un culo di femmina di mezz'età, niente male tutto sommato, sistemata a chiappe all'aria nella posizione giusta per un immaginario amplesso missilistico... e infine la faccia terrorizzata di un giovane tossico, magro come un cane afgano su un campo di battaglia, che pare raccolto per strada in tutta fretta per assecondare le demiurgiche richieste dell'oligarca.

«E quei glutei? Chi è la donna?» chiede Imenovsky avvicinando il naso al display personale, per scorgere meglio i dettagli.

«La sorpresina che ti ho promesso, amico mio: è una vecchia fiamma del Presidente Ucraino Zollensky, ai tempi dell'Università di Kiev. Pare ci fosse molto affezionato da giovane, così mi hanno garantito i servizi segreti. Insomma, con pochi minuti a disposizione... è il meglio che siamo riusciti a trovare», spiega Globowski senza nascondere un ghigno da satiro.

«Niente male, ottimo davvero... chapeau per la reattività!» commenta l'Ispettore sempre più impressionato da quell'enorme messinscena organizzata dall'oligarca numero sette della classifica.

Il Sarmat, dopo la salita verticale a tutta birra, devia a sinistra verso l'obiettivo, divorando centinaia di chilometri in scioltezza. Inquadratura di nuovo sui volti delle vittime e sul culo ucraino di Olena, quando il missile è ormai a due chilometri dall'obiettivo. E lo vedono, cavolo se lo vedono arrivare... Il Generale moldavo in pensione chiude semplicemente gli occhi, mormorando qualcosa di ortodosso; a ottantanove anni si è già rotto i coglioni abbastanza della vita, e gli interessa di più far pace col suo Dio, prima di tirare le cuoia. Il tossico invece grida come una sirena antiaerea, sbavando bestemmie con la lingua verde metallizzata. Le chiappe della donna invece sembrano stringersi, come quando ci si siede su un water col pensiero che un ratto sia riuscito a risalire le fognature per affondare i denti a tradimento sui più morbidi tessuti umani.

«Stringi sul culo della donna, lascia quell'immagine fino alla fine», sussurra Imenovsky.

Ma poi, proprio sul più bello, il display che segue la rotta del Sarmat a scacchi bianchi e neri… mostra il missile schiantarsi a duecento metri dalla torretta della fabbrica, animando un'inutile, grandiosa esplosione col preservativo su un campo di carciofi. Bersaglio mancato.

L'oligarca sgancia le cinture di sicurezza e scatta in piedi, scagliando via il joystick. «Ti assicuro che qualcuno la pagherà per questo!» grida rivolgendosi all'Ispettore rimasto a bocca aperta, per poi estrarre dal doppiopetto un'automatica Stechkin e mirandola allo scroto dell'ingegnere capo, quello col pitone nelle mutande. «Iniziamo da te!»

«Un momento, vecchio mio…», suggerisce Imenovsky con gli occhi sulla visuale del tetto coi tre fortunati prigionieri. «Guarda qui…»

Il vecchio generale, scuotendosi sulla sedia d'acciaio, è riuscito a cadere di lato e ribaltandosi più volte sul pavimento sta riuscendo a liberarsi delle fascette di plastica alle mani, evidentemente non serrate bene. L'esperienza non gli manca, come dimostrano le medaglie sul petto, ma c'è qualcos'altro lassù che lo sta motivando con tale fervore, e non è il ludibrio per essere sopravvissuto. Dopo essersi liberato le caviglie, il pensionato si alza in piedi, si avvicina alla donna, si volta per un momento verso le telecamere, sorridendo coi fanoni perfetti della sua dentiera statunitense, e poi si cala i pantaloni. Mentre il campo di carciofi adiacente è ancora in fiamme, tra le sfumature di quel sintetico crepuscolo viola e rosso, prende posizione, impugna gli indifesi fianchi di Olena e inizia a fottersela a ritmo lento. Le telecamere allargano di nuovo l'inquadratura.

«Però... pare la scena di un film di Eisenstein... conflitto sociale, linguaggio visivo antinaturalistico... manipolazione ideologica dello spettatore», commenta l'Ispettore, «nonostante tutto non è andata così male... dovremo mandare il video al Presidente Zollensky. Basta ordinare al vecchio, se vuole salvarsi la pelle, di gettare la donna giù dalla torre, dopo averla farcita della sua roba scaduta... che un tempo era a tutti gli effetti *sovietica*. Senti, possiamo far mandare in diffusione la seconda Sonata di Prokofiev, prima che il nostro buon generale finisca le cartucce?»

***

Prima del tramonto, in un lungo corridoio che conduce all'ala riservata della mega-villa.

«Non prendertela, Sergej...», dice Imenovsky stendendo un amichevole braccio sulle spalle dell'oligarca sempre più irrequieto. «sono cose che succedono... ma un progetto delirante, zarista e simbolico come il tuo bel missile, anche se non riuscito, è comunque da prendere in considerazione nel mio rapporto. Certo, c'è da dire che Sodomanov ha organizzato qualcosa di perverso e a forte impatto emotivo... ha sequestrato 103 mogli di ufficiali ucraini e le ha trasferite nel quartiere a luci rosse di Calcutta, il famigerato Sonagachi, dove sono costrette a offrirsi gratuitamente. Ha dovuto ovviamente stanziare un budget di supporto per la perdita di affari delle puttane autoctone e per il sindacato dei papponi indiani. Ma non è tutto, grazie a microtelecamere impiantate attorno alle vagine di quelle donne, ha montato dei video dedicati a ognuna di loro, documentando gli *ingressi libertini* nei loro ventri da parte di tutti i clienti, per poi spedire i vari DVD aggiornati, completi di sottotitoli con statistiche accurate dei coiti, ai nazionalisti mariti. Una di quelle ex mogliettine patriottiche è riuscita a drenare 1,7 litri di sperma in 24 ore di lavoro! Sono mesi che va avanti così. Mi ha mostrato alcuni di quei video nel cinema del suo panfilo, mentre una contorsionista mi massaggiava i piedi con lingua, tette e polpacci contemporaneamente».

«Mmm...», mugugna geloso l'oligarca, pronto al contrattacco. «Si parlava di corruzione, se non ho capito male. Sodomanov avrà dovuto foraggiare giusto i papponi del posto, per quattro soldi e magari qualche risciò di nuova generazione».

«Non proprio una passeggiata... devi pensare alla corruzione del Ministero della Difesa Ucraino, o quel che ne resta, per acquistare i dati sensibili dei loro ufficiali di maggior rango... e al Governo Indiano, per le procedure di immigrazione delle donne e tutto il resto. Certo, il tuo bel missile in territorio NATO era un altro livello di finanziamento, ma non è andato a segno. *Poveri carciofi!*» replica scherzando L'Ispettore.

Globowski, visibilmente nervoso, guida il suo impertinente ospite verso una grande porta vetrata di spirito liberty. Una volta raggiunta, l'oligarca infila la lingua in un sensore, che con un bip spalanca la vista sul contenuto dell'area chiamata *Allenamento/Allevamento Intensivo*.

«Ecco qui, che ne dici?» domanda all'Ispettore, che pare confuso dinanzi alla scena che gli viene presentata: un'altra piscina, stavolta coperta e di forma tradizionale, col perimetro circondato dai mastini dell'oligarca armati fino ai denti, all'interno della quale delle ragazze in costume stanno provando delle sequenze di nuoto sincronizzato. La musica electro-house di *Tsunami Jump* del duo Dvbbs e DJ Borgeous permea l'ambiente, rendendolo ancora più straniante.

«Se devo essere sincero, vecchio mio... la musica è orribile, e non ho mai apprezzato troppo questo genere di spettacoli. Le ragazze sono carine, ma niente di che. Cosa ci facciamo qui?» commenta deluso, stanco dell'impegnativa giornata di valutazione.

«L'apparenza inganna... come dice il proverbio. Questa è la squadra olimpica ucraina di nuoto sincronizzato, al completo. Non hai letto del loro sequestro, due mesi fa?» spiega soddisfatto l'oligarca, tenendosi nello stomaco rivelazioni ben più succulente. Una cosa alla volta, è l'ultimo asso nella manica che può giocarsi per risalire la dannata classifica.

«Ma certo... me l'hai fatta, Sergej. Ma come le utilizzi qui? Sembrano allenarsi sul serio, ma a che scopo?» chiede sorpreso l'Ispettore, estraendo di nuovo il famigerato libricino.

«Il segreto è tutto nell'acqua della piscina...», ammicca luciferino l'oligarca, «vedi che intensa tonalità azzurra? Tutto grazie a coloranti speciali e sostanze chimiche di diluizione che nascondono alla vista, e altri sensi, centinaia di miliardi di piccoli ospiti che nuotano là dentro, scodando come dannati. Insomma, amico mio, parliamo di un 22% di sperma di donatori russi selezionati...»

Sentite quelle parole, e i dettagli dell'abietta trappola ingravidante per quelle inconsapevoli atlete, costrette ad allenarsi in quel liquido seminale per dieci ore al giorno, l'Ispettore non riesce più a controllarsi. «Complimenti, depravazione raffinata... un cavallo di troia liquido creativo, eccitante e simbolico! Mi servono un accappatoio e delle ciabatte di gomma... del costume farò a meno», sussurra iniziando a denudarsi, tremando come una tredicenne davanti al primo membro.

«Cosa? Forse non hai capito bene, amico mio... ciò che c'è là dentro, non...», balbetta il padrone di casa spiazzato da quella incomprensibile richiesta.

«Ho compreso benissimo, proprio per questo desidero immergermi in quel brodo virile...»

L'oligarca finalmente afferra del tutto i 'gusti greci' di Imenovsky: ne farà tesoro. Ovviamente lascia fare al porco, dotandolo di tutto ciò che ha richiesto, per poi osservarlo sguazzare nudo e felice in quelle orride acque, per godersi lunghe apnee come un ovulo antropomorfo annusato da flagelli, piastre basali e teste rettiliane invisibili, che non sanno distinguere tra maschi e femmine. Un branco di una decina di animaletti si raggruppa intorno allo sfintere del funzionario, e in quella confusione biologica, aiutata dalla giusta temperatura, decide di esplorarne la cavità.

Globowski ci aveva visto giusto, l'intervento di Marilyn nella camera riservata all'Ispettore, più tardi, lo farà schizzare in alto nella classifica. Forse, perfino al vertice.

***

Notte, nella suite dell'Ispettore.

Qualcuno bussa alla porta, Imenovsky stringe la cintura di seta della vestaglia arabescata e si affretta zampettando sulla moquette, voglioso di scoprire il tradizionale omaggio sessuale ad alto voltaggio che ogni oligarca riserva al funzionario, per l'unica notte che trascorrerà nelle loro dacie, mega-ville o yacht. Nessuno però è a conoscenza del fatto che il Presidente-Zar Sputin, in collegamento remoto, possiede lo *ius primae noctis* di godersi quelle scene perverse, tramite micro-videocamere in dotazione dell'Ispettore, dal suo ufficio 'Voyeur' al Cremlino, nudo come un verme sulla celebre poltrona impalatrice regolabile, progettata per lui da un visionario ingegnere iraniano.

Imenovsky apre la porta e si trova davanti le armi segrete dell'oligarca, riconfigurate all'ultimo momento dopo la nuotata spermatozoica: Marilyn, il ragazzino ucraino castrato dalla voce dolce come il miele, la bocca di fragola e lineamenti da bambola, e un nano ceceno con baffi folti a manubrio, vestito come un domatore di tigri da circo, in giacca rossa tempestata da bottoni e mostrine dorate da colonnello del piacere, dotato di frusta elettrica, gatto a nove code con palline di piombo e qualcosa di grosso che sporge dai pantaloni di pelle nera, sormontati da un cinturone spartano sul quale spiccano dildo di varia misura con varie funzioni extra: incandescenza, espansione a riccio, rotazione 2G, dito-sonda indipendente con impronte digitali vorticanti e altri peccati forgiati dalla tecnologia più avanzata.

L'Ispettore accoglie nella stanza i due giocattoli umani con un sorriso da checca eretica, guidandoli nel salotto e offrendo loro dello champagne in lunghi calici di cristallo a forma di retto umano, prima di avviarsi verso lo specchio per truccarsi gli occhi da odalisca, pizzicandosi i capezzoli dei flosci pettorali che somigliano alle tette di una settantenne troppo magra.

Preparatosi per la tanto attesa orgia di fine valutazione, si mette a quattro zampe sul grande letto, sovrastato dal murale comunista 'L'uomo Controllore dell'Universo' di Diego Rivera, defraudato a suon di rubli dal Palazzo delle Belle Arti di Città del Messico, montando sopra all'esile corpicino di Marilyn e ficcandogli la lingua in bocca. Sapori di fragole e giovinezza congelata sul più bello, castrata. Il comandante nano invece, saltato su uno sgabello ai piedi del letto, inizia a tormentare le chiappe grigie dell'Ispettore con le sue temibili attrezzature, assestando colpi decisi quanto basta.

Il Presidente Sputin osserva da remoto l'inestimabile scena aumentando la potenza di percussione della poltrona impalatrice, che gli fa drizzare di colpo la schiena innervandogli i muscoli del collo. Morde dal piacere un lembo della bandiera russa zarista a doppia aquila, mentre stringe tra le mani, come una reliquia magica capace di benedire il faticoso orgasmo, sempre più raro, una matrioska di cristallo dal cui ventre spunta un fallo ritorto a due teste. Duplice aquila, doppietta di glande.

Imenovsky succhia avidamente le dita dei piedi del ragazzino ucraino, ordinandogli di intonare 'Io le dirò che l'amo' dal *Serse* di Haendel, come se fosse un Farinelli in miniatura, mentre il nano provvede a farcirgli l'ano con una siringa contenente crema pasticcera e saliva di cadetti della Marina, prima di possederlo così splendidamente lubrificato, aggrappandosi alle spalle del funzionario con le sue manine frementi. Amore greco, machismo russo col reggicalze.

Congedato il fottitore baffuto, Imenovsky, ormai pronto al compimento della sua malata visione e a vuotare lo scroto tirato a lucido, ammira estasiato il ragazzino che sta indossando la massima delizia in dotazione: un vestito da sposa bianco in tessuto crêpe georgette a intreccio di filati di seta ritorti, granulato e leggermente trasparente, con effetto a cascata. Il castrato fa una piroetta di neve, cosce magre e calze rosa; sembra l'ostrica di un carillon, una ballerina rimpicciolita sulle punte. Poi, dopo aver animato un sensuale Gran Plié, prende il viso dell'Ispettore tra le mani, lo bacia, gli copre gli occhi con le delicate dita laccate di arancione, sussurrandogli all'orecchio un delirio che fa scodinzolare l'uretra dell'uomo, facendogli gocciolare il prepuzio di denso fluido preorgasmico. Mentre quello delira come uno sciamano irretito, mormorando «*Dea, amore, Salomè… risucchia in quel meraviglioso culetto tutti i miei marci pensieri… ti voglio fogna e nello stesso tempo regina… cisterna e oceano senza sponde… troia, Madonna e Arpia dalle unghie affilate…*» Marilyn infila la mano nel corsetto, estrae un coltello a serramanico, fa scattare la lama e sgozza il porco da un orecchio all'altro.

«Ora puoi guardare, stronzo. La vedi la morte? Ha un seno blu e l'altro giallo», soffia il castrato su quella faccia da demiurgo annegato che sbava sangue e altri gorgoglii innamorati.

«Aspetta ancora un momento, prima di crepare...», gli dice poi ficcandogli la lingua in un occhio, quasi cercando di spingerla fino alla periferia del cervello, sibilando infine «*Ucraina Libera!*»

Il Presidente Sputin, lo spettatore eccellente a millecinquecento chilometri di distanza, proprio in quel momento esplode d'estasi e non può più frenare la marea di se stesso: «*Siiiii!*». Con le cosce impiastrate dalla sua roba, paonazzo e tremante sul suo trono sodomitico, sembra una copia dello 'Studio del Ritratto di Innocenzo X' di Francis Bacon. Oppure fa pensare a una deformazione del tempo, a una fuga di gas del futuro: una sedia elettrica che fulmina un'anima nera sparando tutto intorno arcobaleni monocolore viola, gialli e bianchi.

La Tenda Rossa

I FIGLI DEL RE NERO

Una tenda rossa, una spianata incorniciata di boscaglia, dove raccontano sia approdata l'Arca di Noè dopo il Diluvio, spinta nel Mar di Marmara dalle correnti dei pozzi dei Dardanelli e del Bosforo. Un salto di chilometri, poi la brusca frenata nell'entroterra. La ciclopica prua inchiodata sulla terra secca. Una storia fossile che ora dorme tra i sassi, portata in lungo e largo dalle acque fresche del Catarrète e del Meandro, fino ai piedi preziosi di tutti i vecchi re di Siria.

Una tenda rossa, ombre troppo grandi che saltano dentro, e un'asina bianca legata a una corda, là a fianco. È una diabolica ciste che si gonfia di vento e di grida, proprio al centro dell'accampamento di un esercito straccione a stomaco vuoto, traghettato sulla sponda asiatica dall'Imperatore Alessio per riprendere la marcia verso Gerusalemme assieme all'esercito crociato. Quello vero, nobile.

Una tenda rossa, davanti una fila di giovani femmine coperte di stracci e sudore. *Deus Volt!* Non sanno cosa le aspetta, dentro, quando arriverà il loro turno. *Deus Volt!* Così ha ordinato Pietro l'Eremita, il proprietario della tenda, prima di cavalcare verso Costantinopoli. *Chi c'è ora all'interno?*

Ma non è bene chiedere, parlare troppo è come bere veleno. *Deus Volt!* E tanto basta, se si vuole mettere il culo sul Paradiso, e non arrivarci troppo in fretta. Fede, sacrificio, nonostante tutto.

Che fine hanno fatto tutte le altre? Niente domande, borbotta senza parole il grugno barbuto del monaco Gottschalk, braccio destro dell'Eremita, che controlla la fila armato di mazza ferrata e crocifisso d'onice. L'omone santo è senza lingua, ma ha abbondanza di tutto il resto. Lo temono tutti, non solo le fila tedesche, ma anche i francesi di Gualtiero Senza Averi, l'altro capitano dell'armata degli straccioni, maestro di razzie in grande stile. Eccolo là, a bere e vantarsi dei tesori catturati nei dintorni di Nicea. *Tutte cazzate*, pensano Gottschalk e i suoi germanici. *Siamo noi ad aver preso Il Castello di Xerigordon!*

Ma i folgoranti successi di quelle scorribande a est, di cui tutti parlano, litigando e scannandosi, prendendo le parti dei propri balordi commilitoni partiti, non sono altro che voci riportate ad arte dalle spie, gli infiltrati del Sultano Qilji Arsan. Nessuno sa che in realtà i disgraziati, assediati per giorni dagli infedeli a Xerigordon, hanno dovuto bere il sangue dei propri cavalli per dissetarsi e sopravvivere altri otto giorni, prima di essere scorticati vivi. Spargono parole di miele, di fighe dorate, culi danzanti e tesori, per attirare i crociati straccioni fuori dall'accampamento, e fargli la festa.

Ci sono sempre tanti ratti in giro, di ogni genere, grandi e piccoli, umani e animali, dove si versa la cloaca della guerra, tra la marmaglia affamata, radunata come bestiame in armatura. Come qui a Civetot, dove Mosè è saltato giù dall'Arca a secco, seguito dalle sue odalische dalle tette color cremisi e granito, con le vulve di ogni razza e forma, per riprodursi e far rinascere il mondo.

«Monaco, vieni a farti un goccio con noi, non fare l'invidioso.» blatera Gualtiero, versando un bicchiere di vino a terra, in spregio alla fame e sete dei tedeschi, che ringhiano.

Gottschalk lo ignora, continuando a controllare la fila delle femmine, che a intervalli di mezz'ora spinge nella misteriosa tenda rossa. Ogni volta che accade, il vento si alza. E lui stringe il crocifisso.

«Che problemi hai? Oltre a essere ubriaco...» replica Baldur il Pazzo, scattando in piedi, stanco delle cazzate dei francesi. «Te l'offro io un goccio, di questo.» Lo tira fuori senza tante chiacchiere, liberando un fiotto di piscio verso il sorridente gruppo di Gualtiero, circondato dai suoi stempiati ufficiali. «Sembra oro anche questo, vedi... come i tuoi tesori immaginari.»

Il francese sputa a terra, indignato. Vorrebbe sgozzare sul posto quel bastardo, ma frena la rabbia. Non è facile incazzarsi con quel bestione di centocinquanta chili, tanto meno affrontarlo. Ma essere a capo di tremila uomini offre molti vantaggi. «Adesso avrai quello che ti spetta, non temere.»

Si volta, allunga il passo e trovato l'obiettivo, quello che pare un cumulo di stracci a terra, o la carogna di una bestia selvatica, lo prende a calci, per svegliarlo. Le risse iniziano di mattina presto, nell'accampamento.

«I turchi!» sbotta Arnoux, scacciando con le mani le mosche dei sogni che ancora gli turbinano intorno. «Ma che...»

Ogni esercito ha il suo campione, e Gualtiero non poteva scegliere meglio. Arnoux, anche se non di possente corporatura come Baldur il Pazzo, è un bel figlio di puttana per certe cose, quando non è ubriaco. Ha fottuto perfino la sifilide, non è riuscita a fregarlo nemmeno quella, anche se si porta sempre dietro un catetere vescicale in metallo, per sturare i globi di troppo prima di una bella battaglia.

«Che ne dici di alzare il culo e insegnare l'educazione a quel tedesco...» ordina Gualtieri indicando l'omone barbuto che si avvicina minaccioso, con tempeste negli occhi.

«Quello? Una moneta d'argento, e te lo faccio allo spiedo...» replica Arnoux, prima di versarsi un secchio d'acqua sulla testa. «À la guerre! Et à tous les connards allemandes ...» gracchia strozzandosi.

Gualtieri storce il naso, sbuffa, allunga il braccio ed estrae dagli stivali una moneta.

«Questa vale tre favori... campione. Ricordatelo. Ora fai quello che sai fare. S'il vous plaît.»

Baldur, con gli occhi di fuori, si strappa di dosso la fetida camicia, quasi fusa con la pelle, restando a tordo nudo. Fa un cenno con la mano a uno dei suoi, e gli lanciano subito quello che vuole. La carcassa rancida di un pollo spennato. L'omone se lo strofina addosso, insistendo sul petto e le braccia e poi, tenendo la povera bestia decomposta per il collo, la solleva, l'avvicina al grugno sbavante e vi affonda i denti. Un morso, un boccone giù in gola; più rischioso di una lancia saracena piantata nel fianco. Il suo putrido rito prima di entrare in azione. Qualche volta è riuscito a spaventare il nemico in battaglia, con quella farsa tribale. Stomaco soprannaturale e cervello inesistente, cose che è meglio evitare, quando coincidono con un uomo di quella stazza. Ma non è sempre facile avere un pollo decomposto a portata di mano, in Terra Santa.

«Tedeschi... bon appétit!» ridacchia Arnoux, afferrando il suo spadone senza scomporsi. Sulla lama scintillano i contorni dorati della Mietitrice intagliata con cura. Un lavoro di precisione.

Baldur si fa passare un'ascia, rozza come lui, e mostra all'avversario la lingua verde. Poteri della carne decomposta. Un grido, e poi carica il francese, pronto a spaccarlo in due. I ratti, magri come lucertole, lanciano l'allarme tra loro e circondano subito la scena, sperando in bocconi crudi senza zampe e denti, e salsa saporita, ancora calda, appena frullata dal cuore

Arnoux resta immobile, mentre il rinoceronte lo carica, poi quando quel bestione si fa vicino, al momento giusto, ruota la lama dello spadone catturando i raggi sghembi del sole delle undici, accecando gli occhi bovini dell'avversario che barcolla indietro. Due secondi di esitazione che costano caro al tedesco, che saggia l'affilatura della Mietitrice sul quadricipite sinistro. Sangue, uno spruzzo generoso sulla terra secca, che come la bocca di una puttana di Aleppo inizia a succhiare avidamente, prima che i ratti ci infilino il muso dentro.

Primo round per il francese mingherlino, che scatta di lato per evitare il secondo, goffo assalto del barbuto incazzato. I due si fissano negli occhi, ognuno pensando di poter leggere la mente all'altro, e indovinare la prossima mossa. Gualtiero se la ride, seduto su una roccia, mentre Gottschalk resta a fianco della tenda rossa, spinge un'altra donna dentro, ma senza mai spostare lo sguardo dal gruppetto di francesi. Non è mai un buon segno, per chi conosce bene il monaco.

Ma alla fine, come accade spesso in un accampamento tanto eterogeneo, che mette insieme guerrieri, frati, straccioni, finocchi, puttane, ratti, donne e bambini, il deus ex machina ha l'utero tra le cosce celesti, e si libra sul campo di battaglia con ali dorate, mammelle con ciclopiche ghiandole e bestemmie che fischiano tra denti mancanti. Dietmit, la donna di Baldur, vista la mala parata della sua bestia da monta preferita, decide di mettersi in mezzo scagliandosi su Arnoux, prendendolo alle spalle e affondandogli nella schiena le zanne rimastele in bocca. La furia di un'ispida cinghialessa che sbarra la strada al predatore che minaccia i cuccioli, facendogli abbassare le orecchie. Le trecce da polpo seccato al sole, i capezzoli corazzati. Diemit fa paura più della fame, il suo sangue mestruale corrode anche le pietre più dure, e sa sgrezzare smeraldi e altre pietre preziose. Un dono.

Il francese cerca di divincolarsi, sollevando le braccia dietro il collo, afferrando il donnone teutonico per le oleose trecce, per infine liberarsene con un colpo di nuca. Ma è stato costretto a mollare a terra lo spadone, con la splendente Mietitrice ora all'ombra di una roccia.

Baldur ne approfitta e salta addosso al francese, atterrandolo, stringendogli la gola e sbavandogli in faccia tutta la sua rabbia liquida, appiccicosa, verde. Il Pazzo, godendosi la vista di Arnoux spaventato sotto di lui, vuole assaggiarla, farla sua. *Deve sapere di buono.* Affonda i denti nell'occhio destro dell'avversario, strappandoglielo dall'orbita e mettendoselo in bocca. Non contento, mentre il disgraziato grida con le braccia bloccate a terra, schizzando sangue, estrae la lingua e mostra l'organo catturato arrotolato dentro. Ma poi, una frustata gli brucia la schiena nuda. Molla il francese, si drizza in piedi e si volta furioso. «Gottschalk …» sussurra sbiascicando, spegnendo gli ardori.

È mezzogiorno, e il monaco non deve più rifornire di femmine la misteriosa tenda rossa. Tra le dita si rigira un rosario di ferro, e osserva i segni di pallettoni con cui ha appena marchiato il dorso di Baldur, domandolo subito. Si porta il dito al collo, attraversandolo in orizzontale da un orecchio all'altro, con un'espressione da coccodrillo appena svegliato che la dice lunga.

Gottschalk non ha la lingua, ma sa farsi capire bene dai suoi. *Basta cazzate*, quello è il senso. Si avvicina minaccioso al Pazzo, allunga la mano. *Rubare è peccato, e bisogna restituire il dovuto.* Baldur grugnisce, scuote la testa, ma poi acconsente e sputa sul palmo della mano del monaco l'occhio di Arnoux. Una carezza sul viso barbuto, *è stato bravo in fondo, nemmeno ha masticato quello che ha preso,* seguita subito da un'altra frustata di quell'infernale rosario. Stavolta sulla bocca. *Bestemmiare non è bene, specie con la sacra Gerusalemme così vicina. Dio sente tutto adesso.*

Il monaco, lasciando l'energumeno a frignare in ginocchio e raccogliere i denti, chiama a sé Dietmir, che ancora ringhia. L'ossessa, che ha attaccato un uomo a tradimento, dovrebbe essere impiccata al primo albero buono, e lasciare ratti e altre bestie all'indigestione di cellule tanto rotonde. Ma è utile in battaglia, come ha già dimostrato, non solo a letto. Gottschalk decide dunque per una punizione lieve, quel donnone infuriato gli sarà utile quando saranno di fronte alle mura della Città Santa. Non manca molto, Pietro l'Eremita tornerà presto da Costantinopoli, col piano per riunirsi all'esercito crociato, quello vero, con corazze splendenti e stendardi miracolosi.

Il monaco fa uno strano segno con le dita, allargando indice e medio, per poi serrarli. I suoi fedelissimi, che lo seguono sempre come tante ombre cornute, comprendono subito. Tre di loro afferrano Dietmir e la trascinano gridante in una tenda sgangherata, seguiti da una giovane donna dalla testa rasata. Le cuciranno la vagina con ago e filo di lino benedetto, così per un bel pezzo penserà solo a strappare cuori e scroti, specie infedeli, e non ad accoppiarsi con interi battaglioni, come quei ratti che ormai superano in numero l'esercito straccione accampato.

Una tenda rossa, una spianata incorniciata di boscaglia, migliaia di uomini che si mettono in marcia verso est, trascinandosi dietro armi e pensieri di oro, argento e rubini. Razziare Nicea e tutto quello che si metterà in mezzo tra loro e la fame. *Deus Volt!* Tedeschi, francesi, italiani, puttane, frati armati di libri e veleni, e la sacra reliquia che campeggia davanti alla cavalleria che precede tutti: un molare di San Vendelino da Treviri, conservato dentro un uovo di struzzo. Non hanno di meglio, ma L'Eremita ha detto che quell'oggetto è capace di scatenare folgori, al momento buono.

Una tenda rossa, il rasoio spuntato del primo pomeriggio, ombre troppo grandi che sembrano immobili ora, e un'asina bianca legata a una corda, quella di Pietro l'Eremita, sempre là a fianco. Donne, vecchi e bambini, capre, cavalli zoppi, carcasse che respirano ancora, quindici prostitute dai seni sgonfi, trecento uomini e altrettanti ratti che restano di presidio all'accampamento, mentre le truppe si allontanano formando una scia densa di preghiere, cavalcata da golosi avvoltoi bianchi che mistici e cervelli intaccati da febbri scambiano per angeli di guardia.

Domani, quando sorgerà il sole, fino a schizzare sul mezzogiorno, la fila davanti alla tenda rossa sarà controllata da Athanasius il vecchio. Gottschalk è partito per la razzia con gli altri. *Deus Volt!*

L'esercito straccione di marmaglia tedesca e francese procede in marcia in modo confuso, niente retroguardia, un caos affamato, nessun esploratore inviato in ricognizione. In testa, su due colonne separate che si trascinano a guizzi di anguille, seguiti da gruppi disparati, con in fondo frati e puttane scalze, ci sono Gualtieri coi suoi galletti e puttanieri da fioretto, e Gottschalk che cavalca al centro di un rettangolo di fedelissimi, con barbe folte, corazze deformate e rosari al collo. Dietmir è nelle retrovie, con le trecce dipinte di blu, una scure e un fastidio tra le cosce. Baldur il Pazzo si tiene lontano dalla donna, dopo essersi fottuto un frate per sbaglio, per una sbronza post duello con Arnoux, rimasto all'accampamento per crepare con calma, con la Signora Infezione che gli massaggia i piedi.

Giunti in una stretta valle, dopo tre miglia di marcia, l'esercito straccione avvista in lontananza il villaggio di Dracon; c'è chi esulta facendo scattare le mascelle, masticando aria calda, e chi si massaggia lo scroto ormai indolenzito. Ma la boscaglia intorno si muove, e tanti occhi sbocciano tra foglie, rami e bacche. Pupille nere, more, la fioritura di triangoli di ferro, e poi l'inferno in volo.

I turchi scatenano una pioggia di frecce su quei crociati di terz'ordine, caduti fin troppo facilmente in trappola. Grida soprannaturali, lingue che si attorcigliano in suoni demoniaci. Una sinfonia mancina che fa rabbrividire cervelli cristiani ed equini.

Presa di sorpresa, la cavalleria stracciona impazza per sottrarsi all'attacco, finendo per precipitarsi contro la disgraziata fanteria, falciandola e facendola a pezzi con gli zoccoli. Gualtieri e i suoi capitani finocchi cercano di rimettere ordine tra le fila francesi, ma la grandinata turca, alla quinta gittata, e il caos di polvere e urla spazzano via ogni intento. Solo le puttane in fondo riescono a formare un quadrato bellico all'altezza della situazione, con tette come scudi di carne cotta.

Il testone spennacchiato di Marcel, il più esperto degli ufficiali francesi, per un terzo nobile, viene trafitto, da timpano a timpano, da una freccia infedele, e cade da cavallo, come tanti altri. Dalla morsa verde della valle spuntano fuori i guerrieri selgiudichi brutti come salamandre di settanta chili, con scimitarre al posto delle braccia, pennacchi sugli elmi e scudi rotondi che vorticano allucinazioni e serpenti dipinti. Sono loro a finire i feriti sul campo, per poi riempire sacchi di testicoli cristiani, ingredienti speciali dei loro oli essenziali. Ne distilleranno migliaia.

Gualtieri resta isolato dai suoi ultimi galletti, quelli che ancora non se la sono data a gambe per rifugiarsi nell'accampamento, facili prede dei decapitatori turchi che hanno formato una linea di sbarramento a un miglio da Civetot, con una seconda formazione alle spalle che batte il ritmo di caccia scuotendo tra loro crani crociati appena mozzati, innalzati su lunghe picche. Gualtieri si guarda intorno, circondato dai bastardi sunniti, che preparano il sacco mortifero anche per lui; il francese non riesce nemmeno a tenere la spada in mano. Mentre viene sgozzato, senza difendersi, pensa all'ultima puttana che ha montato, a quel caldo dentro, tra le voluttuose mucose, così morboso e definitivo come quello che gli scivola sul petto, increspato di schizzi. Sangue, orgasmo, morte, datteri, reliquie, tende rosse: tutte strade che si incrociano.

Dietmir, donna dalla memoria d'elefante e fiuto da segugio, ha approfittato del caos per spaccare la testa del frate che aveva fatto da odalisca per il suo Baldur, rammollendolo, e ora si sta guardando intorno, puntando qualcosa da ammazzare in quel guizzare di corpi vivi, morti e a metà strada. Non riesce a estrarre l'ascia dallo stomaco di un turco con lingua e budella di fuori. Fa niente, ha sempre i denti, per combattere. Si lancia contro un gruppo di infedeli che sta straziando una delle puttane di retroguardia, incidendole sul ventre passi del Corano con la lama di un Kilij arroventato, dopo averle forato i globi per farcirli con bacche di corniolo. Come vedono il donnone caricare, i turchi ci danno sotto di scimitarra, ma tre di loro ricorderanno a lungo i morsi della tedesca, che prima di crepare suona la sua sinfonia di avorio affilato, che giunge all'apice già al primo movimento, in la minore, strappando via un orecchio incantato.

Baldur il Pazzo, ancora in piedi, decide che è arrivato il momento di strofinarsi sul corpo il pollo decomposto. Se l'è portato dietro per l'occasione, stavolta. Si toglie la cotta di maglia, denudando il torace, e poi tutto il resto, lasciandosi solo l'elmo in testa. Il suo fetido rituale gli salva la vita, per qualche minuto. Nessuno si avvicina, il lezzo è terribile, e quell'uomo pazzo è meglio ammazzarlo dalla giusta distanza. Una lancia, che sbuca fuori dalla pancia del tornado del massacro che si prende tutto danzando a spirale, si pianta nella schiena del folle germanico, che prende la cosa come un affronto. *Così in tanti, e colpite alle spalle? Vigliacchi!* L'omone si infuria, e facendo roteare l'accetta su un immaginario ovale, spacca ossa e lacera tessuti, finché non si accorge che dovrebbe essere bello che morto. Quando il suo cervello ci arriva, si stringe le mani sulle palle, per difenderle fino alla fine, sperando in un granitico e miracoloso rigor mortis, e lascia che la fredda signora lo porti via dal campo, offrendogli una birra fresca prima di partire.

Gottschalk, ormai a corto di armi, sta strangolando un infedele col suo rosario di ferro, ma sa che i giochi sono ormai fatti. *Un massacro, così lo chiameranno,* pensa. Stringe gli occhi per vederci qualcosa in quell'agglomerato di polvere e grida, ma scorge solo una decina dei suoi ancora con la spada in pugno. Trucidati tutti, tedeschi e francesi. Frati e zanzare che si poggiano sui cadaveri per l'ultima benedizione. Gli ignoranti avvoltoi in volo disegnano cerchi sempre più bassi, non sanno che l'anima non potranno ingoiarla. *Vagli a spiegare la Resurrezione, a quelle bestiacce.*

Il monaco guerriero, dopo aver sentito scrocchiare le vertebre del collo selgiudico che ha tra le mani, decide che i testicoli e tutto il resto gli rimarranno attaccati addosso. La boscaglia è vicina, si fionda dentro senza pensarci due volte. *Dio lo vuole*, si dice, *e io sono d'accordo. Arriveranno all'accampamento, i bastardi*, ragiona infilandosi nella macchia, *li aspetta una sorpresa, e una maledizione. La mia maledizione. Se la tengano pure...*

Nessuno sa per certo che fine abbia fatto Gottschalk lo Scuro, alcuni raccontano di averlo visto a Gerusalemme, anni dopo, pregare sul Santo Sepolcro col suo rosario di ferro.

Finita la mattanza, l'esercito turco raggiunge spavaldo l'accampamento degli straccioni di Civetot: altri cristiani da ammazzare, schiavi da vendere e donne da marchiare.

Il sultano Rûm, Kilij Arslan, nota subito la grande tenda rossa e l'asina bianca di Pietro l'Eremita legata a fianco. Ma sa che il religioso è a Costantinopoli, a tramare contro di lui. Manda due ufficiali a controllare all'interno e riferirgli. Ma quelli, dopo essere entrati, non ne escono più. Incuriosito, Arslan si avvicina, cercando di sbirciare dentro la tenda sollevandone un lembo. I suoi uomini cercano di dissuaderlo, ma il Sultano decide di varcare la soglia, mentre tutti i cristiani superstiti impallidiscono, facendosi la croce e finendo subito decapitati. *False conversioni.*

La scena che si trova davanti Arslan non è di questo mondo, sia d'Oriente che d'Occidente. Al centro della tenda c'è un grosso cumulo di carne umana, straziata e ricoperta di fiori, spezie e mosche saprofaghe, sormontata da un essere simile a una gigantesca larva. Quella cosa schifosa è viva, respira gonfiando il proprio gommoso involucro luminescente, trasudando un siero lattiginoso. Sulla pelle d'ambra di quel corpo impossibile appaiono sequenze di volti di giovani donne a occhi chiusi che in qualche modo sono fuse là dentro, come spettri in quei fluidi antichi. Sembrano ricordi mai digeriti, che appaiono e scompaiono. Il Sultano sussulta, resta senza fiato, poi sente una voce.

Ricordati, ogni giorno, dall'alba fino a mezzogiorno, gli sussurra nell'anima il demone.

Fino a Gerusalemme.

ALESSANDRO MANZETTI (Roma, 1968) noto anche con lo pseudonimo di **Caleb Battiago**, è un autore di narrativa dark e fantastica, editor, sceneggiatore e saggista, tre volte vincitore del prestigioso Bram Stoker Award® e dell'Elgin Award, oltre a diverse nomination ad altri premi internazionali.

Ha pubblicato, con diversi editori, varie opere di narrativa, poesia e saggistica, tra le quali i romanzi *Naraka 2* (2022), *Nuova Sodoma* (2019), *Samsara* (2018), *Il Custode di Chernobyl* (2018), *Naraka* (2013), *Shanti* (2014), *Kiki: The Beginning* (2016) le raccolte di racconti *Kannibalika* (2016), *Il Giardino delle Delizie* (2017), *I Figli di Uxor 77* (2018) e *Ii Figli del Re Nero* (2020), le novelle *Vessel - Terra Santa Pulp* (2021), *Vessel: Tafur Armageddon* (2022) e *Area 52* (2016), i saggi *Monster Masters* (2015), *Guida ai Migliori 150 Libri Horror* (2021) e *Squisite Diavolerie: Guida Sintetica all'Extreme e Hardcore Horror* (2022). Tra le opere come sceneggiatore, le graphic novel *Calcutta Horror* (2019), *L'Orrore a Red Hook* (2020), *Kiki: Sonagachi Pulp* (2020), *L'Abitatore del Lago* (2021), *Io Sono Leggenda* (2022).

Tra le sue opere in lingua inglese: i romanzi *Shanti: The Sadist Heaven* (2019) e *Naraka: The Ultimate Human Breeding* (2018), la novella *The Keeper of Chernobyl* (2019), le raccolte di racconti *The Radioactive Bride* (2020), *The Garden of Delight* (2017), *The Massacre of the Mermaids* (2015) e le raccolte di poesie dark *Dancing with Maria's Ghost* (2021), *Whitechapel Rhapsody* (2020), *The Place of Broken Things* (2019, con Linda Addison), *WAR* (2018, con Marge Simon), *No Mercy* (2017), *Eden Underground* (2016), *Sacrificial Nights* (2015, con Bruce Boston) e *Venus Intervention* (2014, con Corrine De Winter), le graphic novels *Calcutta Horror* (2019, con S. Cardoselli), *Her Life Matters* (2020, con S. Cardoselli), *The Inhabitant of the Lake* (2021, con S. Cardoselli) e *Kraken Inferno* (2022, con S. Cardoselli), e il saggio/guida *150 Exquisite Horror Books* (2021). Tra le opere come curatore, in lingua inglese: le antologie *The Beauty of Death* (2016), *The Beauty of Death Vol. 2 - Death by Water* (2017, con Jodi Renee Lester), *Monsters of Any*

Kind (2018, con Daniele Bonfanti), *2021 Rhysling Anthology* (2021), e in lingua italiana le antologie *Horror Academy Vol. 1* (2021), *Brutal Vol. 1* (2021), *Brutal Vol. 2* (2022), *Figli del Buio* (2022) e la rivista Molotov Magazine.

Diversi suoi racconti e poesie sono stati pubblicati su magazine e antologie in Italia, Stati Uniti, Inghilterra, Australia, Canada, Russia e Polonia, tra le quali (in inglese): Weird Tales Magazine, Dark Moon Digest, Splatterpunk Zine, Disturbed Digest, Space and Time Magazine, Darker Magazine, The Horror Zine, Dark Moon Digest, Illumen, Devolution Z, Hinnom, Recompose, Polu Texni, Nothing's Sacred, Okolica Strachu, *The Best Horror of the Year Vol. 13*, *Classic Monsters Unleashed*, *Splatterpunk Forever*, *Best Hardcore Horror of the Year Vol. 2, 4, 5, 6*, *The Big Book of Blasphemy, Midnight Under the Big Top, Rhysling Anthology* (2015, 2016, 2017, 2018, 2019, 2020, 2021), *Shakespeare Unleashed*, *Hybrid*, *HWA Poetry Showcase Vol. 3, 4 e 9*, *World of Light and Darkness*, *One of Us* e molte altre.

Oltre al Bram Stoker Award®, premio che ha vinto nel 2015, nel 2019 e nel 2021, per il quale ha ricevuto anche 13 nomination (Edizioni 2014, 2015, 2016, 2017, 2018, 2019, 2020, 2021), e all'SFPA Elgin Award vinto nel 2019, ha ricevuto diverse altre nomination ai premi internazionali Splatterpunk Awards (edizioni 2018 e 2019), This Is Horror Awards, SFPA Elgin Awards, SFPA Rhysling Awards, Indie Horror Books Awards e altri.

Sito web: WWW.BATTIAGO.COM

CALEB BATTIAGO
AKA ALESSANDRO MANZETTI

Note sui Racconti

NARIKO — 2020 - Pubblicato originariamente in *I Sogni del Re Nero** (tiratura extra-limitata)

BY THE SEA — 2016 - Pubblicato originariamente in *Kannibalika**

MICLAN — 2015 - Pubblicato originariamente in *Kannibalika**

JOIE DE VIVRE — 2020 - Pubblicato originariamente in *I Sogni del Re Nero** (tiratura extra-limitata)

IL RE CHE DORME — 2016 - Pubblicato originariamente in *Kannibalika**

INTERNO I — 2014 - Pubblicato originariamente in *Malanima**

IL SACCO* — 2018 - Pubblicato originariamente in *I Sogni del Re Nero** (tiratura extra-limitata)

L'INFERNO DI CAPELLI LUNGHI — 2015 - Pubblicato originariamente in *Kannibalika**

ANTINFERNO — 2020 - Pubblicato originariamente in *Pandemonium*

MALANIMA — 2014 - Pubblicato originariamente in *Malanima**

MISS SAIGON — 2020 - Pubblicato originariamente in *I Sogni del Re Nero** (tiratura extra-limitata)

REGNUM CONGO — 2016 - Pubblicato originatiamente in *Kannibalika**

MISTER SANGUE — 2022 - Pubblicato originatiamente nel primo numero della rivista *Massacro*

MIDNIGHT BABY: HORROR LOLITA — 2016 - Pubblicato originariamente in *Mar Dulce*

SALOME' — 2021 - Pubblicato originariamente in *Brutal Vol. I*

VERSO IL MONTE MERU — 2014 - Pubblicato originariamente in *Malanima**

DARK CALYPSO — 2018 - Pubblicato originariamente in *Il Giardino delle Delizie** (tiratura extra-limitata)

L'UOMO CHE MANGIAVA FIORI — 2016 - Pubblicato originariamente in *Kannibalika**

FAI CORRERE IL SANGUE DOVE VUOLE — 2021 - Pubblicato originariamente in *Horror Academy Vol. I*

L'INQUIETO OLIGARCA — 2022 - Pubblicato originariamente in *Brutal Vol. 2*

LA TENDA ROSSA — 2021 - Pubblicato originariamente in *Manifesto*

* pubblicazioni esaurite

S
CATALOGO
EDIZIONI STANDARD

INDEPENDENT
LEGIONS

TITOLI DISPONIBILI

LIVELLO 49
di Alessandro Pedretta
Romanzo – Formato cartaceo
Novembre 2022

NARAKA 2
di Caleb Battiago
Romanzo – Formato cartaceo
Ottobre 2022

AREA 52
di Caleb Battiago
Novella – Formato cartaceo
Agosto 2022

VESSEL: SERIE – VOLUME 1
di Caleb Battiago
Romanzo – Formato cartaceo
Luglio 2022

LA CISTERNA
di Nicola Lombardi
Romanzo – Formato cartaceo ed eBook
Aprile 2022

IL GRANDE LIBRO BLASFEMO
di AA.VV.
Antologia di Racconti – Formato cartaceo ed eBook
Luglio 2021

I VERMI CONQUISTATORI
di Brian Keene
Romanzo – Formato cartaceo ed eBook
Aprile 2021

COYOTE RAGE
di Owl Goingback
Raccolta di Racconti – Formato cartaceo ed eBook
Febbraio 2021

STRANIERI
di Mort Castle
Romanzo – Formato cartaceo ed eBook
Dicembre 2020

VERMI CONQUISTATORI 2 - DILUVIO
di Brian Keene
Romanzo – Formato cartaceo ed eBook
Ottobre 2020

COYOTE RAGE
di Owl Goingback
Romanzo – Formato cartaceo ed eBook
Settembre 2020

IL RE NERO
di Caleb Battiago
Raccolta di Racconti – Formato cartaceo ed eBook
Settembre 2020

COLPEVOLE, MA PAZZA
Diario Minimo di una Scrittrice Dark
di Poppy Z. Brite
Saggio Autobiografico – Formato cartaceo ed eBook
Febbraio 2020

SPLATTERPUNK FIGHTING BACK
A cura di Jack Bantry e Kit Power
Antologia di Racconti – Formato cartaceo ed eBook
Ottobre 2019

NUOVA SODOMA
di Caleb Battiago
Romanzo – Formato cartaceo ed eBook
Settembre 2019

IL PONTE
di John Skipp e Craig Spector
Romanzo – Formato cartaceo ed eBook
Dicembre 2018

IL LETTO ROSSO
di Nicola Lombardi
Novella – Formato cartaceo ed eBook
Settembre 2018

WIDOW'S POINT – IL FARO MALEDETTO
di Richard e Billy Chizmar
Novella – Formato cartaceo ed eBook
Luglio 2018

SAMSARA
di Caleb Battiago
Romanzo – Formato cartaceo ed eBook
Giugno 2018

PUTRIDARIUM
di Paolo Di Orazio
Novella – Formato cartaceo ed eBook
Giugno 2018

CADAVERE SQUISITO
di Poppy Z. Brite
Romanzo – Formato cartaceo ed eBook
Maggio 2018

I FIGLI DI UXOR 77
di Caleb Battiago
Raccolta di Racconti – Formato cartaceo ed eBook
Marzo 2018

HELLRAISER: IL TRIBUTO
di Mark Alan Miller & Clive Barker
Novella – Formato cartaceo ed eBook
Marzo 2018

IL RITORNO DELLA BESTIA
di Richard Laymon
Romanzo – Formato cartaceo ed eBook
Gennaio 2018

CLAUSTROFOLLIA
di Carlton Mellick III
Romanzo – Formato cartaceo ed eBook
Dicembre 2017

CUOIO NERO
di David J. Schow
Romanzo – Formato cartaceo ed eBook
Dicembre 2017

SCHIAVI DELL'INFERNO
di Clive Barker
Romanzo – Formato cartaceo ed eBook
Ottobre 2017

LA TANA DI MEZZANOTTE
di Richard Laymon
Romanzo – Formato cartaceo ed eBook
Ottobre 2017

ANIME TORTURATE
di Clive Barker
Novella – Formato cartaceo ed eBook
Settembre 2017

VANGELI DI SANGUE
di Clive Barker
Romanzo – Formato cartaceo ed eBook
Luglio 2017

JAKABOK – IL DEMONE DEL LIBRO
di Clive Barker
Romanzo – Formato cartaceo ed eBook
Giugno 2017

MISTER SUICIDIO
di Nicole Cushing
Romanzo – Formato cartaceo ed eBook
Luglio 2017

HEADER – CACCIA ALLE TESTE
di Edward Lee
Romanzo – Formato cartaceo ed eBook
Luglio 2017

DISEGNI DI SANGUE
di Poppy Z. Brite
Romanzo – Formato cartaceo ed eBook
Aprile 2017

MORTE CON CARNE
di Shane McKenzie
Romanzo – Formato cartaceo ed eBook
Febbraio 2017

LA CASA A NAZARETH HILL
di Ramsey Campbell
Romanzo – Formato cartaceo ed eBook
Gennaio 2017

L'ISOLA
di Richard Laymon
Romanzo – Formato cartaceo ed eBook
Luglio 2016

SENTIERI DI SANGUE
di Jack Ketchum
Breve romanzo – Formato cartaceo ed eBook
Novembre 2016

IL CIMITERO DEI VIVI
di Poppy Z. Brite
Raccolta di Racconti – Formato cartaceo ed eBook
Ottobre 2016

I GIORNI DELLA BESTIA
di Charlee Jacob
Raccolta di racconti – Formato cartaceo ed eBook
Luglio 2016

IO VIAGGIO DI NOTTE
di Robert McCammon
Romanzo breve – Formato cartaceo ed eBook
Luglio 2016

NARAKA – L'Apocalisse della Carne
di Caleb Battiago
Romanzo– Formato cartaceo ed eBook
Luglio 2016

SHANTI – La Città Santa
di Caleb Battiago
Romanzo– Formato cartaceo ed eBook
Luglio 2016

CATALOGO
EDIZIONI COLLECTION

TITOLI DISPONIBILI

SHINING IN THE DARK
A cura di Hans Ake Lilja
Antologia di racconti – Formato cartaceo/brossura
Tiratura limitata e copie numerate
Marzo 2018

IL LIBRO DEGLI ORRORI
A cura di Stephen Jones
Antologia di racconti – Formato cartaceo/brossura
Tiratura limitata e copie numerate
Ottobre 2018

LEGGERE STEPHEN KING
A cura di Brian Freman
Saggio – Formato Formato/brossura
Tiratura limitata e copie numerate
Novembre 2018

SINFONIA DARK
di Poppy Z. Brite
Raccolta di racconti – Formato Formato/brossura
Tiratura limitata e copie numerate
Dicembre 2018

CROTA
di Owl Goingback
Romanzo – Formato Formato/brossura
Tiratura limitata e copie numerate
Febbraio 2019

CALCUTTA HORROR
di A. Manzetti e S. Cardoselli
Graphic Novel – Formato Formato/brossura
Tiratura limitata e copie numerate
Aprile 2019

STORIE DA INCUBO
A cura di Stephen Jones
Antologia di racconti – Formato cartaceo/brossura
Tiratura limitata e copie numerate
Maggio 2019

UN BEL POSTO SEGRETO
di Richard Laymon
Raccolta di Racconti – Formato Formato/brossura
Tiratura limitata e copie numerate
Novembre 2019

HELLRAISER: IL TRIBUTO
di Clive Barker e Mark Alan Miller
Novella – Formato Formato/brossura
Tiratura limitata e copie numerate
Novembre 2019

HERBERT WEST RIANIMATORE
di Stefano Cardoselli
Graphic Novel – Formato Formato/brossura
Tiratura limitata e copie numerate
Marzo 2020

TARANTINO
di Stefano Cardoselli
Art Book – Formato Formato/brossura
Tiratura limitata e copie numerate
Aprile 2020

ZOOPRAXIS*
di Richard Christian Matheson
Raccolta di Racconti – Formato Formato/brossura
(*acquistabile solo dai nostri lettori Elite)
Aprile 2020

SHILOH*
di Philip Fracassi
Novella – Formato Formato/brossura
(*acquistabile solo dai nostri lettori Elite)
Maggio 2020

JUSTINE
di Sade
Primissima edizione dell'opera dal manoscritto del 1787
Romanzo – Formato cartaceo/brossura
Tiratura limitata e copie numerate
Giugno 2020

L'ORRORE A RED HOOK
di A. Manzetti e S. Cardoselli
Graphic Novel – Formato cartaceo/brossura
Tiratura limitata e copie numerate
Luglio 2020

COYOTE RAGE
di Owl Goingback
Romanzo – Formato cartaceo/cartonato
Tiratura limitata e copie numerate
Luglio 2020

VERMI CONQUISTATORI 2 - DILUVIO
di Brian Keene
Romanzo – Formato cartaceo/brossura
Tiratura limitata e copie numerate
Agosto 2020

I VERMI CONQUISTATORI
di Brian Keene
Romanzo – Formato cartaceo /brossura
Tiratura limitata e copie numerate
Ottobre 2020

TRAUMA
di Nate Southard
Romanzo – Formato cartaceo /brossura
Tiratura limitata e copie numerate
Novembre 2020

THE RISING
di Brian Keene
Romanzo – Formato cartaceo /brossura
Tiratura limitata e copie numerate
Novembre 2020

SOMMERSI
di Thomas Monteleone
Romanzo – Formato Formato/brossura
Tiratura limitata e copie numerate
Marzo 2021

GESTAPO MARS
di Victor Gischler
Romanzo – Formato Formato/brossura
Tiratura limitata e copie numerate
Maggio 2021

MACCHIE BIANCHE
di Aleister Crowley
Raccolta di Poesie – Formato Formato/brossura
Tiratura limitata e copie numerate
Maggio 2021

VESSEL – TERRA SANTA PULP
di Caleb Battiago
Novella – Formato Formato/brossura
Tiratura limitata e copie numerate
Maggio 2021

OSSA BAGNATE
di John Shirley
Romanzo – Formato Formato/brossura
Tiratura limitata e copie numerate
Giugno 2021

NOTTE DI UN SOLITARIO OTTOBRE
di Richard Laymon
Romanzo – Formato Formato/brossura
Tiratura limitata e copie numerate
Luglio 2021

GHOUL*
di Brian Keene
Romanzo – Formato Formato/brossura
Tiratura limitata e copie numerate
(*acquistabile solo dai nostri lettori Elite)
Agosto 2021

3 SHOTS
di Manzetti & Cardoselli
Raccolta di Fumetti – Formato Formato/brossura
Tiratura limitata e copie numerate
Settembre 2021

FROM BEYOND
di Stefano Cardoselli
Graphic Novel – Formato Formato/brossura
Tiratura limitata e copie numerate
Settembre 2021

LA CITTA' DEI MORTI
di Brian Keene
Romanzo – Formato Formato/brossura
Tiratura limitata e copie numerate
Novembre 2021

CICATRICI
di Richard Christian Matheson
Raccolta di Racconti – Formato Formato/brossura
Tiratura limitata e copie numerate
Dicembre 2021

HORROR ACADEMY VOL.1
di AA.VV.
A cura di Alessandro Manzetti
Raccolta di Racconti – Formato Formato/brossura
Tiratura limitata e copie numerate
Dicembre 2021

VISCERE NERE
di David J. Schow
Romanzo – Formato Formato/brossura
Tiratura limitata e copie numerate
Marzo 2022

L'ABITATORE DEL LAGO
di Alessandro Manzetti & Stefano Cardoselli
Graphic Novel – Formato Formato/brossura
Tiratura limitata e copie numerate
Marzo 2022

FIGLI DEL BUIO
A cura di Alessandro Manzetti
Antologia di Racconti – Formato Formato/brossura
Tiratura limitata e copie numerate
Aprile 2022

IL TOUR DI MEZZANOTTE
di Richard Laymon
Romanzo – Formato Formato/brossura
Tiratura limitata e copie numerate
Maggio 2022

VESSEL – TAFUR ARMAGEDDON
di Caleb Battiago
Novella – Formato Formato/brossura
Tiratura limitata e copie numerate
Giugno 2022

INCUBI
A cura di Sandra Becerril
Antologia di racconti – Formato Formato/brossura
Tiratura limitata e copie numerate
Settembre 2022

ANIME PERDUTE
di Poppy Z. Brite
Romanzo – Formato Formato/brossura
Tiratura limitata e copie numerate
Novembre 2022

UNDERGROUND*
di Craig Spector
Romanzo – Formato Formato/brossura
Tiratura limitata e copie numerate
(*acquistabile solo dai nostri lettori Elite)
Novembre 2022

CATALOGO
EDIZIONI HARDCOVER

BRUTAL
di AA. VV
Antologia di Racconti – Formato cartaceo/ copertina rigida
Febbraio 2022

KIKI: THE BEGINNING
di Caleb Battiago
Romanzo Breve– Formato cartaceo/ copertina rigida
Gennaio 2022

CALCUTTA HORROR
di Alessandro Manzetti & Stefano Cardoselli
Graphic Novel – Formato cartaceo/ copertina rigida
Gennaio 2022

CROTA
di Owl Goingback
Romanzo – Formato cartaceo/ copertina rigida
Ottobre 2021

NARAKA
di Caleb Battiago
Romanzo – Formato cartaceo/ copertina rigida
Ottobre 2021

JUSTINE
di Sade
Romanzo – Formato cartaceo/ copertina rigida
Ottobre 2021

DISEGNI DI SANGUE
di Poppy Z. Brite
Romanzo – Formato cartaceo/ copertina rigida
Ottobre 2021

SHANTI
di Caleb Battiago
Romanzo – Formato cartaceo/ copertina rigida
Ottobre 2021

SAMSARA
di Caleb Battiago
Romanzo – Formato cartaceo/ copertina rigida
Ottobre 2021

+39 040 9776602
www.independentlegions.com
independent.legions@aol.com

INDEPENDENT LEGIONS PUBLISHING
Via Virgilio, 10 – TRIESTE (ITALY)
+39 040 9776602
www.independentlegions.com
independent.legions@aol.com